드레스는 유니버스

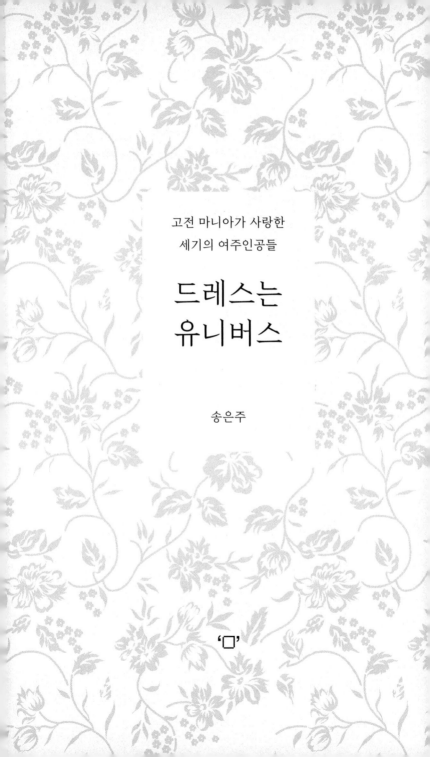

고전 마니아가 사랑한
세기의 여주인공들

드레스는
유니버스

송은주

'ㅁ'

14

With Eyes and Not Seeing:
One Influence Wanes

CARRIE in her rooms that evening was in a fine glow, physically and mentally. She was deeply rejoicing in her affection for Hurstwood and his love, and looked forward with fine fancy to their next meeting Sunday night. They had agreed, without any feeling of enforced secrecy, that she should come down town and meet him, though, after all, the need of it was the cause.

Mrs. Hale, from her upper window, saw her come in.

"Um," she thought to herself, "she goes riding with another man when her husband is out of the city. He had better keep an eye on her."

The truth is that Mrs. Hale was not the only one who had a thought on this score. The housemaid who had welcomed Hurstwood had her opinion also. She had no particular regard for Carrie, whom she took to be cold and disagreeable. At the same time, she had a fancy for the merry and easy-mannered Drouet, who threw her a pleasant remark now and then, and in other ways extended her the evidence of that regard which he had for all members of the sex. Hurstwood was more reserved and critical in his manner. He did not appeal to this bodiced functionary in the same pleasant way. She wondered that he came so frequently, that Mrs. Drouet should go out with him this afternoon when Mr. Drouet was absent. She gave bent to her opinions in the kitchen where the cook was. As a result, a hum of gossip was set going which moved about the house in that secret manner common to gossip.

Carrie, now that she had yielded sufficiently to Hurst-

JANE EYRE

A BANTAM CLASSIC • A BANTAM CLASSIC • A BANTAM CLASS

...se and Sensibilit...
...by Jane Austen

With an Afterword by Patricia Meyer Spacks

wood to confess her affection, no longer troubled about her attitude toward him. Temporarily she gave little thought to Drouet, thinking only of the dignity and grace of her lover and of his consuming affection for her. On the first evening, she did little but go over the details of the afternoon. It was the first time her sympathies had ever been thoroughly aroused, and they threw a new light on her character. She had some power of initiative, latent before, which now began to exert itself. She looked more practically upon her state and began to see glimmerings of a way out. Hurstwood seemed a drag in the direction of honor. Her feelings were exceedingly creditable, in that they constructed out of these recent developments something which conquered freedom from dishonor. She had no idea what Hurstwood's next word would be. She only took his affection to be a fine thing, and appended better, more generous results accordingly.

As yet, Hurstwood had only a thought of pleasure without responsibility. He did not feel that he was doing anything to complicate his life. His position was secure, his homelife, if not satisfactory, was at least undisturbed, his personal liberty rather untrammeled. Carrie's love represented only so much added pleasure. He would enjoy this new gift over and above his ordinary allowance of pleasure. He would be happy with her and his own affairs would go as they had, undisturbed.

On Sunday evening Carrie dined with him at a place he selected in East Adams Street, and thereafter they took a ... to what was then a pleasant evening resort out on Cottage Grove Avenue near Thirty-ninth Street. In the process ...s declaration he soon realized that Carrie took his love ... a higher basis than he had anticipated. She kept him at ...ance in a rather earnest way, and submitted only to ...tender tokens of affection which better become the in-...enced lover. Hurstwood saw that she was not to be ...sed for the asking, and deferred pressing his suit too ...y.

...e he feigned to believe in her married state he found

1. 단행본·신문·잡지·영상 작품은 《 》, 단편·기사·논문·민담·곡은 〈 〉로 표시했습니다.

2. 본문에 실린 《마담 보바리》 속 문장은 을유문화사의 한국어판 《마담 보바리》(진인혜 옮김, 2021)에서 인용한 것입니다.

우리가 오직 하나뿐인 우주에
갇히지 않을 수 있는 방법

이 책은 내가 사랑한 고전 속 여덟 여주인공에 대한
이야기다. 감수성 예민했던 십 대부터 이십 대 초반까지,
나에게는 고전 속 여주인공들을 나와 동일시하는 나쁜
버릇이 있었다. 그런데 내가 사랑한 여주인공들은 세상은
아름답고 사람들은 선하다는 믿음과, 왕자님을 포함해 어떤
못된 사람들의 마음도 돌려놓을 사랑스러움을 지닌 밝고
낙천적인 소녀들이 아니었다. 나는 항상 현실에 만족할 줄
모르는 불만투성이 사회 부적응자, 반항아, 실패자, 어딘가
뒤틀린 여자들의 어둡고 우울한 이야기에 매혹되었다. 나는
가난한 천애 고아이면서 자존심을 꺾지 못해 팔자를 꼬는
제인 에어(《제인 에어》), 지루하고 답답한 시골 생활의
범속함을 견딜 수 없어서 남편의 약에 독이라도 타지 않을 수
없는 테레즈 데케루(《테레즈 데케루》), 이런 시시한 삶은 절대

내 삶이 아니라며 현실을 망가뜨리는 어리석은 에마
보바리(《마담 보바리》) 같은 여자들한테서 동질감을 느꼈다.
　　이 여주인공들이 고난과 시련 끝에 자신만의 행복을
찾는다 하더라도, 그것은 왕자님의 성에 입성하는 신데렐라
이야기처럼 완벽한 해피엔딩으로 끝나지 않는다. 그들이
얻은 것은 세속적 기준에 미치지도 못하거나, 때로는 진짜
그들이 원했던 것이 맞는지 의심스럽기조차 하다. 심지어
에마 보바리나 엘렌 올렌스카(《순수의 시대》), 블랑쉬
드보아(《욕망이라는 이름의 전차》)처럼 더 운 나쁜
여주인공들은 죽음 혹은 추방과 같은 비극적 결말을 맞는다.
　　그러나 모두가 선망하고 우러르는 화려한 삶은
아닐지라도, 이 여덟 여주인공에게는 각자 꿈꾸는 삶,
남들로부터 인정받지 못해도 포기할 수 없는 깊은 욕망이
있다. 그 꿈 때문에 때로는 사회로부터 잔혹하게 처벌받는다
하더라도, 나는 타협하고 순응하기보다는 어떤 식으로든 제
갈 길을 가는―때로는 그 끝이 낭떠러지일지라도―이
여자들에게 매혹되었다. 세상의 이상적이고 모범적인
여성상에서 조금씩은 어긋나지만, 그 틀에 굳이 자신을
맞추려고 애쓰지도 않는 이 여주인공들은 가끔은 어리석고
심지어 사악하기도 하지만 아름답고 매혹적이다. 고전의
여주인공들이라니, 말만 들어도 곰팡내가 날 것 같다고
생각하는 사람들에게 긴 세월이 지나도 여전히 칼날처럼

날카롭게 번득이는 이들의 매력을 보여주고 싶은 마음에 이 책을 썼다. 참고로 고전 속 더 많은 여성에 대해 알고 싶은 독자를 위해 책 말미에 '여주인공 큐레이션'이라는 리스트를 실었다. 여러분의 '최애'가 될지도 모르는 여주인공 한 명쯤을 이 책 본문과 리스트에서 발견할 수 있을 것이다.

분명하지 않은 세계에서 분명하게 살기란 불가능하다
이 책에 나오는 여주인공들에게는 '책 읽는 여자들'이라는 공통점이 있다(이 중《위대한 개츠비》의 데이지만은 예외이긴 하다. 데이지는 유일하게 남성 화자의 시각을 통해 그려진다는 점에서 다른 여성 등장인물들과 좀 다르다. 하지만 작품 속에 자세히 나오진 않더라도, 재즈 시대의 아이콘인 플래퍼flapper였던 데이지 또한 책을 통해 어느 정도 새로운 변화의 분위기를 흡수하지 않았을까?). 여성에 대한 정규 교육이 이루어지지 않던 시절에는 책 읽기가 여성에게 필요한 최소한의 교양을 키워주는 데 중요한 역할을 했다. 여성에게 독서는 소위 '현모양처'가 되기 위한 교육의 일환으로 간주되었다. 아내로서 남편과 어느 정도 말은 통해야 하고 어머니로서 자식들에게 가정 교육을 해야 하니 최소한의 교양과 지식은 갖추어야 하지만, 남편보다 똑똑해져도 곤란하다. 하지만 여성에게 걸맞은 '적당한' 수준의 독서로 가부장제 사회가 만족할 만한 여성 인재를

길러내려는 노력이 늘 의도한 결과를 내지는 않았다. 책은
양날의 검과 같다. 책을 통해 여자들은 다른 세계를 꿈꾸고,
내면의 허락받지 못할 욕망을 발견하고, 이런 욕망과 경험을
표현할 수 있는 언어를 구했다.

　이 책 속 여주인공들의 삶에서 책 읽기는 중요한 부분을
차지한다. 당대의 보통 여자들에게 요구되는 것 이상의 문화
자본을 지녔다는 것이 그들의 무기이자 불행의 씨앗이다.
여주인공들은 자신에게 주어진 제약 많은 답답한 세계에
만족하지 못한다. 하지만 다른 세계를 찾아 고향을 떠나는
것은 언제나 남주인공들의 몫이었다. 18세기 괴테의《빌헬름
마이스터의 수업시대》를 필두로 주인공의 심리적, 도덕적
성장을 다룬 성장소설이 유럽 문학의 주요한 장르가
되었지만, 남주인공들이 멀리 떠나 다양한 사람을 만나고
교육을 받고 경험을 쌓을 동안 여자들은 얌전히 집에 앉아
기다리는 수밖에 없었다. 그렇지만 적어도 책을 읽을 수는
있었다. 제한되고 억압받는 삶 속에서 여주인공들은 책을
읽으며 막연히 바깥세상을, 더 높은 곳을 그려본다.《제인
에어》의 제인은 사촌 존의 무자비한 폭력을 피해 창가의
커튼 뒤에 숨어 아름다운 새 그림이 잔뜩 담긴 도감을 펴고
책 속 세계로 도피한다.《시스터 캐리》의 캐리는《고리오
영감》을 읽으며 자신이 속한 브로드웨이의 가볍고 얕은 세계
너머 더 심오하고 깊이 있는 세계가 있음을 어렴풋이 깨닫고,

방법은 모르지만 그 세계로 올라가고 싶다는 욕망을 느낀다.
《마담 보바리》의 에마는 책 속 세계에 너무 깊이 빠져든
나머지 그 세계가 그의 현실이 된다. 그렇기에 이 여자들은
겉보기에는 정숙하고 얌전하게 집에 머물러 있어도
위험하다. 자신들에게 주어진 세계에 만족하지 못하고
경계를 넘어 여기가 아닌 다른 어딘가를, 지금의 나와 다른
그 누군가가 될 수 있는 세상을 상상한다. 책을 읽음으로써
그들은 현실 세계에 완전히 속할 수 없는 존재가 되었다.

　　문학평론가 김현은 〈책읽기의 괴로움〉에서 책 읽기가
고통스러운 이유는 책 읽기처럼 세계를 살 수 없기
때문이라고 말했다. 책에서 설파하는 가치와 실제 현실은
일치하지 않는다. 세계는 책이 설명하는 바와 달리 선명하지
않고, 분명하지 않은 세계에서 분명하게 살기란 불가능하다.
그래서 이 책 읽는 여주인공들이 가는 곳마다 크든 작든
파문이 일고 소란스러워진다. 이 여자들 앞에서는 현실
세계의 당연했던 것들이 더는 당연하지 않게 되는 것이다.
아무것도 하지 않아도, 존재 자체만으로 모두가 암묵적으로
받아들이고 따르는 사회의 지배적인 가치와 질서를
흐트러뜨린다. 며느리 에마의 소설 구독을 끊어야 한다고
주장한 샤를의 어머니는 현명했을지도 모른다. 그러나 어떤
예방 조치도 이미 늦었다.

　　책을 읽는다는 점과 더불어, 여덟 여주인공의 또 다른

공통 존재 조건은 그들의 드레스다. '드레스는 유니버스'라는
다소 낯설게 느껴질 수 있는 책의 제목도 이 점에 착안한
편집부의 제안에서 비롯되었다. 지금 우리에게도 패션이
개성과 정체성을 표현하는 수단이듯 옛날 여성들에게도
드레스는 단순히 옷 이상의 의미를 가졌다. 특히 고전 속
드레스는 그들이 속한 사회적·경제적 위치뿐 아니라 어떤
취향을 가졌고 어떤 가치를 지향하는지 드러낸다.

    "퀘이커 교도 같다"는 평을 들을 만큼 수수한 가정교사
제인 에어에게도 어떤 옷을 입느냐는 대단히 중요한 문제다.
손필드 저택에서 자신의 학생과 대면하는 첫날, 제인은 좋은
인상을 주고 싶어서 검은 프록을 입고 흰 터커를 단다.
로체스터의 구애를 받아들인 후 둘의 첫 번째 충돌은
드레스를 둘러싸고 일어난다. 로체스터가 자기에게 어울리지
않는 화려한 분홍색 공단으로 휘감아주려 하자, 제인은 그의
선물 공세에 기뻐하기는커녕 나는 가만히 앉아 술탄의
총애를 받는 노예가 아니라며 화를 낸다.

    《순수의 시대》에서 19세기 뉴욕 상류 사회의 규범에 가장
충실한 여성 메이 웰랜드는 항상 순결을 상징하는 흰 드레스를
입는 반면, 외국물을 먹은 가문의 '검은 양' 엘렌 올렌스카는
유행을 따르지 않고 어깨를 드러낸 유럽풍 검은 드레스를
입고 나타나 고리타분한 뉴욕 사람들에게 충격을 준다.
유럽까지 가서 사온 최신 유행 드레스를 굳이 한철

묵혀두었다가 입어야 '예법에 맞는다'고 굳게 믿는 뉴욕 사람들에겐 특이한 드레스만 해도 엘렌을 뉴욕에서 추방할 차고 넘치는 이유가 될 수 있다. 《욕망이라는 이름의 전차》에서 블랑쉬의 나방을 연상케 하는 하늘거리는 하얀 드레스는 그가 어디를 가든 그림자처럼 끌고 다니는 어두운 과거를 상징하며 거칠고 조악한 뉴올리언스에서 그가 얼마나 이질적인 존재인지를 보여준다. 무능한 남자에게 더 이상 기대지 않고 자기 힘으로 살길을 개척하기로 마음먹은 《시스터 캐리》의 캐리는 가진 것 중 제일 좋은 드레스를 차려입고 용감하게 브로드웨이의 극장 사무실로 향한다. 이처럼 드레스는 고전 속에서 다양한 상징적 역할을 한다.

드레스가 오랫동안 중국의 전족이나 카렌족의 목 고리처럼 여성의 행동을 억압하고 일정한 성 역할을 강요하는 데 이용되어온 것은 사실이다. 하지만 동시에 드레스는 여성들의 저항 수단이자 세상에 맞서는 전투복이기도 했다. 폭 넓은 크리놀린 드레스는 움직임에 제약을 가했지만, 원치 않는 남자들의 집적대는 손길을 막아주었고 임신으로 불룩해진 배를 가리는 데에도 유용했다. 미셸 푸코의 말처럼, 권력이 있는 곳에 언제나 저항이 있다. 드레스는 단순히 한 가지 의미로 해석될 수 없다.

언제나 다른 이야기들의 시작점

이 책에 나오는 작품들과 같은 고전이 오랫동안 많은 이에게
다양한 방식으로 읽혀온 힘은 고전의 언어에서 나온다. 이는
고전이 갖는 유일한 힘이자 가장 강력한 힘이다. 대부분의
고전은 줄거리만 들어본다면 다들 실망할 것이다. 소위 세계
고전들의 적어도 3분의 2는 불륜 얘기다. 고등학생 때
바람피우다 망한 유부녀 얘기가 어째서 고전이라는 건지
인정할 수 없다는 친구와 입씨름을 한 적이 있다. 《마담
보바리》의 애독자로서 참을 수 없는 도발이었지만 결국
설득에 실패했다. 왜냐하면 친구는 그 책을 읽지 않았으니까.
안 읽은 사람을 설득할 방법은 세상 어디에도 없다. 《마담
보바리》를 읽어보았으면 알겠지만, 그 소설은 불륜에 대한
이야기가 아니라 욕망에 대한 이야기다. 좋고 나쁨이나 옳고
그름에 대한 이야기가 아니라 좋건 나쁘건, 옳건 그르건 우리
모두가 벗어날 수 없는 그 무언가에 대한 집요한 문학적
탐구인 것이다.

사실 인간의 근본적인 욕망은 과거로부터 그리 달라지지
않았다. 여전히 우리는 수백 년, 수십 년 전 여주인공들과
함께 풀리지 않는 인생의 난제들을 머리를 싸매고 고민한다.
사랑하는 로체스터와 살까, 양심을 좇아 궁궐 같은 대저택을
탈주할까. 오랜 시간을 견디고 살아남은 많은 고전은 법이나
도덕, 혹은 사회적 통념이나 관습 같은 기존의 틀에서 자꾸만

삐져나오는 곤란한 욕망이나 인간사의 문제들을, 그 틀을 넘어서서 바라본다. 그런 문제들은 대개 인간이 어느 하나의 잣대로 딱 떨어지게 규정되기 어려운 복잡하고 모순적인 존재라는 데에서 비롯된다. 그리고 고전은 이렇게 골치 아픈 모순덩어리인 인간 존재를, 진실을 포착하기에는 너무 둔하고 무딘 언어라는 도구로 그려내려 한다. 그러나 어쩌면 바로 그 한계 때문에 언어는 가장 적합한 도구인지도 모른다. 어차피 인간도, 문학이 추구하는 진실도, 온전히 파악될 수 있는 대상이 아닐 테니까. 언어는 현실을 반영하면서 동시에 그것과는 비슷한 듯 다른 또 하나의 현실을 창조한다. 내 말은 내 마음을 온전히 다 전하지 못하고 항상 전하고자 했던 목표를 비껴간다. 그러나 비껴간 말이 떨어진 자리에서 다른 세계가 태어난다. 빗나간 말들은 항상 또 다른 가능한 세계들을 증식시키는 씨앗이 된다. 그것이 어쩌면 시간이 흘러도 고전이 여전히 또 다른 이야기들의 시작점이 되는 이유일지도 모른다.

영어에 "be in somebody's shoes"라는 표현이 있다. "(상상으로) 남의 처지가 되어보다"라는 뜻이다. 문학은 남의 신발을 살짝 신어보듯 '내가 만약 저 사람이라면' 하고 가정하며 타인의 처지에 자신을 대입해보는 경험이다. 소설 읽기를 통해 우리는 다른 삶의 가능성들을 상상해보고 내가 겪어보지 않은 타인의 경험에 공감할 수 있다. 그렇게 타인을

나의 세계 안으로 끌어들임으로써 나의 세계의 지평이
확장된다. 우리는 각기 다른 우주를 보여주는 여주인공들을
통해 무수히 많은 차원을 넘나들 수 있을 것이다.

　그러나 드레스를 입은 여주인공들의 이야기가 오로지
여자들만의, 여자들에 의한, 여자들을 위한 것은 아니다.
실제로 여덟 편 중 《위대한 개츠비》, 《욕망이라는 이름의
전차》, 《마담 보바리》, 《테레즈 데케루》는 남성 작가들의
작품이다. 남성 화자 닉의 눈을 통해 데이지를 그린 《위대한
개츠비》를 제외한 나머지 작품들은 사회에서 소외되고
고립된 소수자로서의 여성의 심리를 매우 섬세하고 깊이
있게 그려냈다. 동성애자로서 평생을 소수자로 살았던
테네시 윌리엄스에게 세상 어디에도 속하지 못하는 외로운
블랑쉬 드보아는 자기 자신이었고, 시골구석에 처박혀 멀리
떠나고픈 낭만적인 꿈을 버리지 못하는 에마 보바리 또한
귀스타브 플로베르의 분신이었다.

　그러한 의미에서 '드레스는 유니버스'가 될 수 있고, 한 술
더 뜨자면 유니버스에서 멀티버스까지도 갈 수 있다. 영화
〈에브리씽 에브리웨어 올 앳 원스〉에서 양자경이 연기한
주인공 에블린이 적과 싸우기 위해 다른 평행 우주로 '버스
점프'를 하려면, 자신이 평소라면 절대로 할 리 없는 행동을
해야만 한다. 그러나 좌충우돌 끝에 말도 안 되는 엉뚱한
짓을 해서 다른 우주로 점프하는 데 성공한 에블린이 결국

깨닫게 되는 사실은, 자신이 절대로 하지 않을 거라 믿었던 바로 그 일을 실은 다중 우주 중 어느 우주에선가 한 적이 있다는 것이었다. 어쩌면 우리가 절대로 용납하지 못할 것, 죽어도 하지 않을 일, 죽었다 깨어나도 이해할 수 없는 상대 같은 건 없을지도 모른다. 있다고 믿는 순간 우리는 단 하나의 우주, 단 하나의 가능성 속에 갇히게 된다.

자기 삶에서 모든 가능성을 다 놓쳤다고 믿었다가 무한한 우주들을 자유로이 넘나들게 된 에블린처럼 다른 우주로 점프하고 싶다면? 고전을 읽고 각기 다른 얼굴을 가진 여주인공들을 들여다보기를 권한다. 아직까지 고전을 제대로 펴본 적이 없다면 더 잘된 일이다. 절대 하지 않을 일을 해보는 것이 버스 점프의 조건이니까

에마 보바리

인스타그래머블한
에마 보바리의 삶

마담 보바리Madame Bovary, 귀스타브 플로베르, 1857년

그날이 그날 같은 지루한 일상에 재미있는 드라마 한 편은
가뭄에 단비 같은 낙이다. 대부분의 드라마 속 세계는 나의
시시한 현실과는 비교할 수 없이 화려하고 스펙터클하다.
재벌 3세쯤은 남주인공들 스펙으로 흔하고, 여주인공들 또한
잘난 남주인공들을 사로잡을 남다른 재능이나 매력을
하나씩은 숨기고 있다. 이런 특별한 남녀가 만나
맞닥뜨리거나 벌어지는 사건도 당연히 일상적이지 않다.
살인과 복수, 배신과 음모, 기업 합병이니 대통령 선거니
엄청난 스케일의 사건들이 숨 가쁘게 펼쳐진다. 현실에 있을
것 같지 않은 아름답고 멋진 주인공들은 영혼까지 뒤흔드는
운명적인 사랑이나 죽음보다 깊은 고뇌 같은 극단적인
희로애락의 감정을 오갈 따름이지, 오늘 저녁 반찬 따위를
고민하지 않는다. 하지만 현실에서는 일생을 건 복수도,
'사이다' 같은 시원한 결말도, 평범한 나를 위해 모든 것을
희생하는 재벌 3세도 없다. 허구는 현실을 바탕으로 하지만

항상 현실을 초과한다. 밤을 꼬박 새우며 정신없이 드라마 속 인물들과 울고 웃어도 TV를 끄면 우리는 다시 비루하고 지리멸렬한 방구석 현실로 돌아온다.

그런데 우리의 또 다른 주인공, 에마 보바리는 드라마가 끝났는데도 TV를 끄지 못한다. 에마는 재벌과 결혼한 주인공의 화려한 삶이 부러워 미칠 지경이다. 그의 고급 드레스가 질투 나고 번쩍거리는 명품백이 분위기 있는 조명 아래 줄줄이 놓인 드레스룸이 우리 집에 없어 한스럽다. 드라마 속 섹시한 꽃미남들을 보다가 눈을 돌리니 저녁 식사 후의 식곤증을 이기지 못한 샤를 보바리가 침을 흘리면서 잠들어 있다. 어쩌다가 내가 이런 매력이라고는 눈 씻고 찾아도 없는 둔해 빠진 남자랑 결혼했을까. 드라마 속 여자들은 화려한 명품을 두르며 매일 호텔 바에서 칵테일파티를 하고 멋진 남자들의 구애를 받는데, 나는 집구석에 처박혀 이 남자 양말이나 빨면서 오늘이 어제 같고 내일이 오늘 같은 하루하루를 보내고 있다. 난 저 여자들 못지않게 예쁘고 똑똑한데. 이건 나를 시기한 운명의 장난이 분명해. 이건 내 삶이 아니야. 어딘가에 나만의 왕자님이 있을 거야.

SNS상 타인의 욕망을 모방하는 나

에마 보바리는 사실 일반적인 기준으로 보자면 딱히 인생에

불만을 가질 일이 없어 보인다. 부유한 농가의 외동딸로
부족함 없이 자라 당시로서는 넘치게 교육을 받았고, 남편
샤를 보바리는 평판 좋고 단골을 많이 둔 의사다. 게다가
아름답고 교양 있는 아내를 얼마나 사랑하고 자랑스럽게
여기는지, 아내 말이라면 죽는 시늉이라도 할 사람이다.
그런데 얼마든지 평탄하게 살 수 있었을 삶을 에마는 자신의
손으로 파탄으로 이끈다. 에마는 그게 뭔지 몰라도 자기가
이미 가진 것이 아닌 다른 것을 원한다.

　　남의 떡이 더 커 보이는 욕구불만은 인류의 유구한
병이지만, 에마는 옆집 약국 오메 부인의 것이 아니라 그림
속 떡을 탐낸다는 점에서 남다르다. 에마는 자신도 실체를
정확히 알지 못하는 흐릿하고 모호한, 그래서 더욱 절실하고
강렬한 허구의 욕망을 평생토록 좇아야 하는 저주를 받았다.
그런 점에서 인스타그램, 페이스북, 트위터에 전시된 타인의
온갖 욕망에 포위당한 우리는 에마의 후손이다. 에마는,
우리는, 남들이 욕망하는 것을 욕망한다. 그러므로 무슨 수를
써도 나의 욕망은 영원히 채워지지 않은 채 텅 비어 있다.

　　에마의 욕망을 끊임없이 자극하는 근원은 바로 책이다.
SNS가 있기 전에 우리에게는 책이, 소설이 있었다. 에마는
소녀 시절 수녀원에서 삯바느질로 연명하는 몰락한 귀족
출신 여성이 은밀히 빌려준 로맨스소설들을 통해 화려하고
눈부신 허구의 세계에 발을 디뎠다. 그 책들의 내용은 "사랑,

연인, 애인, 외따로 떨어진 별채에서 쓰러지는 박해받은
부인, 역참마다 죽임당하는 마부, 페이지마다 혹사당해 죽는
말, 음침한 숲, 어지러운 마음, 맹세, 흐느낌, 눈물과 입맞춤,
달빛 아래 조각배, 작은 숲속 나이팅게일, 사자처럼 용감하고
어린 양처럼 유순한 데다 더할 나위 없이 덕망 높으며 늘
옷차림이 세련된 것은 물론이고 물동이처럼 눈물을 뚝뚝
흘리는 신사들"로 가득했다.

　어쩌면 에마가 탐독한 책들은 '판타지 로맨스 웹소설의
19세기 버전'이었다고도 할 수 있다. 이런 책들에 빠진
에마는 "오래된 저택에서 허리가 기다란 드레스를 입은 성주
부인처럼" 살면서 "아치 밑에서 돌 위에 팔꿈치를 대고 턱을
손으로 괸 채 들판 저 끝에서 하얀 깃털을 단 기사가 검정
말을 타고 달려오는 것을 바라보며 세월을 보내고 싶었다."
그리고 에마는 메리 스튜어트, 잔 다르크 같은 역사 속
비극의 주인공들을 숭배했다. 자, 이런 꿈 많은 소녀가 과연
순하지만 둔해 빠진 의사와 결혼해 답답하고 지루한 시골
중산층 삶에 만족할 수 있을까.

　'독서는 마음의 양식'이라고 귀에 못이 박히게 듣곤
하지만 마음의 양식도 잘못 먹으면 탈이 난다. 아름다운
귀부인들과 매력적인 신사들이 나오는 로맨스물은, 책이
아니었더라면 시골 중산층의 좁고 얕은 세계에 만족하며
살았을 이 상상력 풍부한 소녀에게 다른 세상을 보는 눈을

에마 보바리　　　　　　　　　　　　　　　　　25

주었다. 소설 속 세계에 비하면 현실의 인간들은 얼마나
한심하고 지겨우며, 일상은 또 얼마나 밋밋하고 단조로운가.

책은 다른 세계의 가능성을 꿈꾸게 만들기 때문에
때로는 대단히 위험하고 불온하다. 이야기 속 다른 어딘가를
꿈꾸는 아이가 밭이나 갈며 소박한 삶에 안주할 수 있을 리
없다. 독재자들이 책을 불태우는 역사가 반복되었던 것도
우연이 아니다. 책을 통해 다른 세계의 가능성을 접한
사람들은 현실의 경계를 넘어가고 싶은 유혹을 느낀다. 내가
속한 세계가 전부가 아니며, 그 세계의 규칙이 절대가
아닐지도 모른다고 의심한다. 그 유혹에 굴복한 어떤 이들은
모험가나 혁명가가 되고, 어떤 이들은 책의 사막 속에서 길을
잃어 현실로 돌아오지 못한 채 미아가 된다.

현실이 아니라 책 속의 이상적인 세계를 내가 속해야 할
진짜 세계라 믿었던 인물의 대표를 꼽자면 돈키호테와 에마
보바리다. 돈키호테가 기사와 귀부인들의 플라토닉 러브,
용맹과 신의 같은 미덕이 지배하는 기사도 로맨스의 세계에
홀렸다면, 에마는 낭만적인 사랑을 찬양하는 로맨스의
세계에 빠졌다. 부유한 농가의 딸로 태어나 수녀원에서
교육을 받은 에마는 당시 신분에 어울리지 않는 문화적
소양을 갖추었지만, "꽃 때문에 교회를, 연애 시의 가사
때문에 음악을, 정열적인 자극 때문에 문학을 사랑"하는
소녀다. 에마는 사랑, 정열, 행복, 도취와 같은 달콤한

감정들을 책을 통해 배웠다. 문제는 때로 책에서의 이러한
감정들은 실제 삶에서보다 훨씬 더 극적으로 과장되고
부풀려지곤 한다는 점이다.

　　에마는 어머니가 돌아가셨을 때 며칠 내내 울면서
고인의 머리카락으로 추모 그림을 만들게 하고 나중에는
자기도 같은 무덤에 묻어 달라고 부탁한다. 그러나 에마는
어머니의 죽음을 슬퍼한다기보다는 책에서 본 슬픔과
비탄으로 가련해진 비극의 주인공을 연기하는 것에
가까웠다. 언제나 그런 주인공이 되기를 갈망하고 있던 꿈
많은 에마에게 어머니의 죽음과 같은 비극적 사건은 오히려
호재였을지도 모른다. 그러나 당연히 그 슬픔이 언제까지나
지속되지는 않으므로 곧 싫증을 느낀다. 집으로 돌아온
에마는 시골집의 일상에도 물렸을 즈음 마침 자기 앞에
나타나 수줍어하며 몸을 배배 꼬는 시골 의사 샤를과
결혼한다. 에마의 가장 큰 적은 반복되는 일상의 권태다.

　　그러나 모두가 돈키호테나 에마처럼 삶이 허구와 같아야
한다고 생각하지 않는다. 샤를은 온종일 왕진을 다니고
저녁이면 '아내가 기다리는 편안한 집'으로 돌아오는 소박한
일상에 더없이 만족하는 인물이다. 에마는 검술을
배워보겠다거나 파리에 가보고 싶다는 꿈을 가진 적이 없는
이 고지식한 모범생을 이해할 수가 없다. 에마가 사랑했던
로맨스물 속 낭만적인 남주인공들과는 거리가 먼 평범한

샤를과의 결혼 생활은 또 다른 지겨운 일상의 반복일 뿐이다. 에마는 수도원의 옛 친구들은 틀림없이 재치 있고 기품 있고 매력적인 미남들과 결혼해 "도시에서, 거리의 소음과 극장의 웅성거림과 무도회의 광채를 즐기며 가슴이 부풀고 관능이 피어나는 생활"을 하고 있을 거라고 상상한다. 이 19세기 프랑스 시골구석에서 인생이 소설과 똑같기를 기대하는 새 신부가 느끼는 억울함은 21세기의 우리가 SNS를 돌아다닐 때마다 느끼는 감정과 비슷할 것이다. 나만 빼놓고 모두가 신나고 재미있게 살고 있다. 나만 뒤에 남겨놓고 인생이 흘러간다.

SNS는 없었지만 마침내 이런 에마에게도 자신이 꿈꾸던 다른 삶을 엿볼 기회가 찾아온다. 샤를의 진료를 받은 적 있는 보비에사르의 후작이 답례 표시로 파티 초대장을 보내면서 아무 사건 없이 흘러가던 에마의 일상에 작은 파문이 일어난다. 후작의 저택에서 에마는 젊었을 때 마리 앙투아네트 왕비의 연인이었던 노공작을 보고, 난생처음 석류와 파인애플을 맛보고, 혈색 좋은 귀족 신사들 중 한 사람과 춤을 춘다.

그러나 에마는 잠시 지나가는 구경꾼일 뿐, 그 세계의 일부가 될 수는 없다. 그 초대는 일회성 사건이었을 뿐이지만 에마의 삶에 영원히 채워지지 않을 구멍 하나를 뚫어놓았다. 에마에게는 그 저택에서 잠깐 보았던, 귀족들로 상징되는 상류 사회가 진짜로 자기가 속해야 할 곳이 되고, 자신이 사는 시골 마을 토트의 현실은 뒷전으로 밀린다. 에마는 여성 신문 《코르베유》와 《살롱의 요정》을 구독하고 자신은 가보지도 못할 개막 공연, 야회, 상점 개업 기사나 경마, 가수의 데뷔에 대한 글을 열심히 읽으며, 심지어 좀 더 구체적으로 상상하기 위해 외젠 쉬의 소설 속 가구와 관련한 묘사를 공부하기까지 한다. 에마의 머릿속 세상과 그를 둘러싼 실제 세계의 모습은 이렇다.

> 에마의 눈에는 바다보다 더 광막한 파리가 진홍빛 분위기 속에서 반짝이고 있었다. 그 소용돌이 속에서 흔들리는 수많은 삶은 몇 개의 부분으로 나뉘어 뚜렷이 구분되는 장면들로 분류되어 있었다. 에마에게는 그중 두세 가지밖에 보이지 않았지만, 그것들이 다른 것들을 모두 가리는 바람에 그것만으로 전 인류가 표현되는 것 같았다. 대사들의 세계에 사는 사람들은 벽면이 거울로 된 살롱에서 황금빛 술이 달린 벨벳 융단으로 뒤덮인 타원형 테이블 주위로 번쩍이는 마룻바닥 위를 걸어다녔다. 거기에는 옷자락이 길게 늘어지는 드레스, 엄청난 비밀, 미소 뒤에 감춰진 고뇌가 있었다. (…) 그들은 왕처럼 돈을 물 쓰듯 썼고, 이상적인 야망과 환상적인 망상으로 가득 차 있었다. 그것은 다른 모든 생활을 초월하는 것으로, 하늘과

에마 보바리

땅 사이 격동 속에 있는 숭고한 그 무엇이었다. 그 밖의
모든 세상사는 정확한 장소도 없이, 마치 존재하지 않는
것처럼 사라져버렸다. 게다가 가까운 곳에 있는 것일수록
그녀의 생각은 거기서 멀어졌다. 바로 옆에서 그녀를
둘러싸고 있는 모든 것, 지루한 시골, 어리석은 소시민들,
초라한 생활은 이 세상 속에서 하나의 예외, 그녀가 걸려든
특별한 우연인 것 같았다.

전설적인 기사들의 무용과 천사 같은 귀부인들의 미덕에
취해 기사도의 시대는 이미 오래전 과거가 되었고 자신은
시골구석의 늙은 향사일 뿐이라는 현실을 망각했던
돈키호테처럼, 에마에게도 허구의 세계가 현실에 앞선다.
    1910년 철학자 쥘 드 고티에는 '보바리즘'이라는 용어를
만들었다. 이는 "스스로를 있는 그대로의 자신과 다르게
상상하는 경향"을 뜻한다. "인간이 자신의 환영을 좇아
자기를 속이고 자기를 실제와는 다른, 분수 이상의 존재로
생각하는 정신 작용"이다.* 현실의 나는 목이 늘어난
티셔츠를 입고 남은 반찬을 비벼 먹으며 내일 출근할 걱정을
하고 있지만, 이건 진짜 내가 아니고 이런 초라한 삶은 내
진짜 삶이 아니다. 이런 믿음이 극단으로 치달으면 현실을

* 《보바리》, 쥘 드 고티에 지음, 알랭 뷔진느 편집, 김계영·고광식
옮김, 이룸, 2005.

부정하고 현실을 이상에 맞추려 하게 될 것이다. 그래서
돈키호테는 세숫대야 투구를 쓰고 말라빠진 로시난테에 오른
뒤 어리숙한 산초 판자를 길동무 삼아 위대한 기사 수련
여정에 오르고, 에마는 낭만적인 이야기 속 왕자님을 닮은
연인을 구하고 주인공들처럼 허리에 멋지게 감을 숄을 동네
상인 뢰뢰한테서 구입한다. 어떤 대가를 치르더라도 내 삶은
환상 속 그 희미한 윤곽의 누군지 모를 그를 닮아야만 한다.

인생이 로맨스소설과 꼭 같기를

프랑스의 문학비평가 르네 지라르는 《낭만적 거짓과 소설적
진실》에서 '삼각형의 욕망 이론'을 제시했다. 한 개인이
무엇을 욕망한다는 것은 지금의 자신에 만족하지 못해 자기
자신을 초월하고자 하는 것이고, 이때 초월은 자기가
욕망하는 대상을 소유함으로써 가능해진다. 그런데 문제는
인간의 욕망 구조가 이렇게 간단하지 않다는 데 있다.

    세르반테스의 《돈키호테》를 예로 들자면, 돈키호테는
이상적인 방랑 기사가 되고자 하면서 이를 자신의 직접적인
목표로 삼는 것이 아니라 전설의 기사 아마디스를 모방하여
도달하려고 한다. 즉 이상적인 기사도를 성취하려는
돈키호테의 욕망은 아마디스라는 중개자에 의해
간접화된다는 것이다. 지라르는 돈키호테의 욕망이 그의
내면에서 자연발생적으로 생긴 것이 아니라 아마디스라는

중개자에 의해 암시되어 생기게 되기 때문에 왜곡되고
비진정성을 갖게 된다고 본다. 다시 말해 그의 욕망은 진짜
그의 것이 아니라 외부의 다른 무언가에 의해 자극된 가짜
욕망이다. 에마의 경우, 그의 욕망을 자극하는 요소는 그가
읽은 낭만적인 이야기들이다. 에마는 허구가 만들어낸 가짜
욕망을 자신의 욕망이라고 생각한다.*

　　닳고 닳은 바람둥이 로돌프와 순진한 척하면서 할 건 다
하는 레옹, 이 두 남자와의 불륜도 그 중심에는 이들을 향한
열정적인 사랑이 아니라(에마는 그렇게 믿었지만), 자신이
오랫동안 선망해온 로맨스소설의 주인공이 되고 싶은 욕망이
자리하고 있다. 그러니까 에마의 욕망의 대상은 연인들이
아니라 로맨스 이야기의 주인공이며, 두 남자는
목표라기보다는 오히려 꿈을 이루어주는 수단에 가깝다.
하인의 진료 때문에 샤를을 찾아온 로돌프는 에마를
보자마자 그를 만만한 사냥감으로 점찍고 수완 좋게 마음을
손에 넣는 데 성공하는데, 그 일이 그토록 손쉬웠던 까닭은
그가 에마 또한 잘 아는 낭만적인 로맨스물의 공식을 충실히
따랐기 때문이다.

　　마을의 가장 큰 잔치인 농사 공진회가 열린 날, 투박하고
범속한 농촌의 생활상을 보여주는 공진회의 높으신 분들의

---

　*《낭만적 거짓과 소설적 진실》, 르네 지라르 지음, 김치수·송의경
　옮김, 한길사, 2001.

교훈적인 연설 사이사이로 로돌프의 손발이 오그라드는 대사가 이어진다. "가장 고상한 본능, 가장 순수한 호의도 박해를 받고 중상을 당합니다. 마침내 가엾은 두 영혼이 만난다고 하더라도, 그 둘이 결합할 수 없도록 모든 게 조직되어 있습니다. 그래도 두 영혼은 애쓰고 날갯짓하면서 서로를 부를 겁니다. 오! 상관없습니다. 조만간, 반년 후든 10년 후든 그들은 하나가 되어 서로 사랑할 것입니다. 운명이 그렇게 시키는 것이고, 두 사람은 서로를 위해 태어난 것이니까요." 에마를 몇 번이나 봤다고, 그는 진정한 사랑을 찾아 온 세상을 헤매다가 지쳐 냉소적이 된 남자, 희망을 포기하려던 찰나 드디어 운명의 상대를 만난 낭만적인 남주인공의 역할을 충실히 연기한다.

운명이니 영혼이니 엄청난 말을 주워섬기는 이런 유치한 수작에 누가 넘어갈까 싶겠지만, 이런 대사를 자신에게 읊어줄 남자를 평생 기다려온 에마는 이 떡밥을 덥석 물어버린다. 결국 승마를 배운다는 핑계로 로돌프와 외출해 기혼자가 넘어서는 안 될 선을 넘고 집으로 돌아온 날 에마는 흥분에 들떠 어쩔 줄 모른다. 그의 흥분은 진정한 사랑을 찾았다는 것보다는 드디어 그토록 선망해왔던 책 속 주인공들 중 한 명이 되었다는 점에서 비롯되었다. "그녀는 예전에 읽었던 창작물 속의 여주인공들을 떠올렸다. 불륜에 빠진 그 많은 열정적인 여자가 그녀의 기억 속에서 그녀를

매혹하는 공감 어린 목소리로 노래하기 시작했다. 그녀
자신이 그런 상상의 진짜 일부가 되었고, 자기 자신을 그토록
선망했던 사랑에 빠진 여자의 전형으로 여김으로써 젊은
날의 오랜 꿈을 실현했다." 드디어 오랫동안 꿈꾸어온 소설
속 세계와 자신의 삶이 일치하는 절정의 순간이 도래한
것이다. 돈키호테가 풍차를 향해 창을 꼬나들고 용감하게
돌격하듯, 에마는 "회한도, 걱정도, 불안도 없이" 불륜의
사랑 속으로 돌진한다.

　　그러나 꿈과 현실이 일치하는 이 절정의 순간은
너무나도 짧고 덧없다. 극한의 사랑이나 증오처럼 잡것 하나
섞이지 않은 순수하고 격렬한 감정은 오래 지속될 수 없다.
심장이 오랫동안 너무 격하게 뛰면 심계 항진으로 죽을
것이다. 일상은 대부분 지루한 반복으로 채워져 있고 우리는
엔트로피의 법칙이 지배하는 우주에서 살고 있다. 꽃은
시들고, 차는 식어가고, 연인은 무심해지고, 세계는 점점
무질서해진다. 모든 분자가 흐트러지고 서서히 에너지를
잃어가는 것이 우주의 법칙이다. 에마는 감히 이 법칙을
인정하지 않고 거스르려 하기 때문에 무모하다. 어린 시절
어머니의 죽음이라는 간만의 비극에 아무리 계속 몰입하려
해도 어느 순간 더는 슬프지 않은 자신을 발견했듯이,
연인들의 불륜도 불멸의 사랑은 아니라는 현실에 직면하는
순간이 찾아온다. 로돌프와의 관계는 반년이 지나자 초반의

열기가 사라지고 "가정적인 불꽃을 조용히 유지하고 있는 부부"와 같은 분위기를 띠고, 이는 레옹과의 사이에서도 마찬가지다. 이제 서로를 너무나 잘 알아버려서 더는 새로울 것이 없는 때가 오고, 서로에게 싫증이 나면서 에마는 슬프게도 자신이 도망쳐왔던 바로 그 "결혼 생활의 모든 진부함"을 간통 속에서 다시 발견한다.

에마는 로돌프와 레옹, 두 연인을 자신이 꿈꾸었던 완벽한 로맨스물의 남주인공들이라고 믿었지만, 평범하고 이기적이며 비겁한 보통 남자들을 자신의 환상으로 미화해놓고 스스로를 속였던 데 불과했다. 로돌프가 에마에게 바란 것은 육체적 쾌락뿐이다. 그는 여자를 유혹하는 데 도가 튼 바람둥이답게 냉혹하고 계산적이다. 에마가 같이 도망가자고 매달리자 그에게서 얻어낼 수 있는 쾌락보다 치러야 할 대가가 더 커지는 순간이 왔음을 알아차린다. 살짝 아쉽지만 이만하면 단물은 다 빨아먹었으니 떠날 때가 되었다. 물론 에마를 버리는 순간에도 편지지에 물 한두 방울을 뿌려 잉크를 번지게 만들어, 오로지 사랑하는 연인의 행복만을 빌며 멀리 떠나는 비극의 주인공 연기를 잊지 않는 센스를 발휘한다. 두 번째 연인인 레옹 또한 매력적인 유부녀를 정부로 삼게 된 데 기뻐하며 허영심을 채우지만, 관계가 깊어지면서 에마가 자신의 사생활을 침범해오는 데 부담을 느낀다. 그에게도

에마와의 관계는 잠깐의 불장난이지, 착실한 공증인으로서의
앞날을 희생할 마음은 조금도 없다. 에마가 빚에 몰려 파산
위기에 처했을 때 두 남자 모두 그가 도와 달라며 애절하게
내민 손을 뿌리친다. 에마를 제외한 그 누구도 자신의 환상을
위해 현실의 삶을 희생하지 않았다.

삶의 지루함을 막는 쇼핑

세상에는 사랑 때문에 죽는 사람보다 돈 때문에 죽는 사람이
훨씬 많다. 에마도 실연 때문이 아니라 도저히 감당할 수
없이 불어난 사채 때문에 비소를 삼킨다. 에마가 왕녀처럼
계산도 하지 않고 돈을 펑펑 쓸 동안, 고리채를 빌려주는
상인 뢰뢰가 그의 집을 문턱이 닳도록 드나들며 원하는
것이라면 뭐든 즉시 대령해준다. 요즘 식으로 치면 고객의
취향에 맞춰 물건들을 골라주는 퍼스널 쇼퍼랄까. 얼마 안
되니 나중에 한꺼번에 계산하시라며 가격조차 알려주지 않고
냅다 포장부터 해서 안긴다. 당장 현금이 없으면 어음에
사인만 하면 된다. 이런 식으로 에마의 집에서 뢰뢰의 돈이
통통하게 살을 불린다. 에마는 처음에는 뢰뢰의 유혹을
물리치지만, 외상이면 소도 잡아먹는다더니 곧 그의 봉사
없이는 살 수 없을 정도가 된다. 소설 속 주인공들처럼 살고
싶지만 그 욕망을 실현하기 어려운 에마는 주인공들이
쓸 법한 물건들을 사들이는 방식으로 그들의 삶을 모방한다.

나의 욕망이 내면으로부터 솟아오른 진정한 것이 아니라 외부로부터 자극된 것이라면, 그 욕망은 외부로부터 자유로울 수 없고 욕망을 형성한 사회적·경제적 구조의 영향을 받는다. 자본주의가 발전하기 시작했던 19세기 중반 사회를 살아가는 에마의 욕망 또한 마찬가지다. 자본주의 사회에서 사용가치와 교환가치는 흔히 일치하지 않는다. 사랑은 돈으로 살 수 없는 법이다. 그러나 종종 이 두 가치는 혼동되거나('사랑? 돈으로 사겠어. 얼마면 돼?'), 교환가치가 사용가치를 압도한다('사랑이 밥 먹여주나'). 에마는 돈으로 살 수 있는 것들을 자신의 욕망을 채워줄 진짜 가치라고 착각한다.

　　그는 "마음의 기쁨, 우아한 습관, 섬세한 감정"을 사치와 혼동한다. 그에게 "달빛 아래에서의 한숨, 긴 포옹, 내맡긴 손 위로 흐르는 눈물, 육체의 모든 흥분과 사랑의 번민"은 "한가로움이 가득한 거대한 성채의 발코니, 두꺼운 융단과 화분이 가득한 화분대, 단상에 놓인 침대를 갖춘 비단 장막이 드리워진 규방, 보석의 광채, 하인들 제복의 어깨끈 장식"과 같은 물질적 조건이 충분히 마련되어야 비로소 피어날 수 있는 감정들이다. 그러니까 호화로운 5성급 리조트가 아니면 허니문의 낭만은 있을 수도 없다는 것이 에마의 믿음이다. 그가 꿈꾸는 고상하고 낭만적인 감정들과 호사스러운 삶의 조건은 서로 떼어놓을 수 없는 것이다.

에마 보바리

　에마는 편지를 쓸 연인을 만들기도 전에 편지지를 잔뜩
사고, 종교적 열정에 심취했을 때는 고딕풍 기도대를
사들인다. 책 속 이상을 좇는다는 점에서는 돈키호테의
후예이지만, 그 방법이 소비라는 점에서는 자본주의의
노예인 우리의 선조인 셈이다. 에마는 시간의 침식 앞에서
무력한 감정들을 소비하는 행위로 지탱하려 한다. 한 주의
지겨운 일상을 버티게 해주었던 레옹과의 밀회도 지겨워져
간다고? 그렇다면 꺼져가는 불에 장작을 넣듯이 시들어가는
열정에 돈을 붓는다. 고급 호텔에 방을 잡고 장미꽃으로
꾸민다. 애인에게 비싼 선물을 한다. 특별한 그 날을 위해
나를 더욱 공들여 치장한다. 연인에 대한 사랑의 감정이
뜨거워서 돈을 쓰는 게 아니라 돈을 쓰기 때문에 상대가
소중하고 귀한 존재가 된다는 가치 전도 현상이 일어난다.
　그러나 현실의 어떤 감정도 시간 앞에서 늘 똑같이
생생하고 강렬할 수 없듯이, 물건이 주는 만족감에도 한계
효용이라는 것이 있다. 우울한 기분을 가장 쉽게 잊을 수
있는 수단이 쇼핑이기 때문에 많은 우울증 환자가 쇼핑
중독에 빠지지만, 새로운 물건을 손에 넣은 뒤 느끼는
만족감은 일시적일 뿐이다. 순간의 만족이 지나가면 더욱
공허해진다. 잠시 메워졌던 구멍은 더 크게 입을 벌린다.
끔찍한 권태의 늪에서 빠져나오려고 필사적으로 발버둥 치는
에마는 그 구멍을 메우기 위해 손에 닿는 것은 뭐든지 끌어다

쑤셔넣는다. 환상을 좇기 위해 그가 치러야 했던 대가는
현실의 삶 전체였다. 에마는 자신과 남편, 딸의 인생까지
파멸로 몰아넣는다.

　샤를은 딸 베르트를 예쁘게 잘 키워 좋은 신랑감을
찾아주고 아내와 행복한 노년을 보내는 꿈을 꾸었지만,
에마의 어음 돌려막기가 한계에 이르러 온 집 안 가구마다
압류 딱지가 붙은 순간 모든 것이 물거품이 되었다. 에마가
죽은 뒤 슬픔을 견디지 못한 샤를마저 숨을 거두자 어린
베르트는 결국 가난한 친척 집에 맡겨져 공장에 일하러 가는
처지로 전락한다. 플로베르는 비소를 삼킨 에마가 긴 시간에
걸쳐 처절한 고통에 시달리며 죽어가는 모습을 상세하게
묘사함으로써 우리가 아무리 천상의 꿈을 꾸어도 지상에
묶인 존재임을 차갑게 드러낸다.

　그것만으로는 살아갈 수 없지만,
　그것 없이도 살아갈 수 없다

말하자면 이것은 가질 수 없는 것을 원했던 여자의 이야기,
어리석은 욕망에 눈멀어 자멸한 한심한 인간의 이야기다.
그런 이야기에 무슨 위대한 교훈이 있다는 건가. 1857년
플로베르는 《마담 보바리》가 공공의 도덕과 풍속을 해친다는
명목으로 고발당했다. 플로베르의 변호사는 작가가 이런
부도덕한 유부녀의 이야기를 쓴 것은 어디까지나 "악이

초래하는 두려움으로 선을 권고"하려는 선한
의도에서였다고 주장했지만, 당연히 플로베르는 그런 교훈
따윈 의도한 적이 없었다. 독자들 또한 이렇게 살면 망한다는
뻔한 교훈을 얻자고 굳이 이 책을 읽지는 않을 것이다.
에마조차도 바보가 아닌 이상 그렇게 이 남자 저 남자와
불륜을 저지르고 밑 빠진 독에 물 붓듯 사채를 끌어다 쓰면서
끝이 좋을 거라고 생각했을 리 없다. 차라리 수많은 고전은
이렇게 살면 망할 줄 알면서도 그럴 수밖에 없었던 인간들의
이야기에 가깝다.

　《마담 보바리》가 고발당한 이유는 불륜 묘사가
화끈해서가 아니라, 유부녀의 불륜과 사치라는 용서받지
못할 죄를 도덕적으로 단죄하는 권선징악의 시각에서 그리지
않았기 때문이다. 플로베르는 에마가 파멸해가는 과정을
따라가면서 그에게 공감하지도, 그렇다고 비판하지도 않는
냉정하고 중립적인 관점을 견지한다. 작가는 어디까지나
에마의 꿈과 환멸, 욕망과 좌절을 있는 그대로 정밀하게
묘사할 뿐이다. 이 점이 작품을 고발한 피나르 검사를 화나게
만들었다. 플로베르는 《마담 보바리》를 쓰기 전에
《성 앙투안느의 유혹》(1849)이라는 작품을 써서 친구들에게
읽어주었다가 그들로부터 원고를 장작더미 위에 던져버리고
더 이상 거론하지 말자는 가혹한 평을 들었다. 이런 악담을
면전에서 해준 이들이야말로 구제불능의 감상적인

낭만주의자를 수렁에서 건져준 진짜 친구다. 친구들의 악평에 정신을 차린 플로베르는 감정을 과장하고 여과 없이 격정적으로 쏟아놓는 낭만주의적 경향으로부터 벗어나기 위해 이를 악물고 그다음 작품인 《마담 보바리》에서는 자신의 목소리를 지웠다. 그는 예술이 작가의 속내를 털어놓는 요강이 되어서는 안 된다는 사실을 깨달았다.

문학계는 《마담 보바리》와 더불어 사실주의가 완성되고 자연주의가 시작되었다고 본다. 플로베르가 《마담 보바리》를 발표한 1857년은 프랑스 혁명과 함께 유럽을 휩쓸었던 낭만주의의 열기가 가시고 사실주의와 자연주의가 새로운 문학 경향으로 부상한 시기였다. 플로베르는 이 두 사조의 교차점 위에 서 있었던 셈이다. 낭만주의 소설에 심취하고 절망, 고독, 죽음 같은 낭만주의 주제에 열광하는 에마의 묘사는 낭만주의에 대한 조롱이고 패러디다. 에마가 연인들과 주고받는 대화에서 잘 드러나는 범속한 현실에 대한 환멸, 진부하고 고루한 도덕과 관습에 대한 비판, 열정과 감성에 대한 찬양은 플로베르가 비판하고자 하는 낭만주의적 관점을 잘 보여준다. 그러나 플로베르가 불륜에 대해 훈계하려고 이 책을 쓰지 않았듯이, 단순히 낭만주의를 공격하고 비웃으려는 뜻에서 쓴 것도 아니다. 플로베르는 "내가 보바리 부인이다"라는 유명한 말을 남겼다. 친구들에게 불태워버리라는 혹평을 들을 만큼 감상주의로

범벅된 작품《성 앙투안느의 유혹》을 썼던 낭만주의자가
바로 플로베르였다. 그는《마담 보바리》를 쓰면서 자기 안의
에마 보바리와 치열하게 싸웠던 것이다.

거짓 욕망에 속는 줄 알면서도 번번이 속아 넘어갈
수밖에 없듯이, 낭만주의의 꿈과 이상은 웬만한
현실주의자도 거부하기 힘들 만큼 매혹적이다. "평범한 사람
누구나 젊은 피가 뜨겁게 달아오르면 설사 단 하루가 되었든
단 1분이 되었든 위대한 정열을 품을 수 있고 고귀한 일을 할
수 있다고 믿게 되기 때문이다. 가장 하찮은 바람둥이도
동방의 황후를 꿈꿀 수 있고, 일개 공증인도 가슴속에 시인의
잔해를 품고 있는 법이다."

그것만으로는 살아갈 수 없지만, 그것 없이도 살아갈 수
없다. 누구나 꿈과 현실 사이에서 줄타기하는 것이 삶의
핵심이다. 그러나 에마는 처음부터 이런 줄타기 따위는
집어치우고 현실의 경계를 넘어 자신이 갈 수 있는 곳 끝까지
갔다. 그는 더 이상 갈 힘이 남지 않자 죽음을 택했을 뿐,
죽는 순간까지 자신의 환상에 충실했던 삶을 후회하지도,
반성하지도 않는다. 비소를 삼키고 집으로 돌아온 에마는
난장판이 된 집에서 눈물 바람으로 매달리는 남편에게
여전히 오만함을 잃지 않은 자세로 명령하듯 말한다.
"날 그냥 내버려둬요!" 아무도 에마처럼 그렇게 살 수는
없지만, 에마의 강렬한 낭만적 환상은 분명 전염성이 있다.

닳아빠진 바람둥이 로돌프도, 소심한 공증인 레옹도, 그를 만나 적어도 한동안은 그가 꾸는 꿈을 같이 꾼다. 그의 꿈속에서 그 꿈의 일부가 된다. 그리고 가장 치명적으로 전염된 인물은 에마가 살아 있는 동안에는 언제나 에마에게 잊힌 채 그 꿈 바깥의 현실에 홀로 남아 있던 샤를이다. 아내가 탐독하던 로맨스소설 한 권 읽어본 적 없고 아내가 자신과 다른 꿈을 꾸고 있었던 것도 전혀 몰랐던 이 사실주의적인 남자는 아내의 죽음 이후 비로소 비극적인 로맨스의 주인공처럼 사랑 때문에 파멸해간다.

플로베르는 사실주의나 자연주의 작가로 분류되기를 거부했으며, 말년에는 향수 젖은 어조로 자신을 "철 지난 낭만주의자"라고 불렀다고 한다. 그는 젊었던 한때 자신의 표현대로 "발갛게 들뜬 낭만주의자"였기에 누구보다도 그 매력과 위험을 잘 알았을 것이고, 그 유혹으로부터 벗어나기 위해 저항했을 것이다. 그럼에도 노년에는 결국 자신이 사실주의자가 아니라 낭만주의자로 죽을 수밖에 없는 존재임을 인정했으리라.

에마 보바리는 실패한 낭만주의자이고 풍차에 받혀 죽은 돈키호테다. 에마가 자신의 꿈과 이상을 좇다 죽었다고 해도 그 이상은 혁명이나 예술처럼 현실을 초극한 어떤 위대한 게 아니라 그저 남들보다 조금 더 특별해지고 싶다는 속물스러운 욕망에서 태어난 것이었다. 모두가 길에 팬

에마 보바리

바큇자국을 따라가듯 정해진 길을 착실히 따라갈 때, 다른
것도 좀 보고 싶다는 발칙한 욕망이었을 뿐이다. 매번
후회하면서도 타인의 SNS를 염탐하는 일을 끊지 못하는
것처럼 그 욕망은 범속하기 때문에 거부하기 더 어렵다.
《마담 보바리》는 내가 십 대 때부터 수십 번 반복해서 읽고
또 읽었던 몇몇 고전들 중 하나다. 나 또한 그러한 욕망을
떨쳐버릴 수 없기 때문에, 그런 욕망에 휘둘리는 자신이
한심하기 때문에, 그러나 그것이 여전히 나를 미혹하기
때문에, 외우도록 읽은 《마담 보바리》를 다시 꺼내어 읽는다.

제인 에어

계속 다른 세계로
나아가기

제인 에어Jane Eyre, 샬럿 브론테, 1847년

《제인 에어》는 내가 어린 시절 처음 접한 고전 중 하나다.
대략 초등학교 6학년 때쯤이었는데, 역시 그 나이에 이런
복잡하고 심오한 어른들 이야기를 이해하기란 무리였다.
이후 활자중독증 환자답게 닥치는 대로 읽었던 대부분의
고전들도 '읽었다'는 기억 외에는 별다른 흔적을 남기지 않은
채 체로 거른 듯 머릿속을 빠져나갔다. '서울대 선정 고전
100선' 따위를 조기 교육하는 것이야말로 일찍부터 고전에
정 떼게 만드는 지름길이지 않을까. 그렇지만 《제인
에어》만큼은 세상 물정 모르는 초등학생에게도 꽤 강렬한
인상을 남겼다. 제인과 로체스터의 애절한 사랑 이야기가
아니라, 책을 펼치자마자 격렬하게 폭발하는 어린 제인의
응축된 분노가 그랬다. 사춘기 초입에 들어서면서부터
사사건건 잔소리를 늘어놓고 구박하는 엄마를 〈신데렐라〉 속
계모가 아닐까 의심해보았다면, 나만 미워하는 부당하고
비열한 어른의 대표 격인 리드 숙모를 향한 제인의 불같은

분노에 절로 감정 이입하지 않을 수 없으리라.

부모 없는 고아. 자신을 거두어준 숙부마저 세상을 떠난 후 하녀들에게도 구박받고 눈칫밥 먹으며 살아가는 집안의 천덕꾸러기. 더구나 예쁘지도, 어린애답게 귀엽거나 애교스럽지도 않아서 그다지 동정해주고 싶지 않은 미운 오리 새끼. 폭군 같은 사촌 존의 폭력과 숙모의 학대에 시달리던 어린 제인의 분노가 한계치에 이르러 숙모와 정면 대결하는 장면은 사춘기를 한참 지나 갱년기에 들어선 이 나이에 다시 읽어도 아드레날린이 솟구친다. 오래 억눌리며 부당함을 감내해왔던 약자가 결연히 반항하는 모습을 볼 때 덩달아 느끼는 해방감이다.

동서고금을 통틀어 소설의 '여주인공'이 되려면 뭐 하나라도 남다르고 특출한 점이 있어야 한다. 그런데 가난한 고아 제인 에어는 조그맣고 못생겼다. 더 안타까운 것은 어릴 때부터 하녀들이 누누이 일깨워주었듯이, 이런 결점을 메워줄 '사랑스러움·애교·여성스러운 매력'마저 약에 쓰려도 없었다. 드라마 여주인공 소개에 등장하는 단골 표현 중에 '캔디형 여주인공'이 있다. 나와 같은 세대라면 일요일마다 아침잠을 깨워 티비 앞으로 달려가게 만들었던 그 유명한 주제가의 첫 소절 "외로워도 슬퍼도 나는 안 울어~"를 기억할 것이다. 일본 애니메이션《들장미 소녀 캔디》의 주인공 캔디는 주근깨투성이에 천애 고아지만, 밝고

사랑스러운 성격으로 테리우스와 안소니 같은, 독자들의
가슴을 설레게 한 부잣집 잘생긴 도련님들을 독차지한다.
이 뻔한 스토리가 수많은 영화, 드라마, 소설에서 마르고
닳도록 되풀이되면서 누구에게나 사랑받는 명랑하고 활기찬
캔디는 그런 여주인공의 원형처럼 되었다(유사품으로
"예쁘지는 않지만 사랑스러운" 빨간머리 앤이 있다).

그런데 가진 것 없고 예쁘지 않다고 누구나가 캔디가 될
수 있는 것도 아니다. 타인의 얼어붙은 마음을 녹이고 내
편으로 만드는 친화력과 사랑스러움이야말로 아무나 가질 수
없는 타고난 재능이다. 그렇다면 돈도, 집안도, 미모도,
애교도 없는 여자는 무엇으로 사는가. 존재감 없이 그림자
속에 머물러 테리우스와 춤추는 캔디를 멀리서 바라보는
월플라워(무도회에서 남자들로부터 춤 신청을 받지 못해 벽에
붙어 구경하는 여자들)의 운명을 받아들여야 하나. 다시
태어나지 않는 한 캔디가 될 수 없는 제인 에어는 어떻게
특별한 여주인공이 될 수 있나.

주제도 모르고 분노하는 약자

소위 '빽 없는 여자'에게 세상은 일찌감치 분수를 깨닫고
순종하기를 기대한다. 부당한 대우를 받더라도 절대 화를
내거나 기분 상한 티를 내서는 안 된다. 들장미 소녀
캔디처럼 "참고 참고 또 참지 울긴 왜 울어"라고 되뇌며 거울

속 자신을 달래고, 남들 앞에서는 세상에 아무 불만 없는 척 가면을 쓰고 상냥하고 나긋나긋하게 굴어야 한다. 이 가면이 벗겨져 그 밑에 있는 적의와 좌절감으로 일그러진 진짜 얼굴이 드러나는 순간, 사람들은 감정을 드러내 자기들을 불편하게 만든 상대를 비난한다. 저 여자는 배은망덕하고 반항적이며 고집 세고 성격이 나쁘다. 제인이 어릴 때부터 줄곧 주위 사람들로부터 받은 비난이다. 더부살이로서 자기 처지를 잘 아는 영민한 제인은 항상 남의 눈치를 보며 거슬리지 않게 행동하려고 노력하지만, 리드 숙모의 자식들인 난폭한 존, 이기적인 일라이저, 아둔한 조지아나는 무슨 짓을 해도 늘 예쁨과 칭송을 받는 반면, 제인은 존재 자체가 민폐다.

제인의 처지는 어른이 되어서도 크게 나아지지 않는다. 제인은 몰인정한 친척으로부터 독립해 밥벌이를 할 능력을 갖추기 위해 로우드 자선 기숙학교에서 6년간 프랑스어와 자수, 그림 그리기 등, 당대의 교양 있는 여성에게 요구된 모든 문화적 소양을 누구보다 열심히 익혔지만, 그렇게 애써보았자 제인이 가질 수 있는 직업은 고작 1년에 30파운드를 봉급으로 받는 귀족 집안 사생아의 가정교사 자리다.

제인 오스틴의 소설에도 숱하게 나오지만, 제때 남편을 구해 정착하지 못한 여성은 남자 형제의 집에 얹혀살든가,

그조차도 여의치 않으면 가정교사로 남의집살이를 하는
수밖에 없다. 가정교사로 산다는 것은 평생 부초처럼 이 집
저 집 떠돌며, 주인집 가족 사이에 끼지 못하고 하녀들과도
어울리지 못하는 어중간한 처지로 경제적 궁핍과 고독,
고립을 견디며 살아야 한다는 뜻이다. 당시 하녀가 연봉
20파운드에 가외 부수입을 받았다고 하니 가정교사는
가방끈만 길었지 하녀보다 나을 것도 없었다. 불안정한 노동
조건과 낮은 임금을 감수해야 하는 비정규직 여성의 고단한
현실은 19세기나 지금이나 크게 다르지 않다.

　　없어서는 안 될 중요한 역할을 담당하지만 사회에서
투명 인간 취급을 받는 비정규직이나 돌봄 노동자들처럼,
손필드 저택에 들어간 제인 또한 그야말로 비주류의 삶을
산다. 저택을 방문한 귀족 손님들은 구석에 조용히 서 있는
이 초라한 가정교사를 본 체도 하지 않는다. 그가 부유한
저택 주인 로체스터와 결혼한다는 것은 누구도 상상할 수
없는 일이다.

　　가난하고 의지할 곳 없는 데다 가부장제 사회에서
여성의 유일한 무기인 미모나 성적 매력도 없는 제인.
그렇다고 납작 엎드려 시키는 대로 고분고분 따르기에는
너무 똑똑하고 주체적인 여자. 세상은 제인에게 이 모든
부당함을 받아들이고 순응하라고 때로는 타이르고 때로는
윽박지르지만, 어린 제인은 분노로 미친 듯이 날뛰며 악을

쓴다. "억울해! 억울해!" 집안의 왕따 제인은 작은 몸에서 있는 힘을 다 쥐어짜내 자신의 유일한 무기인 말로 싸우는 쪽을 택한다. "사악하고 잔인한 놈! 넌 살인자 같아. 노예 감독 같다고! 로마 폭군 같아!" 재미 삼아 자신을 괴롭히는 존에게 생각나는 악담을 다 퍼붓고도 화가 풀리지 않아 자기보다 훨씬 덩치 큰 그의 코를 패고 숙모에게 대든다. "남들은 당신이 선량한 사람인 줄 알겠지만, 당신은 나쁜 사람이에요. 인정머리 없다고요. 당신이야말로 거짓말쟁이에요." 결국 존은 울면서 도망가고 리드 숙모도 두 손을 든다. 그 후 제인은 열악하기 짝이 없는 로우드로 쫓겨가지만, 상처뿐인 승리라고 해도 승리는 승리다. 살아가면서 그보다 강한 힘을 지닌 상대가 나타나 의지를 꺾으려 할 때마다 분노하며 박차고 뛰쳐나오는 패턴은 반복된다.

《제인 에어》는 1847년 출간 즉시 장안의 화제가 되었지만, 존경할 만한 숙녀답게 분노를 다스리고 감정을 숨기기보다는 솔직하게 화를 내고 자기보다 더 높은 권위를 가진 숙모, 귀족 주인, 성직자에게 겁 없이 덤비는 주인공을 불편하게 여긴 사람들이 많았다. 1848년 엘리자베스 리그비는 《쿼털리 리뷰》 서평에서 주인공 제인을 "갱생되지 않은 미숙한 영혼"이며 교만하고 감사할 줄 모른다고 비난했다. 비평가 앤 모즐리는 브론테가 이상적인 여성상에

도전했다고 비난을 퍼부었다. "우리는 가정에 어울리는
여성을 원한다. 그런데 그녀의 인물들은 여자답지 못하다.
그들은 겸손한 절제를 무시하고 얌전한 조심성을 경멸하며
독립적이고 예법을 경시한다."*《블랙우드 에든버러
매거진》의 평론은《제인 에어》를 거칠고 폭력적인 입장을
견지하라고 여성 작가들을 자극하는 대중 선동 글이라고
비난했다. 가난하고 힘없는 사람들은 부당함과 억울함을
호소하는 선동으로 사회 불안을 야기할 것이 아니라, 조용히
세상의 질서에 순응하며 의무를 다하다가 사후에 천국에서의
보상을 기대해야 한다. 불만을 토로하고 분노를 터뜨리는
것은 사회 질서를 어지럽히려는 불순분자들이나 하는
짓거리다. 어디서 많이 들어본 말 같다.

    분노는 정치적이다. 응축된 약자들의 분노는 기득권을
흔들고 기존 질서를 무너뜨릴 전복적인 힘을 갖는다.《제인
에어》출간 당시 영국 사회의 분위기는 "배고픈 40년대"라고
불렸을 정도로 불안했던 시기였다. 18세기 말부터 시작된
산업혁명으로 노동계급이 확대되자 이들은 이에 걸맞은
권리를 요구했다. 노동자들이 자신들의 대표를 의회로 보낼
수 있도록 선거권을 요구한 차티스트 운동이 대규모 시위,
폭동, 파업의 물결을 일으키며 1840년대 영국을 뒤흔들었다.
18세기 프랑스 혁명으로 촉발되어 유럽 전역을 휩쓴 변화의

    *《19세기 영미소설과 젠더》, 조애리 지음, L.I.E., 2010.

분위기도 개인의 자유와 평등에 대해 새롭게 눈뜨게
만들었다. 워즈워스, 셸리, 바이런 등의 낭만주의 시인들은
이처럼 막 깨어난 개인 의식을 찬양했지만, 기득권층의 눈에
이런 움직임이 곱게 보일 리 없었다.

18세기에 시민 계급이 부상하면서 계몽주의자들은 모든
인간에겐 태어나면서부터 자유롭고 평등하며 행복을 추구할
권리가 있다는 천부 인권설(혹은 자연권)을 주장했다. 제인은
어린 시절 게이츠헤드에서 사촌과 숙모의 부당한 학대를
참지 않았던 것처럼, 가난하고 못생겼다는 이유만으로
자신을 무시하려 드는 상대에게 무시와 경멸로 응답한다.
제인은 인간은 사회적 지위나 계급, 재산의 유무, 성별을
떠나 신 앞에서 모두가 동등한 개인이며, 하나의 인격체로
존중받을 자격과 권리를 가진다고 굳게 믿는다. 그 누구도
이러한 기본 권리를 자신에게서 빼앗아갈 수 없다. 개인의
자유와 평등에 대한 천부 인권 개념은 전 유럽 대륙으로 퍼져
프랑스 혁명과 미국 독립 혁명의 사상적 동력이 되었지만,
이러한 권리가 여성, 유색 인종, 가난한 사람들에게까지는
여전히 허락되지 않았음을 생각하면 제인의 신념은 프랑스
혁명의 것보다 한 걸음 더 나아갔다고 할 수 있다.

수많은 사람이 나보다 더 고요한 삶을 살아야 하는 운명에
속해 있으면서 자기들의 운명에 맞서 조용한 반항을 하고

있다. 정치적 반란 외에도 얼마나 많은 반란이 사람들
속에서 부글부글 끓고 있는지 아무도 모를 것이다.
여자들은 대개 매우 차분하다고 여겨진다. 그러나
여자들도 남자들이 느끼는 것과 똑같이 느끼고, 자기
재능을 발휘할 필요가 있으며, 남자 형제들처럼 노력을
쏟을 분야가 있어야 한다. 여자들도 남자들과 전혀 다를 바
없이 엄격한 제약, 절대적인 정체에 고통받는다. 여성보다
특권을 누리는 남성들이 여성은 푸딩을 만들고 스타킹을
짜고, 피아노를 치고 가방에 수를 놓는 일만 해야 한다고
말한다면 편협한 것이다. 여자들이 관습적으로
필요하다고 여겨지는 태도보다 더 많은 일을 하거나 더
많이 배우려 한다고 비난하거나 비웃는다면 지각없는
짓이다.

제인이 로체스터를 사랑하게 된 이유도 그가 신분과 나이,
재산의 격차를 뛰어넘어 자신이 가진 지성과 교양, 문화적
취향을 알아보고 동등한 개인으로 대해주었기 때문이다.
로체스터가 제인의 마음을 떠보기 위해 치사하게도 조만간
잉그램과 결혼할 계획이라고 거짓말했을 때, 분노한 제인은
그가 주인이건 자기보다 나이가 스무 살이 많건 다 무시하고
어릴 때처럼 감정을 마구 폭발시킨다.

"당신은 저를 자동인형으로 생각하시나요? 감정 없는 기계
말이에요? 내 입에서 빵조각을 낚아채가고, 내 컵에 든
생명수를 내팽개쳐도 참을 수 있다고 생각하세요? 내가
가난하고, 무명이고, 못생기고, 조그맣다는 이유로 내가
영혼도 감정도 없는 줄 아시는 건가요? 당신이 틀렸어요!
나에게도 당신 못지않게 영혼이 있어요. 감정도 있고요!
(…) 저는 지금 인습이나 관습이라는 매개를 통해서
말씀드리는 게 아니에요. 육신을 통해서조차 아니고요.
주인님의 영혼에 제 영혼이 말하고 있는 거예요. 우리 둘
다 무덤을 지나 하나님의 발밑에 서게 될 때처럼,
평등하게, 있는 모습 그대로요!"

동등한 인간으로 인정받고 싶다는 소망 때문에 제인은
두 번째 구혼자인 사촌 세인트 존도 거부한다. 자기와 결혼해
선교사의 부인으로 인도에 가야 한다는 세인트 존의
구혼이라기보다는 일방적인 명령에 제인은 "사랑 없는
결혼은 할 수 없다"며 반항한다. 오로지 선교 사업밖에는
관심이 없는 존에게 제인은 아내라는 명목의 효율적이고
쓰기 편한 도구일 뿐이다. 거절당한 존은 하나님의 뜻을
거역하는 불순종이라며 당황하고 분개하지만, 제인은
하나님의 말씀을 빙자해 자기 뜻을 관철하려는 그의
초인적인 의지에 꺾이지 않는다.

제인 에어   55

리드 숙모는 제인이 자기 눈에 띄지 않게 구석에 처박혀
눈을 내리깔고 있기를 바랐을 것이고, 로체스터는 제인이
자신의 정부가 되어 유럽을 돌며 주인님이 베풀어주는
호사를 즐겨주기만을 바랐을 것이다. 세인트 존이 제인에게
바란 것은 선교사의 부인으로서 자신의 충실한 도구가
되어주는 것이었다. 각자 제인에게 바라는 바는 달랐지만
절대적인 '순종'을 원했다는 점에서는 공통적이며, 그들은
제인이 바라는 것이 무엇인지에 대해서는 진지하게 생각하지
않았다. 열 살 때 리드 숙모의 집을 떠난 후 제인은 로우드
기숙학교에서 가혹한 굶주림과 추위에 시달려야 했고,
로체스터의 정부가 되기를 거부하고 무작정 도망친 후에는
황야를 떠돌며 부랑자 취급을 당한다. 그러나 혹독한 대가를
치르면서도 제인은 오로지 자신이 가진 분노의 힘으로
자신을 얽어매려는 굴레를 뚫고 계속해서 다른 세계로
나아간다.

저는 천사가 아니라 저 자신이 될 거예요
분노하는 여자는 위험하다. 빨리 응징하지 않으면 조용히 잘
참고 살던 다른 여자들까지 동요할지도 모른다. 제인은
분노를 터뜨릴 때마다 혹독한 대가를 치른다. 그러나
무엇보다 무서운 것은 타인의 뜻을 거슬렀기 때문에
사랑받지 못하게 될지도 모른다는 공포이다. 제인도

사랑받고 싶은 강렬한 욕망을 누구 못지않게 품고 있다. 하녀나 숙모의 모함대로 은혜를 모르는 사악한 아이가 아니다. 어린 제인은 홀로 추운 방에서 떨면서도, 다 낡아 누더기가 된 인형을 소중하게 이불 속에 뉘고 행복해한다. 유모 베시가 변덕으로 가끔씩 던져주는 작은 호의에도 깊이 감동하고 고마워한다. 리드 숙모에게 인생 최초의 반항을 하고 승리를 얻은 순간에도 복수의 쓰디쓴 뒷맛을 느낀다. 마음 같아서는 당장 리드 숙모에게 달려가 용서를 빌고 싶지만, 그랬다가는 비열한 상대가 자신을 두 배로 짓밟으리라는 것을 알고 있다. 비굴하게 굽실거리며 호의를 구걸하느니 차라리 사랑받지 못한대도 인간으로서의 자존과 품위를 지키겠다는 것이 당돌한 제인의 본심이다. 로우드 기숙학교에서 굶주림과 추위에 시달리는 제인의 삶은 물질적으로는 게이츠헤드에서의 안락하고 풍요로운 생활에 비할 바가 전혀 못 되지만, 제인은 낙원에서 추방된 것이 아니라 제 발로 사랑 없는 지옥을 떠난 것이다. 로우드에서 처음으로 우정을 나눌 친구를 사귀고, 자신을 인정해주는 스승을 만나고, 배움이 주는 지적인 기쁨을 알게 되면서 제인은 이곳의 궁핍한 생활을 게이츠헤드의 사치스러운 생활과 바꾸지 않겠다고 다짐한다.

　　인간은 사랑 없이는 살 수 없다는 사실을 누구보다 잘 알지만 사랑과 자존 중에서 어느 쪽이 더 중요한가는 제인의

삶에서 언제나 가장 중요한 화두이다. 제인에게 진정한
사랑은 개인과 개인이 독립된 인격으로서 서로를 동등한
상대로 존중할 때 피어날 수 있는 감정이다. 일체의
사회적·경제적 조건과 상황을 전부 다 무로 돌릴 수 있는
강력하고 절대적인 힘은 아니다. 오히려 사랑의 감정적 힘에
자기 자신을 잃고 쓸려가버리지 않도록 버텨야 한다.
절대적인 구원의 힘으로서의 낭만적 사랑을 갈구하는 쪽은
제인이 아니라 로체스터이다. 그는 타락과 절망 속을
헤매었던 과거를 솔직히 고백하면서 제인만이 자신을 구해줄
유일한 빛이고 희망이라고 호소하지만, 제인은 그의 애절한
호소에도 뜻을 굽히지 않는다. 재산, 계급, 지위, 미모와 같은
외적 조건과 관계없이 내면의 영혼이 지닌 가치 그
자체만으로 자신을 알아주기를 바란다는 제인의 소망은,
수백 년이 지난 지금 우리 사회에서도 여전히 실현되지 못한
이상이라는 점을 생각해보면 급진적이다 못해 과격해 보일
지경이다.

    로체스터의 청혼을 받아들였을 때, 제인은 보잘것없는
가정교사에서 유서 깊은 귀족 집안의 '안주인'으로
하루아침에 신분 상승하게 되었다고 기뻐하기보다는
로체스터의 우월한 지위에 종속되어 자신의 독립성을 잃게
될까 봐 두려워한다. 제인이 로체스터의 애정을 확인하고
청혼을 받아들인 순간은 그야말로 꿈이 현실이 된

순간이지만, 그 꿈같은 순간을 넘어가면 다시 현실이 펼쳐질 것이다. 제인에게 자신의 모든 것을 바치겠다고 말하면서도 로체스터는 평생 몸에 밴 '주인님'의 오만한 태도를 버리지 못한다. 과연 이들의 관계가 결혼 후에도 스무 살 가까이 되는 나이 차와 어마어마한 재산과 신분의 격차를 넘어 인간 대 인간의 평등한 관계로 지속될 수 있을까. 제인에게는 골치 아픈 숙제다. 청교도풍의 금욕적인 가정교사에게 어울리지 않는 보석과 드레스로 치장해주려는 로체스터를 제인은 후궁을 보는 술탄 같다고 꼬집는다. 제인은 로체스터에게 결혼 후에도 계속해서 가정교사로 일할 것이며, 그에게서 받는 연봉 30파운드로 자기에게 필요한 것을 충당하겠다며 경제적 독립을 선언한다.

과연 웬만한 의지로는 도저히 흉내내기 어려운 극한의 자립심이다. 일부러 돈을 노려 결혼하는 게 아니라면, 사랑하는 남자가 어쩌다 보니 돈도 많으면 좋은 거 아닌가. 좋은 게 좋은 거지, 굳이 이렇게까지 인생 피곤하게 살아야 되나.《제인 에어》를 처음 읽었을 때의 내 솔직한 심정이었다. 부부별산제 등의 개념이 낯설지 않게 된 것도 비교적 최근 들어서의 일이다. 지금 세상에서도 신데렐라의 유리구두를 내 발로 걷어찰 용기를 가진 사람이 얼마나 될까. 제인이 한사코 로체스터의 다이아 반지를 거부한 이유가 개인으로서의 독립성을 지키기 위해서였다는 점을 생각하면 주체적인 삶을 산다는 것은 생각보다 쉬운 일이 아니다.

사랑보다 자존을 택하는 제인의 과단성은 로체스터를 떠나겠다고 결심하는 대목에서 절정에 이른다. 결혼식을 올리러 간 교회에서 이미 로체스터에게 부인이 있다는 청천벽력 같은 폭로를 듣고 다시 자신의 방으로 돌아와 홀로 틀어박힌 제인의 앞에는 두 가지 삶이 놓여 있다. 정식 아내는 아니지만 로체스터와 함께 유럽으로 떠나 사랑받는 정부로 화려한 인생을 사는 것. 다른 하나는 사랑을 잃고 다시 예전의 외롭고 고독한 삶으로 되돌아가는 것. 이 대목에서 제인은 역시 주인공답게 속세에 찌든 나로서는 따라가기 힘든 길을 선택한다. 정실부인 자리가 뭐라고 꽃길을 마다하고 굳이 험한 가시밭길을 택하나. 남들 다 있는 애인 나만 없다고 슬퍼하는《마담 보바리》의 에마 보바리까지는 못 된다 해도 그렇지, 빅토리아 시대 영국 요조숙녀의 도덕관념이 대한민국 유교걸 뺨칠 지경이다.

로체스터와의 삶을 선택한대도 어차피 가진 것 없는 '흙수저' 제인이 잃을 것은 거의 없다. 로체스터도 이 점을 잘 알았다. "나와 함께 산다고 해서 노여워할까 걱정될 친척도 지인도 없지 않소." 그러나 그의 말은 사회적·경제적 약자인 제인과 그의 불평등한 관계의 정곡을 찌른다. 제인 스스로도 기댈 데 하나 없는 자신의 처지를 잘 알고 있다. 제인은 스스로에게 묻는다. "세상 천지에 누가 너를 신경쓴다고? 네

행동으로 누가 해를 입는다고?” 그러나 제인에게는 도덕관념
말고도 그의 사랑에 굴복하지 않아야 할 다른 이유가 있다.
사회적으로 고립무원의 처지라 해도, 그는 온전한 한
인간으로서 스스로를 존중해야 할 의무가 있다. 다른 누구도
나를 보호하거나 지켜줄 수 없기 때문에 내가 나를 더욱
소중히 여겨야 한다. “내가 나를 염려한다. 고독할수록,
홀로일수록, 의지할 데 없을수록, 내가 나 자신을 존중할
거야.”

　　나를 절망 속에 버리고 가지 말아 달라고 애절하게
매달리는 로체스터를 뿌리치고 떠나는 모습이 답답할 정도로
고지식해 보이기는 하지만 단지 결혼제도라는 관습과 도덕에
순응해서 취한 행동이 아니다. 제인은 한 남자에게
경제적·사회적으로 종속되는 것도 모자라 법적 지위조차
보장받지 못하는 정부의 위치로 자신을 낮춘다면, 언젠가는
자신을 사랑한다던 남자도, 심지어 자신조차도 스스로를
존중하지 않는 날이 오리라는 사실을 알고 있었다.

　　사랑은 때로는 가장 위험한 덫이다. 결코 받아들일 수
없는 것, 받아들여서는 안 되는 것조차 받아들이게 만든다.
제인은 로체스터와의 사랑이 한창 불타오를 때, “미래의
남편이 나의 전 세계, 아니 세계 이상의 것, 천국의 희망”이
되어 “일식이 인간과 거대한 태양 사이에 가로놓이듯이”
자신과 하나님 사이를 가로막았다고 고백했다. 이 말은

진실한 기독교인으로서의 참회의 고백이지만, 다른
한편으로는 눈을 멀게 하는 사랑의 맹목성에 대한
경고이기도 하다. 결국 제인은 생살을 찢어내는 듯이 아픈
로체스터와의 이별을 감수한다. 다른 누구도 아닌, 그 누구의
것도 아닌 가난하고 고독한 단독자, '제인 에어'로 남기 위해.

영국식 국뽕?

제인 에어를 분노하는 여주인공이라고 했지만, 기독교인다운
순종의 미덕을 강조하던 당시 영국 사회에서 그가 끝까지
어린 시절의 격렬한 분노를 가슴속에 품고 '교화'되지 않은
채였다면 받아들여지기 어려웠을 것이다. 《제인 에어》를
대단히 마음에 안 들어 한 당시의 일부 평자들은 이 작품을
반기독교적이라고 비난했지만, 샬럿 브론테는 이런 비난에
수긍하지 않았다. 그는 어디까지나 《제인 에어》를 기독교
교리에 가장 충실한 작품으로 썼다고 주장했다. 분명 제인은
나이를 먹고 교육을 받고 경험을 쌓으면서 분노를 억누를 줄
아는 온유하고 모범적인 인물로 바뀌어간다. 《제인 에어》는
게이츠헤드의 "미친 고양이" 제인이 교육과 경험을 통해
교화되고 결국 사회 안에서 타인들에게 인정받으며 안정된
자리를 잡아가는 일종의 성장담이라고도 할 수 있다.
    제인이 로우드 기숙학교에서 만난 친구 헬렌 번즈는
자기를 죽여가며 참고 또 참는 기독교인의 전형이다. 제인은

헬렌이 자기와는 달리 교사의 부당한 처사에 반항하기는커녕 불만조차 갖지 않는 모습을 보고 의아해한다. 잔인하고 옳지 않은 사람들에게 반항하지 않으면 점점 더 고약해질 테니 겁을 먹고 다시는 그런 짓을 하지 못하도록 들이받아야 한다는 과격한 반항아 제인에게 헬렌은 그건 야만인과 이교도나 하는 생각이라고 타이른다. 기독교인이라면 모름지기 내 왼뺨을 친 상대에게 오른뺨을 기꺼이 내밀 줄 알아야 한다. 주체할 수 없는 분노가 상대만이 아니라 자신까지도 태워버릴 위험이 있다는 점에서 "원한을 품기에 인생은 너무 짧다"는 헬렌의 말은 귀 기울여 들을 가치가 있다.

그러나 세상은 눈물의 골짜기이니, 현세에서 원수를 갚네, 뭔가를 이루네 힘 빼지 말고 일찍 하나님 품에 안겨 영원한 지복을 누리는 편이 훨씬 낫다는 헬렌의 믿음은 너무나 소극적이고 패배주의적이다. 뭔가를 하지 않을수록, 빨리 죽을수록 실수하고 죄 지을 확률도 줄어든다. 항상 온유하고 차분한 헬렌은 빅토리아 시대에 이상적인 여성상으로 찬양받았던 '집안의 천사'를 연상케 하지만, 이런 천사들에겐 지상에 머물 자리가 없다. 헬렌은 어린 나이에 결핵에 걸려 기쁘게 천국으로 간다. "착한 여자는 천국에 가고 나쁜 여자는 어디에든 간다"는 말 그대로다. 끝없는 인내와 순종은 여자를 갉아먹으며, 결핵은 서서히 체중과

제인 에어

집중력 감소 등의 전신 쇠약을 동반하는 만성 소모성
질환이다. 제인이 세상의 진창 속을 굴러다니는 동안 헬렌은
결핵이 아니었더라도 화병 때문에 제 명까지 살지는 못했을
것이다.

로우드에서 제인은 헬렌과 훌륭한 템플 선생님의 가르침
덕분에 인내하는 기독교도의 자세를 얼마간 갖추게 되었다.
더는 미친 고양이처럼 날뛰지 않지만, 부당함에 대한 그의
분노는 가슴속에서 완전히 사그라지지 않았다. 제인은
새로운 삶을 꿈꾸며 손필드로 왔지만, 저택을 지키는
페어팩스 부인과 철모르는 어린 프랑스 소녀 정도가 교제
상대의 전부인 그곳에서의 삶은 갓 스무 살 된 젊은이의 피
끓는 열정을 만족시켜주기에는 어림도 없다. 갑갑함을 못
이긴 제인이 마치 우리에 갇힌 짐승처럼 복도를 왔다 갔다
거닐 때, 갑자기 하녀 그레이스풀(이라고 생각했지만 실은
로체스터의 미친 아내 버사)의 광기 어린 웃음소리가 들린다.

버지니아 울프는 《자기만의 방》에서 이 대목을 언급하며
작가가 분노를 억누르지 못한 탓에 난데없이 이런 "경련"이
일어나 작품의 연속성을 깨뜨리고 있다고 비판했다. 울프는
하나는 맞고 하나는 틀렸는데, 버사의 웃음소리를 제인이
기독교적 숙녀가 되기 위해 억누른 분노와 연결한 통찰은
맞았지만, 그것이 작품을 망치는 흠이 된다는 지적은 틀렸다.
제인의 해소되지 않은 분노는 작품 속에 잠재해 있다가

불쑥불쑥 이야기의 표면을 뚫고 버사라는 모습으로
분출된다.

《제인 에어》를 페미니즘 고전으로 끌어올리는 데 큰
공을 세운 비평은 바로 1979년에 발표된 샌드라 길버트와
수잔 구바의 《다락방의 미친 여자》다. 길버트와 구바는
로체스터와 결혼했지만 미쳐서 손필드 저택의 다락방에
감금된 서인도제도 출신 버사를 제인의 어두운 분신으로
보았다. 로체스터는 자줏빛 얼굴에 덩치 크고 괴성을 지르며
미쳐 날뛰는 짐승 같은 버사와, 순진하고 차분하며 정숙하고
조그마한 제인을 양극단의 인물들로 묘사하지만, 길버트와
구바는 실은 이 두 여자는 거울의 양면 같은 존재라고
분석한다.

제인은 영원한 종속의 굴레가 될지도 모를 결혼제도
속으로 걸어 들어가는 것이 두렵고 우월한 지위로 자신의
독립성을 꺾으려 하는 로체스터가 걱정스럽지만, 그렇다고
어린 시절 게이츠헤드의 미친 고양이처럼 날뛸 수 없다.
그래서 그 역할을 버사가 대신해준다. 버사는 제인이
부담스럽게 여겼던 화려한 혼례용 레이스 베일을 갈기갈기
찢고, 큰 덩치로 로체스터와 맞서 싸우며, 자신과 제인을
가둔 손필드 저택을 불태우고, 로체스터의 눈과 한 팔을
빼앗아 무력하게 만든다. 길버트와 구바는 버사가
로체스터의 지배와 자신의 종속을 상징하는 손필드 저택을

파괴하고 싶은 제인의 내밀한 욕구를 충족해주며, 제인은
버사의 죽음을 통해 비로소 스스로를 괴롭히는 분노에서
해방된다고 말한다.*

　　길버트와 구바의《제인 에어》비평은 가부장제 사회에서
여성의 억눌린 분노가 가진 전복적이고 파괴적인 힘을 '미친
여자'의 존재를 통해 재평가했다는 점에서 페미니즘 비평에
한 획을 그었다. 그러나 인도 출신 비평가 가야트리 스피박이
1985년에 발표한 〈세 여성의 텍스트와 제국주의 비판〉은
다시 한번 이 19세기 고전을 새로운 논쟁의 장으로 끌어냈다.
스피박이 주목한 것은 주인공 제인 에어가 아니라 서구의
페미니스트들에 의해 주인공의 분신으로 지칭된 버사였다.
스피박은 버사를 자기 나름의 사연, 인격, 개성을 지닌 한
개인이 아니라 제인에게 딸린, 제인을 위해서만 존재하는
부속품 정도로 보는 시각에 분개했다. 그가 보기에 서구
제국주의는 오랜 세월에 걸쳐 이런 식으로 식민 지배한
나라들의 물질적·정신적 자산을 죄의식 없이 멋대로 가져다
써먹었다. 카리브해 출신 작가 진 리스는 버사를 모델로 삼아
《광막한 사르가소 바다》(1966)를 발표했다. 로체스터는
제인의 마음을 돌리기 위해 버사와의 결혼은 사기였고 그의
집안 대대로 광기가 유전되었으며 천성 자체가 뿌리부터

*《다락방의 미친 여자》, 샌드라 길버트·수전 구바 지음, 박오복
옮김, 북하우스, 2022.

썩은 여자였다고 비난했다. 그러나 진 리스는 한때 영국이
식민 지배했던 서인도제도의 어두운 역사와 더불어,
그곳에서 자신을 사랑하지 않는 이기적이고 냉혹한 남자와
결혼한 뒤 미쳐갈 수밖에 없었던 버사 — 작품 속 이름은
앙트와네트 — 의 비극적인 이야기를 수면 위로 건져
되살려냈다.

　　제인을 찬양하고 버사를 헐뜯은 로체스터의 행동은 단지
두 여성의 개인적 자질이나 성품에서 나름의 근거를 찾아
비롯된 것이었다고 보기만은 어렵다. 버사가 태어나 자란
서인도제도는 무지와 야만이 지배하는 어둡고 타락한 열대
지옥으로 묘사된다. 반면 선량하고 신실한 기독교도인
제인은 대영제국의 문명화된 빛의 세계를 대변한다. 빛과
어둠, 문명과 야만, 자유와 억압. 이런 식으로 상반되는 두
가치를 대비하면서 한쪽은 서구에, 다른 한쪽은 식민 지배한
나라들에 귀속시키는 이분법은 오랫동안 서구 제국주의를
지탱하고 식민 지배를 정당화하는 논리를 구축해왔다.

　　《제인 에어》는 제인이 속한 영국 중산층과 로체스터가
속한 귀족 계층의 이야기인 것 같지만, 그들의 내부 세계와
19세기 영국 사회를 떠받친 외부 세계의 맥락은 그물망처럼
연결되어 있다. 집안의 재산을 물려받지 못한 차남
로체스터는 버사와의 결혼으로 영국 제국주의가 식민지에서
축적한 부를 넘겨받았으며, 제인조차 대서양 마데이라섬에서

포도주 농장으로 재산을 모은, 얼굴도 모르는 친척의 유산을
물려받아 하루아침에 부자가 된다. 해가 지지 않는다던
19세기 대영제국의 번영은 해외에서의 식민 지배와 착취로
빨아들인 부에 기반을 두고 있었다.

　　이런 사정을 고려한다면, 버사의 역사적 배경을
무시하고 그를 단지 제인이 독립적인 한 개인으로 성장하는
과정에서 극복하게 되는 어두운 분신으로 치부한 서구
페미니스트들의 관점에 스피박이 화가 날 만도 하다.
브론테는 분노를 극복하고 타락한 로체스터를 바른 길로
이끌어 갱생시키는 제인의 도덕적 힘을 높이 평가하지만,
제인의 힘은 개인만의 것이 아니라 영국이라는 '도덕적이고
문명화된' 국가가 갖는 힘을 대변한다는 점에서 국가주의,
속된 말로 영국식 '국뽕'의 혐의가 짙게 배어 있다. 한때 모든
것을 다 불태워버릴 듯한 분노로 날뛰었던 어린 소녀는 이제
젊은 시절 유럽 사교계를 떠돌며 미녀들과 실컷 놀아났던
탕자 로체스터와, 프랑스의 '천박한 피를 받은 사생아'
아델을 교정하고 바른 길로 인도하는 안내자 역할을 맡게
된다.

　　하지만 스피박의 비판에 정당성이 있다고 해서 길버트와
구바의 비평이 완전히 틀렸다고 할 수는 없다. 버사의 난동을
통해 제인의 억눌린 분노를 읽어내는 식의 독법은 가부장제
사회의 여성 억압에 대해 더 깊이 생각해보게 해준다. 누가

맞고 누가 틀렸다기보다는, 백 명이 《제인 에어》를 읽는
백 가지 방법이 있다고 해야 할 것이다. 여성 운동이 민권
운동과 함께 불길처럼 일어났던 1970년대 미국의 백인
여성과, 영국의 식민지였던 나라에서 태어나 식민 지배자의
문학을 공부한 유색인 여성의 독서 경험이 완전히 같을 수는
없으리라. 누구나 다 자신의 처지에서, 자신의 관점으로
세상을 볼 수밖에 없으며, 그렇기에 모든 읽기는 제한적이고
파편적이다. 불완전한 파편들이 모여서 조각보처럼 다채롭고
끝없는 읽기의 세계를 펼쳐가는 것이다. 《제인 에어》는
그처럼 다양한 이야깃거리를 제공하고 다른 읽기의 방식을
시험해볼 수 있게 해준다는 점에서 고전이 해야 할 역할을
한다.

그저 너의 성취를 축하하는 마음

무작정 로체스터를 떠난 제인은 고생 끝에 존재도 몰랐던
사촌들을 만나고 친척의 유산을 받아 자립하게 된다.
그사이에 다락방을 탈출한 버사가 낸 불로 손필드 저택은
완전히 불타 없어지며 로체스터는 장님이 되고 한 팔을
잃는다. 수많은 로맨스물이 사랑에 빠진 연인들이 장애물에
부딪혀 잠시 헤어졌다가 이를 극복하고 사랑을 완성하는
식으로 전개되지만, 《제인 에어》가 사랑의 장애물을
극복하는 방식은 좀 무시무시하다. 두 사람이 처음 결합하려

했을 때 신분과 재산의 격차가 문제가 되었다면, 브론테는
제인에게 유산을 주어 경제적 격차를 줄이고,
로체스터로부터 재산, 시력, 팔을 빼앗아 그가 오랜 세월
자연스럽게 휘둘러온 권위와 힘을 약화시킴으로써 둘의
해피엔딩을 가능하게 만들었다. 로체스터는 첫 등장
장면에서, 잘생기지는 않았지만 가슴이 떡 벌어지고 체구가
건장한 스포츠맨 타입의 카리스마적인 인물로 묘사된다.
이렇게 테스토스테론 넘치는 위압적이고 오만한 인물이
독립적인 여성에게 어울리는 짝이 되려면 두 눈과 한 팔
정도는 내놓아야 한다는 것이다. 그런 점에서 《제인 에어》는
분명 사랑으로 모든 고난을 극복하는 로맨스의 외피를 쓰고
있으면서도 사랑의 낭만성 뒤에 감추어진 현실적 토대를
무섭도록 냉정하게 드러낸다. 두 사람이 맺어지려면 어떤
식으로든 양쪽 저울 눈금을 맞추기 위해 넘치는 부분을
자르고 모자라는 부분은 보태는 조정이 필요한 것이다.

　　나아가, 더 넓은 시각에서 본다면 제인과 로체스터의
결합까지 가는 과정만이 아니라, 제인의 결혼 자체가
독립적인 개인으로 살고 싶어 하는 제인과 그런 욕망을
억압하는 사회 간의 타협이다. 자신의 젊음과 재능을 가치
있게 쓸 "새로운 노역"을 기대하며 손필드 저택으로 떠났던
열아홉 살의 제인은 더 넓은 세상과 다채로운 경험을
꿈꾸었다. 진짜 세상은 드넓고, 희망과 공포, 온갖 감정과

홍분이 위험 속에 있는 삶의 진짜 지식을 찾아 그 넓은 세상으로 나아갈 용기가 있는 이들을 기다리고 있다고 믿었다. 아홉 살 때 갇혔던 게이츠헤드의 숨 막히는 붉은 방을 떠나 로우드로, 로우드가 답답해졌을 때 손필드로, 로체스터가 자신을 손안에 가두려 했을 때는 황무지로 떠났다. 끊임없이 자유를 찾아 날아가는 새처럼 탈출을 거듭했던 제인의 종착지는 로체스터가 머무는 펀딘의 저택이다.

제인은 로체스터와 결혼해 펀딘에 살면서 그의 '뼈 중의 뼈, 살 중의 살이 되었다'고 말하지만, 제인의 기나긴 여정의 끝이라기엔 펀딘은 놀라울 정도로 외지고 고립된, 감옥 같은 곳이다. 사냥할 때 잠시 머무는 용도로 썼던 펀딘의 저택은 어둡고 습한 숲속에 고립된 데다 건강에 좋지 않아 오죽하면 로체스터가 차마 버사도 가둬놓지 못했던 곳이다. 그런 곳에서 제인은 불구가 된 로체스터의 손발이 되어 단둘이 살아간다.

물론 제인은 그들이 더 바랄 것이 없이 완전한 행복을 누리고 있다는 말로 고아 소녀의 외롭고 길었던 여정이 마무리되었음을 전한다. 하지만 단조로운 일상의 갑갑함을 못 이겨 손필드 저택 복도를 하릴없이 오가던 열아홉 살 소녀는 어떻게 되었을까? 다른 세계로 날개를 펼치고 날아가고 싶었던 그의 꿈은?

　제인은 세상과의 긴 싸움 끝에 평안을 구하고 자신만의
집과 가족을 얻었다. 그러나 역시 제인의 생각대로 세상에
공짜는 없었다. 사랑과 가정을 얻은 대가로 그가 포기해야
하는 것들이 있었다. 그래도 제인은 19세기의 가난한
가정교사로서 최선을 다해 분투했다.

　못생긴 데다 감정 과잉인 로체스터를 로맨스의
주인공으로 끝까지 인정할 수 없었던 속물적인 나로서는
로맨스의 완성이 아니라 제인의 한 인간으로서의 성취를
축하해주고 싶다. 아쉽지만 제인이 펀딘에서 발을
멈추었다고 해서 그를 탓할 수만은 없다. 여자가 아니라
인간으로서의 자유와 독립을 꿈꾸었던 제인의 이야기는 아직
끝나지 않았다. 그가 터를 잡고 앉은 곳에서 길은 우리,
후대의 독자들을 위해 다시 시작되었다.

엘리너 대시우드

우리가 해피엔딩에 도달하는 과정은
늘 차가운 코미디

이성과 감성Sense and Sensibility, 제인 오스틴, 1811년

영미 작가 중 동서고금 통틀어 가장 대중적 인기를 누리는 작가를 꼽는다면 아마 제인 오스틴일 것이다. 제인 오스틴이 남긴 여섯 장편과 중편 하나는 모두 영상화되었다는 보기 드문 기록을 갖고 있다. 가장 사랑받는 《오만과 편견》의 영상화 작품으로는 키라 나이틀리 주연 영화(2005)나 콜린 퍼스가 섹시한 다아시 역으로 출연해 화제가 되었던 BBC 드라마(1995)처럼 18세기 배경의 원작을 충실하게 각색한 것들이 있지만, 전 출연진이 튀어나와 흥겹게 춤판을 벌이는 발리우드 스타일 영화 《신부와 편견》(2004), 엘리자베스와 자매들이 무기를 들고 좀비 사냥에 나서는 《오만과 편견 그리고 좀비》(2016)처럼 파격적인 상상력을 발휘한 영상물들도 있다. 한편 넷플릭스에서 인기를 끌었던 '브리저튼' 시리즈처럼 제인 오스틴으로부터 영감을 받은 작품도 적지 않다. "클래식은 영원하다"는 말을 증명하는 예로 제인 오스틴만큼 적절한 사례도 없을 것이다.

1775년에 태어나 1817년 사망한 제인 오스틴이 주로
활동했던 시기는 산업혁명으로 산업 자본주의가 급격히
발전하고, '해가 지지 않는 대영제국'의 식민지 사업이 전
세계로 거침없이 확장되며 대외적으로는 미국 독립혁명과
프랑스 혁명의 바람이 몰아친 격동의 시대였다. 하지만
그러거나 말거나 제인 오스틴 소설 속 젠트리 계층 사람들은
무도회, 피크닉, 음악회, 사냥, 산책 등으로 한가로이 시간을
보내고, 여름이면 온천 도시 바스로 피서를 떠나거나
런던에서 최신 유행을 따라잡고 지인들을 만나 사교를
즐긴다. 세월이 흘러도 우아하고 한가로운 영국 귀족 세계는
우리의 숨 가쁜 하루를 잠시 잊게 만들 만큼 여전히
매력적이다. 게다가 제인 오스틴 소설의 주요 뼈대는 시대와
지역을 초월한 만인의 관심사, '연애와 결혼'이다. 아름다운
숙녀와 멋진 신사의 밀고 당기는 러브스토리는 아무리
보아도 지겹지 않다. 거기에 작가의 톡톡 튀는 말맛까지
더해진다면 더 말할 것도 없으리라.
　　그렇지만 세상 모두가 남의 연애로 대리만족하고
주인공들의 결혼식 장면을 흐뭇한 엄마 미소로 지켜봐주는
순수한 마음의 소유자는 아니다. 매번 '그 후로도 행복하게
살았습니다'라는 식의 뻔하고 무책임한 결말이라니. 사실
내가 제일 싫어하는 장르가 로맨스다. 백마 탄 왕자님이 넓은
세상 어딘가에 있을지도 모르지만 내 남자일 가능성은 0에

엘리너 대시우드　　　　　　　　　　　　　　　75

수렴한다.

이러한 굳은 믿음이 나의 실제 경험에서 나왔다기보다는 원래 삐딱하고 시니컬한 성격 탓이지만, 하여간 로맨스를 즐기는 데 크나큰 장애 요소가 된 것만은 틀림없다. 그러니 두둑한 지참금은커녕 교양 없는 어머니와 망나니 여동생이라는 치명적인 결격 사유가 딸린 엘리자베스 베넷이 내겐 약에 쓰려도 없는 사랑스러움과 발랄함으로 드넓은 영지 펨벌리와 1년에 만 파운드의 엄청난 수입을 가진 일등 신랑감 다아시의 마음을 사로잡는다는 신데렐라 스토리는 그다지 매력적이지 않았다. 제인 오스틴의 로맨스가 '불호'인 사람은 나 하나만이 아니다. 결혼이 여자의 인생에서 최고의 가치이며 궁극적인 목표라는 건가. 게다가 오스틴의 주인공들은 숨이 막히도록 좁고 답답한 세계에서 양갓집 규수로서 온갖 시시콜콜한 규범과 제약에 얽매여 살아간다. 보호자 없이 여행이라도 떠났다가는 아픈 언니를 만나러 마차를 타지 않고 홀로 5킬로미터 이상 걸어간 엘리자베스처럼 숙녀답지 못하다는 비난을 감수해야 한다. 세상이 뒤집히건 말건, 오스틴의 주인공들은 고인 물 속의 조약돌처럼 하루하루 고요한 일상을 보낸다. 샬럿 브론테는 오스틴의 소설을 두고 단아한 경계와 섬세한 꽃들이 있는, 울타리를 두르고 잘 가꾼 정원 같다고 했는데 칭찬으로 한 말은 아니다. 자기라면 그런 세계에서는 숨이 막혀 죽을 거라고 했다. 19세기 미국의 사상가 에머슨은 한술 더 떠서 오스틴의 소설 속 인물들의 관심사는 오로지 결혼할 수 있는 돈과 조건을 가지고 있는지 그 여부뿐이며, 그런 맹목적인 절망 상태에서 사느니 차라리 자살하는 것이 낫다는 막말도 서슴지 않았다.

　대학 2학년 때 한 학기 내내 교수님이 줄줄 읽어주시는 대목에 팔이 빠져라 밑줄을 쳤지만 결국 줄거리 파악에도 실패한 《엠마》 강독 수업과(아직 한국어판이 나오기 전 시절이었다), 같은 작품을 놓고 보수주의자 오스틴 대 진보주의자 오스틴이라는 상반된 해석이 동시에 나올 수 있다는 놀라운 사실을 처음 안 대학원 수업을 거쳐, 번역가로서 《이성과 감성》을 만났을 때에야 비로소 제인 오스틴의 소설을 즐길 수 있게 되었다. 그러기 위해 평생 로맨스를 싫어해온 나의 대쪽 같은 취향을 바꿀 필요는 없었다. 놀랍게도 제인 오스틴은 사랑과 결혼에 대해 나만큼이나 삐딱하고 시니컬했다. 어쩐지 자기 주인공들은 죄다 결혼시켰으면서 본인은 끝내 결혼을 안 했더라니. 그 당시 여성에게 비혼은 선택할 수 있는 옵션이 아니었다. 경제적으로든 사회적으로든 여성의 독립이 불가능한 상황에서 결혼을 하지 못했다는 것은 사회에서 자기 자리를 얻지 못하고 '루저'가 되었다는 의미였다. 결혼하지 못한 여성은 학식과 교양을 갖춘 여성에게 유일하게 허락된

엘리너 대시우드　　　　　　　　　　　　　　　77

직업인 가정교사가 되어 남의 집을 전전하며 버릇없는
부잣집 아이들과 씨름하거나, 남자 형제 집에 얹혀살면서
눈칫밥을 먹는 객식구 신세를 감수할 수밖에 없었다.

　　제인 오스틴은 1796년에 톰 르프로이와 짧은 연애를
했고, 1802년에는 부유한 집안의 상속자인 해리스 빅 위더의
청혼을 받았으나 그다음 날 아침 마음을 바꾸었다. 그때
나이가 스물일곱이었으니 결혼할 수 있는 마지막 기회임을
모르지는 않았을 텐데 왜 그랬는지는 알려지지 않았다.
어쩌면 결혼에 대해 너무 많이 아는 것이 병이었을지도
모르겠다. 아버지가 죽은 후, 오스틴은 마찬가지로 결혼하지
않은 언니 커샌드라와 함께 바스의 셋집들을 전전하다가
동생 에드워드가 초턴에 구해준 집에 정착했다.

훌륭한 첫 문장들은 돈에 대해 이야기한다

《이성과 감성》은 대시우드가의 두 딸, 엘리너와 매리앤이
각자 자신만의 행복을 찾아가는 이야기지만, 그들의 사랑
이야기는 결혼으로 확실하게 팔자를 고친 엘리자베스의
신데렐라 스토리와는 다르다. 소설이 시작되자마자 아버지의
갑작스러운 죽음, 제사도 없는 나라에서 아들에게 전 재산을
'몰빵'해주는 불공평한 유산 분배, 이로 인해 하루아침에
정든 집에서 쫓겨나게 된 대시우드 부인과 세 딸의 심란한
상황이 펼쳐진다. 세 딸 중 맏딸 엘리너는 항상 차분하고

감정을 다스릴 줄 알며 매사에 사리 분별이 분명하다.
현실적인 계산에 어두운 어머니를 대신해 집안의 중요한
결정을 내리는 일은 엘리너의 몫이다. 반면 둘째 매리앤은
착하고 아름답지만 감성이 지나치게 풍부하다. 심지어 이를
매우 자랑스럽게 여겨서 자제하기는커녕 건수만 생기면
기쁨이든 슬픔이든 한껏 끌어올린다.

　힘없는 여자들은 집안의 유일한 아들 존 대시우드의
호의에 기댈 수밖에 없지만, 놀부가 무색한 존과 남편보다
더한 욕심꾸러기 아내 패니는 죽음을 목전에 둔 가장의
간곡한 유언에도 아랑곳없다. 유산을 나눠주기는 고사하고
어머니가 가져가는 그릇도 아쉬워하는 판이니 더 말해
뭐하겠는가. 이제 네 모녀는 빠듯한 수입에 맞춰 살아가기
위해 고향을 떠나 새로운 곳에 삶의 터전을 마련해야 한다.

　《이성과 감성》의 세계는 언뜻 보면 평화롭고 목가적인
영국 전원에서 다정하고 친절한 이웃들과 어울리며 소박한
행복을 즐기는 여자들의 이야기 같다. 하지만 울적하고
심란한 서두에서 짐작할 수 있듯이, 작품 곳곳에 엘리너와
매리앤의 로맨스로도 가려지지 않는 짙은 그늘이 있다.
멀쩡해 보이지만 잘 들여다보면 이 세계는 이기적이거나
천박하거나 멍청하거나 무례한 비호감 진상 천지다.

　존 대시우드와 그의 아내 패니가 전 재산을 다
차지하고도 가난한 형제들에게 한 푼도 보태줄 필요가

엘리너 대시우드

79

없다고 서로의 의견에 맞장구를 치는 꼴을 보면 손발이 척척
맞는 환상의 커플이다. 대시우드 모녀에게 집을 빌려준
집주인 존 경은 사냥을 하거나 파티를 열지 않고선 혼자
시간을 보내는 법을 전혀 알지 못하며, 아내 레이디 미들턴도
머리가 비었다는 점에서 남편과 궁합이 맞는다. 유일한
관심사는 말썽꾸러기 자식들뿐이고 유일한 취미는 아이들의
버릇을 망치는 것인 미들턴의 모습은 어디서 많이 본 듯
낯설지 않다. 존 경의 장모 제닝스 부인은 젊은이들의
연애사에 지대한 관심을 갖고 수시로 선 넘는 참견을 하는
'오지라퍼'이다(실은 이 부인에게는 아예 선이라는 것이 없다).
제닝스 부인의 또 다른 딸 파머 부인은 남편한테 무시당하고
있다는 사실도 모르고 항상 혼자 즐겁고 행복하다. 이사
오면서 대시우드 가족은 한적한 전원생활을 즐길 줄
알았지만, 지성도 교양도 예의도 부족한 이 층간소음 같은
이웃들을 피할 수가 없다. 이웃들에 대한 신랄하기 짝이 없는
독설을 읽다 보면 제인 오스틴이 다시 보인다.

　　엘리너와 매리앤이 사랑에 빠지는 상대들도 영
시원찮다. 단점이라고는 너무 잘나서 오만하다는 것
하나뿐인데 그마저도 '차도남'의 치명적인 매력으로
승화시키는 다아시에 비할 바가 전혀 못 된다. 엘리너는 올케
패니의 남동생이며 페라스가의 장남인 에드워드와 마음이
통하는 사이가 되지만, 그는 젊은이답지 않게 활기가 없고

소심하다. 엘리너와의 관계에서도 너무나 소극적이어서
옆에서 보는 사람들의 복장이 터질 지경이다. 결정적으로
에드워드에게는 철모르던 시절 너무 심심한 나머지 남들
몰래 덜컥 약혼해버린 루시 스틸이라는 여자가 있다. 나중에
엘리너를 만난 뒤 엘리너가 자기 영혼의 단짝임을
알아차리지만 이미 늦은 것 같다.

　열정적이고 아름다운 매리앤에게 어느 날 운명처럼
나타난 이상형의 남자 윌러비도 알고 보면 하자가 많다. 그는
잘생긴 데다 매리앤이 꿈꾸던 대로 낭만주의 문학에 심취한
열정적인 남자지만, 사치를 좋아하고 쾌락에 약하고
무책임하고 이기적이다. 매리앤을 만나기 전에 이미 한
소녀의 신세를 망친 적이 있고, 매리앤도 결혼할 것처럼 실컷
꼬드겨놓고선 부유한 상속녀와 결혼해버린다. 결국 매리앤의
남편이 되는 브랜든 대령은 인품 좋고 재산 많지만
매리앤보다 열여덟 살 위다. 아무리 물 좋고 정자 좋은 데가
없다지만 이건 좀 너무한 거 아닌가.

　대시우드 자매가 결혼하기까지의 험난한 여정은 알고
보면 다 돈이 문제다. 아무리 교양과 미모를 갖추었어도
남자들을 결혼으로 유혹할 결정적 요소인 재산이 없는 한
현실은 녹록치 않다. 두 남자도 미래의 전망이 그들에게
재산을 상속해줄 권한을 지닌 변덕스러운 노부인들의 손에
달려 있다는 점 때문에 연인으로서 책임감 있게 행동하지

못한다. 소심한 에드워드는 아들을 마음대로 휘두르려는
폭군 같은 어머니 밑에서 눈치를 보느라 엘리너에게
적극적으로 다가서지 못한다. 그를 부잣집 딸과 맺어주고
싶은 어머니 페라스 부인과 패니는 행여나 둘의 관계가
진전될까 봐 눈에 불을 켜고 경계하며 노골적으로 엘리너를
구박한다. 돈의 힘으로 아들들을 쥐락펴락하는 페라스
부인의 모습을 오스틴은 풍자적으로 묘사한다.

최근 들어 부인의 가족 구성은 엄청난 변동을 겪었다.
부인에게는 평생 두 아들이 있었으나, 몇 주 전 에드워드가
죄를 짓고 절연당한 탓에 아들 하나를 잃었다가 로버트가
똑같은 죄를 짓고 어머니를 떠나면서 지난 2주간은 아들이
하나도 없었는데, 이제 에드워드가 되살아나 다시 아들
하나가 되었다.

잘생기고 재치 있으며 자신만만한 윌러비 또한 친척
노부인이 죽어서 유산을 물려줄 날만 기다리는 처지라는
점에서 에드워드와 다를 바 없다.
거의 모든 오스틴 소설의 핵심에는 경제적 문제가 있다.
소설이 달콤한 로맨스일 뿐이라고 생각하면 오산이다.
《이성과 감성》의 서두는 누구에게 재산이 얼마 있고 이자는
얼마이고 유산은 어떻게 분배되는지 등, 대시우드가의 재산

상황에 대한 시시콜콜한 설명으로 시작된다.

《오만과 편견》도 돈 애기로 시작하기는 마찬가지다. 소설은 "재산깨나 있는 독신 남자에게 아내가 꼭 필요하다는 것은 누구나 인정하는 진리다"라는 유명한 문장으로 시작하여 베넷 씨네 마을로 아직 이사 오지도 않은 독신남 빙리의 재산에 대한 마을 사람들(특히 결혼 적령기의 딸을 둔 엄마들)의 지대한 관심과 평가로 이어진다.

문학평론가 엘렌 모어스는 "오스틴이 쓴 모든 소설의 첫 번째 문단에는, 특히 그녀의 가장 훌륭한 첫 문장들에는 반드시 돈에 대한 언급이 있다"고 했다.* 오스틴의 소설에 나오는 남자들은 모두 결혼정보업체의 분석 능력 못지않은 섬세함으로 재력을 평가받고 등급이 매겨진다. 그들의 영지와 거기서 나오는 연간 수입뿐 아니라, 예를 들어 목사 후보라면 그에게 교구를 물려줄 목사가 지금 얼마를 벌고 있으며 살날이 대충 얼마 남았는지, 혹은 친척 중 유산을 기대할 만한 노인이 있는지 등, 미래 가치까지 꼼꼼하게 평가 항목에 들어간다.

이제 눈치챘을지도 모르겠지만, 제인 오스틴의 세계는 초가삼간에서 죽을 먹고 살아도 님과 함께라면 행복할 수 있다는 낭만적인 동화 속 세상이 아니다. 점령군처럼 밀고

*《올 어바웃 제인 오스틴》, 캐롤 아담스·더글라스 뷰캐넌·켈리 게쉬 지음, 함종선 옮김, 미래의창, 2011.

엘리너 대시우드

들어온 인정머리 없는 새 상속자에게 쫓겨 대시우드 부인과
딸들이 안락한 정든 집을 떠나는 모습이 소설 서두부터
그려진다. 《오만과 편견》의 베넷 부인은 비슷한 처지가 되기
전에 빨리 딸들에게 적당한 남편감을 찾아주어야 한다는
생각으로 초조하다. 오스틴의 주인공들은 남자에게 모든
권리가 다 주어지는 사회에서 그들을 지켜줄 든든한
아버지를 두지 못한 힘없는 딸들이다. 이 삭막하고 계산적인
세상에서 그들은 어떻게든 살아남을 길을 찾아야 한다.

모두 결혼하는 세계, 작가만 빼고

제인 오스틴의 형제와 친지 들은 그의 사후 전기에서
오스틴을 명성이나 돈을 바라지 않고 남들 눈을 피해
소일거리 삼아 글을 쓴 소박하고 조신한 아마추어 작가이자
너그럽고 푸근한 '제인 고모'로 보여주고 싶어 했다. 여자가
'작가'가 된다는 것, 자신의 존재를 세상에 드러내고 글을
팔아 돈을 번다는 것은 숙녀답지 못한 수치스러운 일이었다.
　　그러나 오스틴은 경제적인 문제에 관심이 많았다.
생전에 베스트셀러 작가의 꿈을 이루지는 못했지만, 책이
몇 권 팔렸고 인세가 얼마나 들어왔고 판권은 얼마에
넘겼는지 등의 문제를 꼼꼼히 따졌다.
　　오스틴은 자신의 소설로 돈을 벌고 싶어 했고, 전문
작가로서의 자의식을 가지고 있었다. 그의 소설들은 여가

시간에 심심풀이로 끄적인 글이 아니라, 긴 시간에 걸쳐 수차례 공들여 수정하고 퇴고한 글이다. 오스틴은 물려받은 재산 없이 결혼하지 않은 여자로 살아간다는 것의 냉혹한 현실을 잘 알고 있었을 것이다.

이런 상황에서 오스틴의 주인공들에게 결혼은 낭만적인 로맨스의 완성만 의미할 수 없다. 결혼은 경제적으로는 평생 먹고살 든든한 생활의 방편을 얻었다는 뜻이며, 사회적으로는 한 남자의 아내만이 아니라 한 집안의, 엘리자베스처럼 운 좋은 결혼을 했다면 한 지역의 '안주인'으로서 안정된 지위를 얻었음을 뜻한다. 그렇기에 괜찮은 신랑감을 골라 결혼하여 안정된 가정을 꾸리는 일은 인생을 건 최대 프로젝트이며, 지참금이 넉넉지 않은 여자들에게는 더 말할 것도 없다. 결혼에 목매는 한심한 여자들이라고 비웃거나, 자신의 주인공들을 전부 결혼으로 몰고 가서 가부장적 질서에 순응하게 만들었다고 오스틴을 비난한다면 18세기 여성들의 사회적·경제적 현실을 너무 가볍게 보는 것이다.

한 비평가는 오스틴이 자신의 주인공들을 모두 결혼시킨 것이야말로 오히려 여자들에게 결혼 외에는 아무런 대안도 허락하지 않는 가부장제 사회에 대한 비판이라고 했다.[*] 중국 작가 루쉰은 "인간의 가장 큰 약점은 자주 배가

[*] 《Jane Austen and the War of Idears》, Marilyn Butler, Clarendon Press, 1975.

엘리너 대시우드   85

고파진다는 것"이라고 했는데, 오스틴과 그의 주인공들도
이에 동의할 것이다. 낭만을 먹고사는 꿈 많은 소녀
매리앤조차 결혼 생활을 하려면 연 2천 파운드의 수입은
너무 당연해서 굳이 말할 필요도 없다고 생각한다. 오스틴
소설을 통틀어 가장 부자인 다아시의 첫 번째 청혼을 두 번
생각하지 않고 거절했을 만큼 패기 넘치는 엘리자베스도,
"언제부터 그에 대한 마음이 바뀌었느냐"는 언니 제인의
물음에 화려하고 웅장한 다아시의 장원 "펨벌리를 본
후"라는 진담 같은 농담으로 대답한다. 모든 소설의 대미를
장식하는 것은 주인공의 결혼이지만, 결혼 자체를 둘러싼
묘사는 너무나 현실적이고 물질적이어서 차라리
반反낭만적이다.

현실이 이렇다 보니 남편감을 차지하기 위해 수단과
방법을 가리지 않는 적극적인 여성들이 작품마다 등장하여
맹활약을 펼친다. 《오만과 편견》에서 샬럿은 엘리자베스의
가장 친한 친구였건만, 친구가 콜린스의 청혼을 거절하기
무섭게 NBA 농구선수 뺨치는 리바운드 실력으로 그를
낚아챈다. 콜린스는 우둔하고 촌스러운데다 열등감과
허영심이 묘하게 뒤섞여 있어서 엘리자베스로서는 줘도 안
가질 남자지만, '젊지도 예쁘지도 않고 지참금도 얼마 없어
형제들의 짐이 될 것이 거의 확실한 집안의 우환거리'
샬럿으로서는 가릴 처지가 아니다. 결혼을 향한 치열한

생존게임에서 우정이나 체면 따위는 중요치 않다.

친구가 버린 남자를 주워가는 샬럿 정도는 양반이다.
《이성과 감성》의 루시는 이런 생존 투쟁에 최적화된
여성이다. 어린 시절 부모를 여의고 남의 집을 전전해온
루시는 천부적인 아부 능력을 타고났다. 이 능력 하나로
허영심 많고 이기적인 인간들의 혼을 쏙 빼놓아 결국 런던의
상류 사회로 입성하는 입지전적인 인물이다. 어린 시절 비밀
약혼으로 어수룩한 에드워드를 확보해둔 다음, 어머니의
편애를 한 몸에 받는 그의 동생 로버트가 나타나자 곧장
갈아탄다. 에드워드는 약혼이 실수였음을 이미 오래전에
깨달았으면서도 신사로서의 양심 때문에 루시와의 약혼을 깰
수 없다고 버티다가 어머니에게 내쳐졌으나, 루시에게는
그의 양심보다 재산 상황이 중요하다. 형 대신 어머니의
재산을 받게 될 로버트를 차지할 수만 있다면 자기 때문에
빈털터리가 된 에드워드쯤이야 전혀 아쉽지 않다. 교육을
많이 받지 못해 교양이 없고 가진 것도 없는 루시는
엘리너보다 사회적·경제적으로 더 취약한 위치에 있으며,
이를 잘 아는 그는 양심이고 지조고 다 내다 팔 기세로
자신의 목표를 향해 돌진한다.

이런 후안무치에 용감무쌍한 아가씨들을 보는 오스틴의
시각은 조금 복잡해 보인다. 여기에서 다시 한번 결혼에 대해
의외로 현실적이고 냉정한 오스틴의 관점이 드러나는데,

엘리너 대시우드 87

오스틴은 샬럿이나 루시처럼 사랑 없이 물질적 이익만 보고 결혼하는 여자들에게 훈계하지 않는다. 여성은 직업을 가질 수도, 경제적으로 독립할 수도 없는 제한된 조건 속에서 살고 있기에, 좋은 선택은 아니라 해도 그들을 무조건 비난할 수만은 없음을 알았던 것이다. 엘리자베스는 친구가 콜린스와 결혼하기로 했다는 소식에 크게 놀라고 실망하지만, 친구의 선택이 현실적이고 어쩌면 현명할지도 모른다는 것을 받아들인다. 어리석은 콜린스와 결혼했다고 해서 샬럿은 불행해지지 않는다. 친구의 신혼집을 방문한 엘리자베스는 친구가 눈치껏 남편을 피해가며 자기 나름대로 결혼생활을 즐기고 있음을 알게 된다. 샬럿에 비하면 대놓고 빌런인 루시조차 권선징악 결말을 맞이하지 않는다. 목사가 된 에드워드와 결혼한 엘리너가 여전히 남편 식구들의 냉대 속에서 목사의 적은 수입으로 알뜰하게 생활을 꾸려갈 동안, 루시는 천부적인 아부 능력을 발휘해 사랑받는 며느리 자리를 꿰찬다. 물론 엘리너는 준대도 바라지 않을 행복이기는 하지만.

말괄량이 길들이기?

달콤한 로맨스와 씁쓸한 현실이라는 상반된 요소를 한 작품 안에 섞어놓는 오스틴에 대해 보수주의자라는 비난과 진보주의자라는 옹호가 동시에 존재한다. 오스틴 안티

진영에서는 그의 주인공들이 여성에게 강요되는 사회적
규범에 맞지 않는 행동을 할 경우 처벌을 받거나 교정되며,
결국 결혼이라는 여성에게 허락된 유일한 선택을 받아들이고
가부장적 질서 내에 안착하게 된다는 점에서 오스틴을 기존
사회 질서를 옹호하는 보수주의자라고 비판한다.

《이성과 감성》의 매리앤을 보면 그 말이 맞는 것도 같다.
사회적 관습이나 예의범절을 무시하고 자신의 감정에만
충실하던 용감한 소녀 매리앤이 실연과 병이라는 혹독한
대가를 치르고 얌전한 숙녀가 되어 아버지뻘인 브랜든
대령과 결혼하는 결말은, 그야말로 미성숙했던 시절의
과오를 반성하고 기존 사회 질서 내로 편입되는 '제인
오스틴의 말괄량이 길들이기'로 보일 수 있다.

매리앤은 틀에 박힌 진부한 표현을 혐오하고 감정의
자연스러운 분출을 예찬하며, 외부 규범이나 보편적인
도덕률보다는 자신의 감정을 도덕 판단의 기준으로 삼고
권위에 반항한다는 점에서 낭만주의와 감상주의의 충실한
신도다. 소설 제목의 '감성sensibility'은 감정을 느낄 수 있는
능력, 즉 감수성을 뜻한다. 18세기 낭만주의 운동은
정치적으로는 프랑스 대혁명을 낳은 자유주의와 깊은 연관이
있다.

18세기 후반 널리 인기를 끌었던 대표적 감상소설인
루소의 《신 엘로이즈》, 괴테의 《젊은 베르테르의 슬픔》,

엘리너 대시우드

매켄지의 《감성의 남자》는 기존의 도덕관념과 윤리관에 반해
자신의 의지로 통제 불가능한 격렬한 감정에 휩쓸려
행동하는 인물들을 그렸다. 이런 소설들은 본능적이고
열정적인 감정이 의무나 명예 같은 부자연스러운 기성
도덕관념과 충돌하며 주인공들이 파멸을 맞는 모습을
묘사함으로써 감상주의가 갖는 혁명적인 성격을 잘
보여주었다. 베르테르가 유부녀 로테를 향한 이루지 못한
사랑 때문에 자기 머리에 총구를 겨누기는 했지만, 그 뒤에는
시시콜콜한 법 조항과 규범을 들먹이는 벽 같은 사회
제도로부터 느낀 깊은 절망감이 있었다. 변혁을 꿈꾸던
유럽의 젊은 세대는 이런 절망과 분노에 열렬히 반응했다.

　　이러한 낭만주의의 혁명적 성격을 생각하면, 감성적인
매리앤보다 이성적인 엘리너의 손을 들어주는 오스틴의
태도가 보수주의적으로 보일 수 있다. 하지만 오스틴 안티
파의 비난에 맞서 그를 당대의 페미니스트로 옹호하는
주장도 있다. 모두가 결혼하는 플롯만 놓고 보면 보수적으로
보일지 몰라도, 오스틴은 그 결말로 가는 과정에서 여성의
주체적 선택을 옹호하며, 여성이 이성적인 판단력과 지성을
갖춘 존재로서 남성과 대등하게 정신적 성장을 이룬다는
점에서 여성이 열등하다는 당대의 편견에 도전하는
진보주의자라는 것이다.

　　남자는 수학을 잘하고 여자는 말을 잘한다는 식으로,

남성은 이성적이고 합리적이며 여성은 감성이 풍부하다는 오랜 성차별적 고정관념과 이분법이 존재한다. 이런 관점을 생각하면 '감성'에는 기존의 권위에 저항하는 혁명적인 성격보다는, 오히려 여성을 열등한 존재로 보는 기존의 통념에 부합하는 면이 있다. 여성은 남성보다 지적 능력과 이성적 판단력이 떨어지는 존재로 흔히 여겨져왔으며, 감정을 못 이겨 히스테리에 빠지거나 쓰러지는 나약한 존재로 그려졌다(그러나 여성들이 툭하면 기절한 것은 연약해서가 아니라 갑옷 같은 코르셋 때문이었다). 엘리너의 이성적인 분별력은 사회적으로 여성의 특성이라고 간주되지 않는 소위 '남성적' 능력이다. 그러나 소설에서 엘리너의 분별심과 이성은 오히려 남성들조차 결여한 자질이다. 윌러비와 에드워드가 감정에 이끌려 실수를 저지르거나 이기심에 사로잡혀 잘못된 행동을 하면 엘리너는 그들의 과오와 약점을 냉정히 판단하고 때로는 따끔하게 일침을 가한다. 이렇게 타인을 도덕적으로 교정해주고 가르침을 전하는 능력은 일반적으로 남성에게 기대되었던 것이다. 그런 점에서 엘리너의 분별력은 성차별적인 고정관념을 뒤집는다. 남성들이 여성의 감수성을 이상화하는 경향이 여성을 자기희생적인 노예 상태에 빠뜨리기 때문에 여성에게 이성이 필요하다는 메리 울스턴크래프트를 비롯한 당대 페미니스트들의 주장과도 통하는 것이다.

엘리너 대시우드

K-장녀의 영국 버전

발랄하고 열정적이며 생기 넘치는 매리앤에 비해, 철없는
어머니와 동생에게 몸에 좋지만 입에는 쓴 충고를 하는
신중한 엘리너는 K-장녀의 영국 버전으로 비칠 수 있다.
엘리너는 융통성 없이 고리타분한 설교만 늘어놓는 꼰대가
아니다. 그의 자제심은 사랑하는 사람들에 대한 배려와 깊은
애정에서 나온다. 엘리너의 연애 또한 매리앤의 것 못지않게
고난의 연속인데다, 루시와 매일같이 얼굴을 맞대며 소리
없는 전투를 벌여야 한다는 점에서 더 파란만장하다. 루시는
엘리너와 에드워드의 관계를 다 알면서 모르는 척 시치미를
뚝 떼고 엘리너에게 연애 고민 상담을 청하며 "당신이
헤어지라고 조언한다면 무조건 따르겠어요!"라고 할 만큼
교활하다. 그러나 속 깊은 엘리너는 사랑하는 가족에게
걱정거리를 안겨주지 않기 위해 결코 티를 내지 않고, 루시
앞에서도 감정의 동요를 감춘 채 포커페이스를 유지한다.

　　사랑 하나에 모든 것을 걸고 불나방처럼 뛰어들기엔
오스틴의 세계는 결코 만만하지 않다. 한가로이 모여
무도회나 즐기는 즐겁고 평화로운 곳처럼 보일지 몰라도,
물 위에 떠 있는 백조처럼 다들 물 밑에서는 미친 듯이
발장구를 치고 있다. 매리앤은 언니가 항상 감정을 지나치게
절제한다고 비난하지만, 언니에 비해 내공이 부족한 그가
미처 보지 못하는 것들이 있다. 여성은 자신의 애정을

보답받을 가능성을 확신할 수 없고 실패할 경우 사회적으로
치명적인 타격을 입을 수밖에 없는 취약한 위치에 있다는
것이다. 그러므로 감정을 드러내지 않고 이성적으로
행동하려는 엘리너의 노력은 자신을 보호하려는 방어책이다.

본래 신고전주의의 핵심 개념인 '이성sense'은 옳고
그름을 분별하는 능력, 즉 분별심에 가깝다. 신고전주의
사상에서는 이성을 세상의 질서 정연한 체계 안에서 자신의
자리와 분수를 알고 이에 맞게 처신하는 능력으로 해석하기
때문에 기존 질서에 순응하는 보수적 성격을 띤다. 그러나
엘리너가 의무를 다하고 루시나 존 대시우드 같은 한심한
인간들에게조차 예의를 갖춘다고 해서 사회 질서에 아무
의문 없이 순응한다는 뜻은 아니다. 말을 안 할 뿐, 속내를
들여다보자면 엘리너의 시선이야말로 누구보다 차갑고
예리하다. 엘리너는 말도 섞기 싫을 만큼 경멸스러운 인간을
만나면 "논리적으로 반박해주는 것도 과분하다 싶어" 대충
네 말이 맞다고 해주고 넘어간다.

주변 인물들의 악덕과 결함에 대한 오스틴의 삐딱한
시선은 주로 이 엘리너의 눈을 통해 전달된다. 엘리너는
매리앤이 자기 기분대로 행동하느라 내팽개친 사회적 역할과
의무를 충실히 수행하지만,《오만과 편견》의 착한 맏딸
제인과는 다르다. 그저 착해서 세상 사람들을 다 좋게만
볼 뿐 비판 능력이 결여된 제인과 달리, 엘리너는 오빠 존

대시우드의 탐욕과 이기심, 현실을 보지 못하는 어머니의
무능력함, 매리앤의 과도한 감성이 불러올 위험, 윌러비의
경박함과 무책임함, 심지어 사랑하는 에드워드의 무기력함과
우유부단까지, 주변인들의 결함을 날카롭게 궤뚫어본다.

오스틴은 이성과 감성을 여성과 남성이 본질적으로
타고난 자질의 문제가 아니라 교육의 문제라고 본다. 그의
생각은 여성도 적절한 교육을 통해 이성적으로 분별하는
능력을 충분히 갖출 수 있다는 계몽주의 여성 운동의 주장과
비슷하다. 엘리너의 분별력은 무조건 눈 막고 귀 막는 식으로
감정을 꾹꾹 눌러서가 아니라 교육과 수양으로 성취된
것이다. 소설 곳곳에 대시우드 자매가 매일 독서하고 서로
독려해가며 진지하게 공부하는 장면들이 나온다. 1876년에
브리스톨 대학이 영국에서 처음으로 여성의 입학을
허가했지만, 케임브리지와 옥스퍼드 대학이 여성의 학위
취득을 제한하는 모든 차별 조치를 해제한 때는 각각
1948년과 1959년이었다. 버지니아 울프는 아버지와 남자
형제들은 다 케임브리지 동문인데 자신은 여자라는
이유만으로 대학 교정도 제대로 밟아볼 수 없는 부당함에
울분을 토했다. 여성의 교육은 상류층 집안에서도 부모나
가정교사에 의해 제한적으로 이루어졌고, 그나마도 남성을
즐겁게 해주고 집안의 분위기를 띄울 정도면 되었다.

오스틴은 이런 겉치레용이 아니라 진지한 교육이

여성에게 중요함을 잘 알았다. 루시에 대해선 타고난 머리가 있는 만큼 더 나은 교육을 받았더라면 훨씬 나은 인간이 되었으리라는 아쉬움을 여러 번 표시한다. 매리앤이 '여성이라서' 병적으로 감수성이 풍부한 게 아니듯이, 루시도 '여성이라서' 교활하고 이기적이며 아부에 능한 것이 아니다. 오스틴은 여성을 근본적으로 열등하며 결함 많은 존재로 보는 남성중심적 관점에 동의하지 않는다.

하지만 여성을 진지한 교육이 필요한 온전한 인간으로 보지 않는 세계에서 교육이 항상 엘리너와 매리앤에게 실리를 가져다준 것은 아니다. 스스로 연마한 공부의 힘으로 그들은 주변의 멍청하고 속물적인 인간들에 대해 비판적인 시각을 갖게 되었지만, 이 똑똑하고 감수성 예민한 소녀들은 닭장 속의 학 같은 존재다. 런던의 존 대시우드 부부의 집에서 존 경 부부, 루시와 그의 언니, 엘리너와 매리앤이 참석한 만찬 분위기는 이렇게 묘사된다.

저녁식사는 성대했고 하인들의 수도 많았다. 어디를 보아도 안주인의 과시하기 좋아하는 성향과 그것을 뒷받침해줄 주인의 재력을 알 수 있었다. (…) 대화의 빈곤만 제외하면 어떤 빈곤도 없었으나, 그 빈곤은 꽤 심각했다. 존 대시우드에겐 들어줄 만한 얘깃거리가 별로 없었고, 그 아내는 더했다. 그러나 손님 대부분도

엘리너 대시우드   95

어슷비슷하여 선천적으로든 후천적으로든 분별이
없다거나, 품위가 없다거나, 활기가 없다거나 그도 아니면
참을성이 없다는 식으로 어울리기 유쾌한 이들이라
하기에는 뭔가 하나씩은 결격 사유가 있었으므로
이 점에서 그들이 특별히 부끄러워할 것도 없었다.

결국 그들은 얘깃거리가 똑 떨어져도 어떻게든 대화를
이끌어갈 수 있는 최후의 주제인 자식들 이야기로 돌아와 존
대시우드 부부와 존 경 부부의 아들들 키를 비교하는
무의미한 논쟁으로 시간을 때운다. 미들턴은 이런 쓸데없는
주제에 루시처럼 적극적으로 끼어들어 자기 아들을
편들어주지 않는 엘리너와 매리앤이 영 못마땅하다.
미들턴의 좋은 벗이 되기엔 생각이 너무 깊은 이들에게
부인은 그 말의 의미도 잘 모르면서 '냉소적'이라는 낙인을
찍는다. 이런 점에서 어쩌면 교육은 그들의 삶을 더 힘들게
만들었을지도 모른다. 엘리너와 매리앤은 루시처럼 간 쓸개
다 빼고 미들턴의 버릇없는 아이들의 사랑스러움을 찬미할
수도 없고, 존 경처럼 아무 의미 없는 사교로 매일 시간을
죽일 수도 없다. 미들턴의 평가가 맞을지도 모르겠다. 이
소녀들은 '냉소적'이 되어 세상의 가치를 의심한다. 끝까지
결혼하지 않고 홀로 소설을 썼던 그들의 창조자처럼, 그들은
험난한 세상에서 자신들만의 방식으로 길을 걸어간다.

결혼을 하든 하지 않든 상관없이.

환상과는 거리가 먼 삶의 아이러니가 의미하는 것

18세기 신고전주의와 낭만주의의 핵심 개념이었던 '이성'과 '감성'이 오스틴의 손을 거쳐 새로운 의미를 갖듯이, 연애와 결혼이 주가 되는 로맨스 장르도 이 장르의 대가를 만나면 새로워진다. 장르소설에는 그 장르의 법칙이 있다. 탐정은 범인을 추적하고, 살아남은 생존자는 좀비가 된 옆집 아저씨의 머리를 깨야 하며, 연인들은 사랑에 빠지고 결말에서 결혼한다. 그러나 아무리 특정 장르의 애독자라 할지라도 안 읽어도 다음 전개가 보일 정도의 뻔한 소설에서는 재미를 느끼기 힘들 것이다. 진정한 장르의 대가들은 장르의 법칙을 따르는 동시에 변주함으로써 익숙함과 새로움 사이에서 줄타기한다.

　가정 로맨스의 틀을 갖고 있는 《이성과 감성》 안에는 매리앤이 자신을 주인공으로 구성하는 감상소설이 존재한다. 낭만주의 문학과 감상소설의 열렬한 애독자인 매리앤은 읽는 것만으로는 만족할 수 없다. 그는 삶이 소설과 꼭 같기를 꿈꾼다. 언덕을 굴러 발목을 다친 매리앤 앞에 꿈꾸던 이상형이 나타났을 때, 그만을 위한 소설은 '우연에 의해 이루어진 운명적인 만남'이라는 로맨스 장르 공식대로 시작되었다. 매리앤은 이 멋진 로맨스물의 주인공으로서

엘리너 대시우드

사랑에 최선을 다한다. 매리앤에게 두 번째 사랑 같은 건
결코 인생에 있을 수 없고, 그건 사랑에 대한 모독이다.
그러나 무정한 윌러비로부터 잔인하게 버림받으면서 그의
드라마는 낭만적인 로맨스소설에서 비극적인 감상소설로
장르가 급변한다.

실연한 매리앤은 장르의 법칙에 충실한 주인공답게
먹지도 자지도 않고 고통에 몸부림치며 눈물로 날을
지새우다 결국 건강을 해쳐 사경을 헤매는 지경에 이른다.
감상소설은 감수성 예민한 매리앤에게 여주인공이라면
마땅히 어떻게 느끼고 표현하고 행동해야 하는지를 세세히
일러주는 지침서 혹은 대본집이나 다름없었다. 그리고
18세기 최고 인기 장르였던 감상소설은 매리앤만 읽은 것이
아니다. 지나치게 감성적인 아름답고 순진한 소녀 → 무정한
연인의 배신 → 버림받은 소녀의 상심 → 병으로 죽거나
파멸. 이러한 비극적 로맨스의 뻔한 전개는 TV에서 방영되는
통속 드라마의 전개 공식만큼이나 당시 사람들에게
친숙했다. 그렇기에 감상소설의 비극적 주인공의 공식을
충실히 따르는 매리앤을 보며 주변 사람들은 그의 죽음을
예정된 결말로 받아들인다. 아무도 매리앤이 병을 이기고
회복하리라 기대하지 않았다. 그들이 사는 세상은
로맨스물의 세계가 아니라 현실이라는 것을 알고 있는
이성적인 엘리너만 빼고.

때로 매리앤의 것과 같은 과도한 감수성은 여성을 취약한 위치에 빠뜨려 윌러비와 같은 방종한 남성들의 제물이 되는 결과를 초래하기도 한다. 브랜든 대령은 형수이자 첫사랑이었던 여성이 불행하게 살다가 세상을 떠나고, 그 여성의 딸 일라이저가 윌러비의 아이를 임신하고 버림받은 경위를 엘리너에게 들려준다. 남성의 유혹에 넘어가 신세를 망친 여성이 자살하거나 병들어 죽는 이야기는 18세기 감상소설의 단골 소재였다. 매리앤을 보면 첫사랑이 생각난다는 브랜든 대령의 말은 매리앤을 전형적인 감상소설의 여주인공으로 보고 있음을 뜻한다. 매리앤의 자기 파괴적 행동은, 낭만적인 주인공이 자신의 감정을 충실히 따르며 관습에 맞서는 행동이 아니다. 오히려 관습을 무시하고 자기감정에만 충실했던 방자한 주인공에 대한 처벌의 의미로 볼 수 있다. 프랑스 철학자 루소는 남성과 여성의 각기 다른 특징은 자연으로부터 부여받은 것, 본질적으로 타고난 것이라고 주장했지만, 즐겨 읽었던 감상소설 주인공의 역할을 매리앤이 현실에서 재현하는 모습에서 엿볼 수 있듯이, 과도한 감성이라는 소위 '여성적' 특질은 문화적으로 구성된다. 열혈 여성 독자와 이에 반응하는 주변인들이 소설 속 허구를 현실로 만들고, 이는 역으로 여성은 감성이 과해서 스스로를 파멸로 몰아넣는다는 종래의 믿음을 뒷받침한다. 마주 보며 서로를 끝없이 비추는

엘리너 대시우드

두 개의 거울처럼 현실과 허구는 서로를 생산하고 강화한다.

소설과 현실이 맞물리면서 서로를 강화하는 피드백 루프에 끼어들어 그 순환 고리를 잘라버리는 역할을 하는 이가 엘리너다. 모두가 매리앤의 죽음을 예상할 때 엘리너는 예의 냉정한 상황 판단력과 차분한 실행력으로 동생을 구해내어 감상소설의 전개를 비튼다. 이후 매리앤의 인생은 더는 감상소설의 공식대로 흘러가지 않는다. 비련의 주인공답게 죽어버리지 않을뿐더러 낭만주의자로서의 신념을 버리고 두 번째 사랑을 받아들인다. 장르의 법칙에 어긋난 전개는 윌러비의 후일담에도 적용된다. 윌러비는 부유한 상속녀와 결혼한 후에도 여전히 매리앤을 가슴속에 품고 살지만, 감상소설의 주인공처럼 달랠 길 없는 슬픔과 우울증으로 죽기는커녕 사랑이 없어도 아쉬운 대로 아내의 돈으로 잘 먹고 잘 산다. 윌러비가 이제 와서 후회하는 이유는 정말로 매리앤을 사랑해서라기보다는 먹고살 걱정이 없어지니 배가 불러서라는 엘리너의 '팩폭'으로부터 오스틴이 운명적 사랑을 어떻게 생각하는지 엿보인다.

오스틴의 세계는 반전과 아이러니로 가득 차 있다. 《이성과 감성》에서 자기가 세상에서 제일 잘난 줄 아는 로버트 페라스는 엘리너와의 대화 도중에 형처럼 주변머리 없는 남자나 선택할 촌스러운 여자라고 루시를 비웃지만 종국에 놀랍게도 루시와 결혼해 모두를 경악에 빠뜨린다.

매리앤의 결혼은 더 아이러니하다. 매리앤은 다른 남자를 사랑하는 자신을 변함없이 연모해온 브랜든 대령을 플란넬 조끼를 입고 관절염을 앓는 노인 취급했다(열여덟 살 아가씨에게 서른다섯 살 남자가 그렇게 보이는 것도 무리는 아니다). 그와 결혼하는 여자는 아내보다는 간병인에 더 가까울 것이라고 말했지만, 그것이 자신의 미래가 될 줄은 꿈에도 몰랐다. 매리앤은 좌절된 청춘의 모험으로부터 간신히 살아나 아버지뻘 되는 남자와의 애정 없는 결혼을 받아들이지만, 그렇다고 그가 모든 것을 포기하고 결혼이라는 무덤 속으로 걸어 들어간 것은 아니었다.

오스틴의 아이러니는 삶이 우리가 기대한 대로 흘러가지 않는다는 것을 의미한다. 그러나 기대대로 되지 않았다고 해서 꼭 불행해진다는 것도 아니다. 정열적인 매리앤은 불순한 티 하나 섞이지 않은 완벽한 환희와 완벽한 절망을 추구했지만, 인간은 불완전하고 삶은 우연투성이다. 조금은 씁쓸한 결말일지 몰라도, 살아남아서 불완전한 세계를 인정하고 받아들이는 것 또한 다른 방식의 성장이라고 할 수 있다. 그리고 이런 불완전한 세계와 어리석고 이기적인 인간들을 받아들이는 것은 작가 오스틴이 견지해온 자세이기도 하다. 오스틴은 가혹하리만치 날카롭게 인물들의 속물스러움과 어리석음을 폭로하면서도 인간에 대한 혐오와 경멸로 넘어가진 않는다. 제닝스 부인과 존 경, 파머 부부 등,

이웃들은 어리석고 천박하지만 대시우드 가족을 도와주려는 마음만큼은 진심이기에 한심하면서도 사랑스럽다(물론 존 대시우드 부부와 페라스 부인, 루시와 레이디 미들턴처럼 끝내 이런 관대한 기준이 적용되지 않는 인간들도 다수 있기는 하다).

엘리너와 매리앤의 결혼은 낭만적인 로맨스소설에서 흔히 불어넣는 사랑의 환상과는 거리가 있다. 엘리너는 에드워드와의 결혼에 성공하지만 에드워드는 여전히 장자로서의 권리와 재산을 회복하지 못하며, 그들은 존 대시우드 부부, 로버트와 루시, 페라스 부인으로 구성된 주류 사회에서 고립된 삶을 살아간다.

엘리너와 매리앤이 주변인들과의 관계를 통해 이르게 되는 도덕적 성숙과 결혼이라는 결말은, 여성들의 행동과 선택이 많은 제약을 받는 상황에서 죽거나 절망하지 않고, 루시처럼 자신의 존엄을 버리고 비굴하게 굴복하지도 않은 채 자존을 지키며 살아남는 방법을 터득했다는 성취로서 의미가 있다. 루시가 루시의 방식대로 생존하듯이 엘리너에게는 엘리너의 삶의 방식이 있다. 결국《이성과 감성》에서 오스틴이 우리에게 던지는 질문은 이것이다. 사회적·경제적으로 약자일 수밖에 없는 여성으로서, 냉혹하고 때로는 적대적인 이 세계에서 어떻게 생존할 수 있을 것인가? 그 답을 찾아가는 이야기가 운명에 기댄 환상적인 로맨스일 필요는 없고, 남성중심적 가부장제 사회의 관습에 무력하게 짓밟히는 비극일 필요도 없다.
제인 오스틴은 독신 여성 작가로서 자신을 얽어맸던 수많은
현실의 제약을 넘어 여성의 다른 이야기를 쓸 수 있는
가능성을 내다본다. 그것이 오늘날에도 많은 여성이
오스틴을 읽고 또 다른 새로운 이야기를 상상하게 하는
힘일지도 모른다.

엘리너 대시우드

데이지 페이 뷰캐넌

검은색과 금색의 합은
밤하늘의 녹색

위대한 개츠비The Great Gatsby, 스콧 피츠제럴드, 1925년

《위대한 개츠비》는 내가 수업에서 학생들과 가장 자주 읽은
소설이다. 학생들은 로버트 레드포드와 미아 패로가 출연한
고전미 물씬 풍기는 1976년 영화 《위대한 개츠비》는 몰라도,
레오나르도 디카프리오가 예의 그 매력적인 미소를 짓고
잔을 들어 올리는 2013년 영화의 스틸 컷은 잘 안다.
안 읽었어도 읽어본 듯한 착각이 드는 책이 고전의 정의라면,
《위대한 개츠비》는 그런 정의에 부합한다. 줄거리만
요약해서 보자면, 세상 고전들의 절반 이상이 불륜하다가
신세 망친 남녀의 통속 드라마이듯 《위대한 개츠비》도
자기를 진심으로 사랑한 적이 없는 무정하고 차가운
미녀에게 순정을 다 바치다 못해 끝내 목숨까지 바치는
호구의 이야기다. 돈이 아무리 많으면 뭐하나. 여자 보는
눈도 없는 호구가 왜 위대한가. 개츠비에 대한 첫 번째
의문이다. 그렇다면 '위대한' 개츠비를 죽음으로 몰고 간
데이지는 천하의 악녀인가. 뒤따라 나오는 두 번째 의문이다.

데이지에 대한 남학생과 여학생의 반응은 좀 갈린다. 영문과에 남자가 드물기는 하지만, 어쨌거나 그 희귀한 남학생들의 주위에는 데이지 같은 여자에게 헌신했다가 헌신짝이 된 불쌍한 호구 친구가 한 명은 꼭 있다. 그들은 자기 일처럼 분개하며 데이지를 성토한다. 그런 이기적인 여자한테 마음을 주지 말았어야 해요. 개츠비가 불쌍해요.

반면 여학생들의 반응은 다소 시큰둥하다. 데이지가 원하지 않은 애정을 그렇게까지 일방적으로 쏟아부은 것도 폭력이 아닌가요. 개츠비가 좀 과해요. 일리가 있다. 이미 오래전 남의 여자가 된 옛 연인을 못 잊어 근처로 이사 온 것도 모자라, 우연히라도 들러주지 않을까 싶어 어중이떠중이 다 끌어모아 밤마다 화려한 파티를 여는 남자라니. 이 정도면 집착도 병이다. 그렇다면 역시, 《위대한 개츠비》는 사랑에 속은 바보의 이야기고, 데이지는 무죄인가.

데이지를 위한 변호

데이지를 비난하는 목소리들은 그가 "개츠비 같은 '위대한' 남자가 모든 것을 걸 만한 가치가 없는 여자"라고 말한다. 데이지는 남부 출신의 부잣집 딸이고 누구나가 원하는 선망의 대상이지만, 사치스럽고 허영심이 강하며 뼛속까지 이기적이다. 데이지는 개츠비를 두 번, 아니 세 번 버렸다.

데이지 페이 뷰캐넌

개츠비가 유럽으로 참전하러 간 후 기다리다 지쳐 결국 톰과
결혼하면서 그를 버렸고, 앙심을 품은 톰이 개츠비의 정체를
폭로했을 때 두 번째로 버렸다. 그것도 모자라 데이지는
남편의 정부 머틀을 차로 치어 죽인 자기 죄를 대신
뒤집어쓰고 살해당한 개츠비의 장례식조차 외면함으로써
또 한 번 배신했다. 개츠비의 무덤에 눈물 한 방울 흘려주지
않았다.

처음 등장하는 장면에서 데이지는 나풀거리는 새하얀
레이스에 휩싸여 마치 허공에 둥둥 떠 있듯 소파에 누워
있다. 그는 닉을 보고 이렇게 외친다. "난 행복에
마-마비되었어!" 이 장면이 암시하듯이 데이지는 삶의
목표나 방향 없이 부유하며, 마비된 듯 수동적이고
무기력하다. 자신의 전부를 단 하나의 목표에 걸고 직진하는
개츠비와는 전혀 다른 방식의 삶을 산다. 그는 남편과 함께
뭔가 새로운 흥밋거리를 찾아 유럽을 헤매다 돌아와 뉴욕의
이스트에그에 정착했다. 그러나 경주마용 마굿간까지 있을
정도로 호화로운 대저택에 살면서 "안 가본 데 없고 볼 거 다
봤고 안 해본 짓이 없"다고 말하는 냉소적인 데이지는 삶이
무료하고 지겨워서 질식해 죽을 지경이다. "우리 이제
오후에 뭐 하지? 그리고 내일은, 그리고 또 삼십 년 동안은?"

서른도 안 된 나이에 벌써 세상 모든 게 다 시들하고
우스워진 데이지지만, 그에게도 심장이 말랑말랑했던 시절이

있었다. 적어도 가난한 군인 개츠비와 사랑에 빠졌던
갓 스무 살 데이지는 그랬다. 조던은 데이지가 엄마 몰래
짐을 꾸려 가출하려다가 들킨 적이 있다는 믿기 힘든
이야기를 닉에게 들려준다. 톰과의 결혼식 전날, 데이지는
술에 잔뜩 취해 결혼 선물로 받은 35만 달러짜리 진주
목걸이를 휘두르며 이따위 것 아무에게나 줘버리라고 주정을
한다. 반질반질하게 닳아빠진 5년 후의 데이지를 보면
상상하기 어려운 과거지만, 한때는 그에게도 사랑이 세상의
전부인 줄 알았던 시절이 있었다. 데이지가 처음부터 영혼
없는 속물이었다면 가진 것 없는 뜨내기 군인에게 마음을
다 주고 심지어 그를 찾아 가출하는 모험까지 감행했을까.
그랬으니 5년이 흘렀어도 여전히 개츠비에게 데이지는 모든
것이 완벽하고 순수했던 시절의 상징일 수 있었을 것이다.
개츠비는 그 시절의 데이지를 되찾겠다고 다짐하고,
그렇게만 된다면 그들의 결별 이후 틀어지고 엇나갔던 모든
것이 다시 제자리를 되찾으리라는 불가능한 꿈을 꾼다.
    팽개쳤던 진주 목걸이를 다시 주워 걸고 돈 많고
건장하고 잘생긴 왕자님 톰과 결혼한 데이지의 삶은
행복하지 않다. 이 오만하고 이기적인 왕자님은 공주님이든
누구든 남의 행복에 관심이 없다. 닉은 대학 졸업 이후 처음
만난 톰을 "어마어마한 힘을 낼 수 있는 몸, 잔인한 육체"를
가진 자로 묘사한다. 승마 부츠는 터질 듯 부풀어 오르고,

얇은 승마복 속 우람한 근육이 꿈틀거리는 것이 보일
지경이다. 톰의 묘사를 읽으면 임상수 감독의 영화
《하녀》(2010)의 '훈'이 떠오른다. 재벌가의 남자인 훈(이정재
분)은 섬세하게 관리하고 다듬은 아름답고 강한 육체를
과시한다. 그 집에 하녀로 들어온 '은이'(전도연 분)는 그런
몸에 매혹되지만, 부자의 아름다운 몸은 때로는 닉의
묘사처럼 '잔인한 몸'이기도 하다. 상대가 누구건 자신의
욕망에만 충실하며, 걸리적거리는 것은 그 가공할 힘으로
잔혹하게 파괴한다. 훈의 욕망을 채워주는 노리개가
되었다가 결국 샹들리에에 목을 매달고 자기 몸에 불을 붙인
은이의 끔찍한 결말처럼, 감히 톰의 곁에 접근한 사람들은
모두 어떤 식으로든 그의 욕망에 이용당하고 상처받고
파괴된다. 손가락이 멍든 데이지, 뺨을 맞고 코피를 철철
흘리는 머틀, 그리고 개츠비까지.

　　톰은 신혼 시절부터 이미 바람을 피운 전력이 있다. 호텔
메이드를 차에 태우고 가다가 사고가 나는 바람에 들통이
났다(이때도 메이드는 팔이 부러졌지만 톰은 멀쩡했다). 닉과
조던, 데이지와 톰이 함께 식사하는 와중에도 톰을 찾는
애인의 전화벨이 불청객처럼 자꾸만 울린다. 데이지는
닉에게 딸을 낳을 때조차 톰이 자기 곁을 지키지 않았다고
쓸쓸하게 털어놓는다. 데이지는 태어난 아이가 딸임을 알고
이렇게 말했다.

"좋아. 딸이라서 기뻐. 그리고 그 애가 바보가 되면
좋겠어. 이런 세상에서 여자아이는 그렇게 되는 게 최고야.
예쁘고 작은 바보."

자신을 "예쁘고 작은 바보"라고 말하는 여자는 적어도
바보가 아니다. 데이지의 말은 "예쁘고 작은 바보"가 되는 것
외에는 여자에게 달리 선택의 여지가 없다는 체념의
표현이면서 그렇게 만드는 '이런 세상'에 대한 냉소이다.
데이지는 남편이 대놓고 바람을 피운다는 사실을 자기도
알고 친구도 알고 온 세상이 알지만 모른 척한다. 데이지는
순진한 남자를 파멸시키는 팜 파탈이라기보다는 가부장제의
가련한 희생자로 보이기도 한다. 조던은 개츠비가 데이지와
재회할 수 있도록 다리를 놓아주며 닉에게 이렇게 말한다.
"데이지한테도 자기 인생이 있어야죠."

계급은 사랑보다 중요

미국의 1920년대는 여성에게 과거보다 조금 더 많은 자유가
허용된 변화의 시기였다. 제1차 세계대전 당시 참전한
남자들의 빈자리를 메우기 위해 여성들의 사회 진출이
늘어난 덕분이었다. 20세기 초 영미권에서는 여성 참정권
운동이 활발하게 벌어졌고, 그 결과 여성은 1920년 미국
대통령 선거와 연방 의원 선거에 참여할 수 있게 되었다.

데이지 페이 뷰캐넌

또한, 기술과 산업의 발달로 세탁기와 청소기 등 다양한 가전
제품들이 등장하면서 가사 부담이 줄어들었다. 이런
분위기를 틈타 자유롭게 즐기고 싶은 새로운 젊은 여성들
세대, 플래퍼가 등장했다.

플래퍼의 어원은 새끼 야생 오리지만 20세기 초
프랑스에서는 짧은 치마를 입고 단발머리를 한 길거리
매춘부를 의미했고, 미국에서는 제1차 세계대전 이후
여성들의 사회 참여로 인해 생겨난 신여성을 가리키게
되었다. 미국의 1920년대는 재즈 음악이 인기를 끌면서 '재즈
시대'라고도 불리는데, 이 시기에 재즈 가락에 맞춰
누구보다도 신나게 스텝을 밟았던 여자들이 바로
플래퍼들이었다.

이들은 빅토리아 스타일의 치렁치렁하고 무거운
드레스와 답답한 코르셋을 벗어던지고 실크나 레이온, 저지
같은 가벼운 천으로 된 단순한 디자인의 짧은 치마를 입고
머리카락을 짧게 쳤다. 조던과 데이지는 1920년대 플래퍼의
전형이다. 당시 유행했던 찰스턴 댄스를 추다가 건물이
무너지기도 했다니 광란의 시대라고 부를 만도 하다.
플래퍼들의 기세가 얼마나 대단했던지, 머나먼 동방예의지국
조선까지 그 소문이 퍼져서 플래퍼를 일본식으로 발음한
'후랏빠'들이 미풍양속을 해친다고 개탄하는 논설이 신문에
실릴 정도였다.

데이지와 조던이 남자들과 어울려 거침없이 담배를
피우고 술을 마시며 파티를 즐기는 것을 보고 이미 백 년
전에 여성 해방이 이루어졌구나 하고 생각할지도 모르지만,
세상은 그렇게 만만하지 않았다. 전쟁으로 여성의 사회
진출이 늘어났다 해도 일시적이고 제한적인 변화에
불과했다. 전쟁이 끝나 군인들이 돌아오자 여자들은 다시
제자리로 돌아가야 했다. 여자들은 사무원이나
타이피스트로서 보조적인 업무를 맡는 게 고작이었고,
전문직에서 경력을 쌓을 기회는 주어지지 않았다. 프로 골프
선수인 조던은 당시로서는 대단히 희귀한 예이다. 그러니까
여성들이 엄청 자유로워진 듯이 보여도 실은 밤늦게까지
술 마시고 춤출 자유를 얻은 정도에 불과했고, 그나마도
모두가 공평하게 누릴 수 있었던 게 아니었다.

그렇다면 데이지는 가부장제의 불쌍한 희생양이자
피해자일까? 닉은 데이지가 당장 해야 할 일은 어린애를
안고 집에서 뛰쳐나오는 것이지만 그럴 마음은 전혀 없어
보인다고 말한다. 돈 많고 아름다운 데이지도 남편보다
경제적·사회적 약자로서 여타 여성들과 마찬가지로
남편에게 매인 뒤웅박 팔자라고 할 수 있을 것이다. 그렇지만
데이지가 남편의 바람으로 고통받은 가슴 아픈 이야기를
끝내고 입을 다문 순간, 닉은 동정심보다는 기묘한 위화감에
휩싸인다. 그의 고백은 뭔가 진실성이 빠진 것 같다.

데이지 페이 뷰캐넌   113

데이지는 내가 무슨 말을 했냐는 듯이 능청스러운 미소를
띠고 닉을 쳐다보고, 닉은 데이지의 표정이 마치 자신도 이들
부부가 속한 대단한 비밀 사교단체의 회원이라고 주장하는
듯 보인다고 생각한다. 그렇다. 데이지가 개츠비를 버리고
톰과 결혼한 이유, 그와 헤어지지 못하는 진짜 이유는,
그들이 같은 비밀 사교단체에 속한 회원이기 때문이다.
《위대한 개츠비》는 사랑보다 계급에 관한 이야기다.

선택받은 '금수저'들의 비밀 클럽

공주님도 남편의 바람으로 고통받기는 마찬가지지만,
그렇다고 공주님이나 공주님의 속옷을 빠는 흑인 하녀나 다
똑같은 모습의 가부장제 희생양이라고 하기는 좀 곤란하다.
같은 여성이라 해도 계급, 인종, 성적 지향은 저마다
제각각이며, 서로 다른 식으로 억압과 차별을 경험한다.
1920년대는 1세대 페미니즘 운동이 목표로 삼았던 참정권을
성취하면서 투쟁 목표를 잃고 소강상태에 들어간 시기였다.
1960년대에 베티 프리단이 《여성성의 신화》를 발표하면서
비로소 제2물결 페미니즘의 불길이 타올랐다. 베티 프리단은
여성들이 이미 잘 정돈된 집과 이미 매력적인 외모를 가꾸는
데, 이미 버릇없는 아이들을 더 버릇없게 만드는 데 시간과
수고를 너무 많이 들이고 있다고 비판했다. 그는 여성이 감옥
같은 가정을 벗어나 공적인 사회 활동에 참여해 더 의미 있는

일을 할 기회를 얻어야 한다고 주장했다.*

프리단의 주장은 여성도 평등한 기회를 가질 수 있도록 '기울어진 운동장'을 고치는 자유주의 페미니즘의 기반이 되었지만, 이후 자유주의 페미니즘은 비판도 많이 받았다. 주된 비판은 많은 자유주의 페미니스트들이 충분한 교육을 받았지만 사회에서 능력을 발휘할 기회를 얻지 못한 백인 중산층 주부의 삶을 모든 여성의 삶인 양 생각했다는 것이다. 물론 남성들과 공정하게 경쟁할 기회, 사회 활동에 참여할 기회는 극히 중요하며 자유주의 페미니즘은 이를 위한 제도 개선 면에서 많은 것을 이루었다.

그러나 남편의 수입만으로는 생계를 꾸릴 수가 없는 탓에 보모, 가정부, 식당 종업원 등으로서 닥치는 대로 온갖 허드렛일을 해야 했던 흑인 여성들은 백인 중산층 여성들의 고민에 공감하기 어려웠다. 백인 여성들이 배부른 소리를 했다는 얘기가 아니라, 여성이면서 또한 흑인으로서, 빈곤층으로서 이중, 삼중의 억압에 시달리는 흑인 여성들의 목소리는 담아내지 못했다는 뜻이다. 이러한 반성은 젠더, 생물학적 성, 섹슈얼리티, 인종, 민족, 장애 상태, 사회경제적 지위 등에서 비롯된 다양한 억압에 두루 관심을 갖고, 페미니즘 운동에서조차 소외되었던 여성들의 경험과 관점을

*《여성성의 신화》, 베티 프리단 지음, 김현우 옮김, 갈라파고스, 2018.

데이지 페이 뷰캐넌   115

포함하려는 교차성 페미니즘 담론의 발전으로 이어졌다.

데이지는 여성이라는 약자이지만 계급 면에서는 톰의
세계에 속한다. 이 부부가 보기보다 훨씬 끈끈한 사이라는
사실은 플라자 호텔에서 톰과 개츠비의 갈등이 폭발한
이후에도 드러난다. 호텔에서 집으로 돌아온 데이지가
혹시라도 남편에게 맞을까 봐 걱정된 개츠비는 밤새
데이지의 저택 앞에서 보초를 서고, 데이지와 톰은 치킨과
에일을 앞에 두고 사이좋게 앉아 있다. 그들의 모습을 본
닉은 이렇게 말한다. "누구라도 그들이 둘이서 모의를 하고
있다고 보았을 것이다."

아무리 지지고 볶으며 살아도 그들은 환상의 '원팀'이다.
당연하게 특권을 누리고 아무것도 책임지지 않는 이기적이고
경솔한 인간들이라는 점에서 더할 나위 없이 죽이 맞는다.
닉의 말처럼, 그들 부부는 "물건이든 살아 있는 것이든 다
산산이 부숴버리고 자기들의 돈이든 엄청난 경솔함이든
하여튼 뭐가 되었건 자기들을 함께 묶어주고 있는 것 속으로
도피해버리고 다른 사람들이 자기네가 어질러놓은 난장판을
깨끗이 치우도록 놔두는" 사람들이다. 《하녀》에서 은이가
비참한 죽음을 맞은 후 화려한 거실은 티끌 하나 없이 말끔히
치워지고, 아무 일도 없었던 듯이 새 샹들리에 밑에서 성대한
파티가 열린다. 어떤 난장판이 벌어져도 남들이 대신
치워주는 데 익숙한 이 특별한 사람들은 눈썹 하나 까딱 않고

유유히 빠져나가버린다.

　이런 데이지와 톰이 속한 비밀 사교단체의 가입 자격
조건은 돈만이 아니다. 어디에서 왔는지, 무슨 일로 부를
이루었는지, 정체를 알 수 없고 근본도 없는 개츠비 같은
무뢰한은 돈으로 산을 쌓아도 들어갈 수 없다. 톰이 집중
공격하는 개츠비의 약점도 바로 그것이다. "다음에는 이거고
저거고 다 내팽개치고 흑인이랑 백인이 결혼도 하겠구먼."
이 말에 꽂혀서 개츠비가 흑인이라고 주장하는 비평가들도
있지만 문자 그대로 해석하기보다는 톰의 계급적 선민의식이
드러난 발언으로 보는 편이 맞을 것이다. 오만한 톰에게는
주제를 모르고 기어오르는 개츠비나 흑인들이나 마찬가지다.
이 백인 특권층의 공고한 성을 감히 넘보려는 자들은 벌레
밟듯이 짓이겨줘야 마땅하다. 개츠비에 대한 톰의 공격은
단순히 자기 아내를 넘보는 외간 남자에 대한 것이 아니라,
하늘이 내려준 자신의 지위와 특권을 수호하려는 백인
상류층 남성의 신성한 성전이다. 톰은 개츠비 같은 수상쩍은
벼락부자가 아니라 대대로(그래 봤자 역사가 일천한
미국에서는 고작 2, 3대 동안 부유했던 집안이겠지만) 부를
쌓은 집안 출신이다. 데이지는 톰의 경제적·사회적 지위가
주는 든든한 안정감, 나와 같은 계급의 사람이라는 공유된
소속감을 무시할 수 없다. 그것은 뜨내기 개츠비가 무슨 짓을
해도 데이지에게 줄 수 없는 것이며, 개츠비 또한 데이지를

데이지 페이 뷰캐넌　　　　　　　　　　　　117

통해 희구하지만 결코 가질 수 없는 것이다. 데이지의 돈과
사회적 지위 그 자체가 아니라, 그것이 상징하는 상류 계급의
찬란한 광휘.

　　데이지가 개츠비 같은 '위대한' 남자가 사랑할 가치가
없는 여자라고 해도, 데이지는 개츠비의 삶의 목표 그
자체였다. 개츠비는 오로지 데이지와 재회하기 위해 5년
동안 수단과 방법을 가리지 않고 돈을 번 뒤 그의 집
건너편에 있는 대저택을 샀고, 매일 밤 화려한 파티를
열었다. 왜 데이지가 그렇게까지 특별했을까? 데이지가
개츠비에게 그런 헌신과 희생을 강요한 적이 없으니
개츠비의 마음에 반드시 꼭 그만큼 보답해야 할 의무도 없다.
데이지를 비난하기에 앞서, 그런 여자를 자기 인생에서
추구할 유일한 가치로 삼은 남자는 과연 어떤 사람이었을까.

　　개츠비는 본명부터 개츠비가 아니었다. 가난하고
무기력한 농부의 아들로 태어난 '제임스 개츠'는 자신의
출신을 부정하고 아예 바닥부터 자신을 다시 창조해내기로
마음먹었다. 제이 개츠비, "하나님 아버지의 아들"로.
거창하기도 하다. 호수에서 조개를 캐서 하루살이로
먹고살면서도 매일 밤 "그의 아버지의 사업"을 실현하려는
야망과 꿈을 마음속에 새겼다.

　　닉은 그가 "열일곱 살 소년이 만들어낼 법한 제이
개츠비라는 인물을 만들어냈고, 끝까지 그 개념에

충실했다"고 설명한다. 즉, 개츠비는 자신에게 주어진
현실적 조건들을 바탕으로 스스로를 규정한 것이 아니라,
먼저 허공에 집을 짓듯이 환상과 공상으로 제이 개츠비라는
근사한 인물의 이미지를 그려놓고 자신을 여기에 맞추어
창조해내려 했다. 관념과 이상이 현실보다 우선하는
플라톤적 인간형이라고 할까. 그는 "반석 같은 세계가
요정의 날개 위에도 너끈히 세워질 수 있다"고 진심으로
믿었다.

    개츠비를 한심한 몽상가라고 비웃을 수만은 없다. 대개
세상을 바꾸는 사람들은 돈키호테처럼 신성한 광기로 다른
세계의 희미한 가능성을 향해 돌진하는 자들이다. 그리고
본래의 네가 어떤 인간이건 상관없이 네가 원하는 대로, 믿는
대로 너 자신을 창조할 수 있다는 가르침은 아메리칸드림의
오랜 복음이었다. 메이플라워호를 타고 신대륙으로 건너온
그들의 선조들은 텅 빈 황무지에서(실제로는 비어 있지
않았지만) 발목 잡힐 과거 따윈 몽땅 리셋하고 새 삶을
시작하려고 했다.

    개츠비는 아메리칸드림이라는 복음의 가장 충실한
신도였다. 남이 보기엔 아무리 허황되어도, 실낱같은 희망을
예민하게 포착해내어 악착같이 매달리는 집요하고 무모한
낙관주의야말로 그의 동력이었다. 닉은 개츠비가 "정말
대단한 것"을 갖고 있었다고 평가하는데, 그것은 바로 "1만

마일 밖의 지진까지도 감지하는 정교한 지진계처럼 삶의 희망을 감지해내는 고도의 민감성"이었다. 닉은 미국 역사 초기의 무모한 선조들에겐 있었지만 이제 20세기의 미국인들에게는 흔적기관처럼 희미하게 남은 그 퇴화된 촉수를 개츠비에게서 발견하고 탄복했던 것이다.

그러나 아메리칸드림에는 애초부터 종교적·영적 자유를 좇아 새 예루살렘을 건설하겠다는 이상주의와, 주인 없는(없다고 생각한) 땅에서 일확천금으로 신세를 고쳐보겠다는 물질주의가 어지럽게 뒤섞여 있었다. 물질적 성공을 하나님께 구원을 약속받은 징표로 여기는 청교도식 사고는 물질적 가치와 영적 가치를 혼동하는 결과를 가져왔다. 개츠비의 시대에 와서는 자본주의의 첨단을 걷는 뉴욕 바로 옆에 펼쳐진 재의 계곡처럼, 한때 신세계를 꿈꾸었던 땅은 황량한 황무지가 되었다.

**오로지 돈이 많기에 사랑받는 사람들이
이 세상에는 있다**

개츠비가 밤마다 꿈꾸는 세계는 화려하지만 조악했다. 일자무식의 가난뱅이 청년은 막연히 가장 좋은 것을 꿈꾸었지만, 그의 좁고 얕은 식견으로는 그 세계를 무엇으로 채우면 좋을지 알 수 없었으리라. 장교 시절의 개츠비가 만난 데이지 페이는 그의 모호하고 조악한, 속 빈 강정 같은 꿈의 세계를 채워줄 우상이 되었다. 둘의 만남을 묘사한 장면을 읽어보면 흥미롭게도 정작 데이지에 대한 묘사는 없고 온통 데이지의 눈부시게 멋진 집에 대한 묘사뿐이다. 데이지는 그토록 중요한 인물인데 작품 전체를 뒤져봐도 어떻게 생겼는지 자세히 묘사되어 있지 않다. 심지어 데이지의 머리카락 색깔조차 어느 대목에서는 금발, 다른 대목에서는 검은색이라고 하는 식으로 제각각이다. 데이지는 마치 현실의 인물이 아닌 양 애매모호하고 흐릿하다. 데이지는 그를 둘러싼 부유한 환경과 뒤섞여서 구체적인 인물이라기보다는 상징적인 존재에 가까워진다. 데이지의 집은 이렇게 묘사된다.

그 집에는 무르익은 신비로움이 있었다. 위층 침실들은 그 어떤 침실보다 멋진 데다, 복도에서는 신나고 즐거운 일들이 벌어지고 라벤더 속에 버려진 케케묵은 로맨스가 아니라 올해 나온 빛나는 신차들처럼 신선하고 활기 넘치고 늘 생생한 로맨스가 있으며 꽃이 시들지 않는 댄스 파티들이 열릴 것만 같았다.

돈은 그냥 돈이고, 꽃은 그저 꽃일 뿐이다. 그렇게 생각할 수 있으면 좋겠지만, 개츠비는 돈을 꽃조차 영원히 시들지 않게 하는 신비로운 힘으로 이상화한다. 돈으로 바른 이런 저택에

데이지 페이 뷰캐넌

사는 데이지는 부가 상징하는 모든 신비로움, 젊음의 힘,
아름다움을 두루 지닌 불멸의 존재가 된다. 개츠비는 닉에게
"그녀의 목소리는 돈으로 가득 차 있어"라고 얘기하는데,
닉조차 이 말 같지 않은 소리를 바로 알아듣고 수긍한다.

> 바로 그거였다. 이제야 알겠다. 그 목소리는 돈으로 가득
> 차 있었다. 그 안에서 오르내리는 소진되지 않는 매력,
> 종소리 같은 짤랑거림, 심벌즈 울리는 소리였다…. 하얀
> 궁전 높은 곳에 있는 공주님, 황금의 소녀….

데이지의 집에서 저녁 식사를 하는 장면에서 닉은 데이지가
말하는 내용과 상관없이 그의 목소리에 취하듯 홀리는
경험을 한다. 그때는 이유를 몰랐다가 개츠비의 말에 비로소
깨달은 것이다. 아름다운 목소리로 선원들을 홀려 배를
난파시켰다는 세이렌처럼, 자본주의 사회에서 돈의 힘으로
충만한 데이지의 목소리에는 치명적인 매력이 깃들어 있다.
　데이지를 사랑하게 된 개츠비는 자신이 감히 가질 수
없는 상대라는 이유로 그를 가졌지만, 그러고 나서야
데이지가 자신이 절대 가질 수 없는 '성배'임을 알았다고
고백한다.

　개츠비는 부가 가두어 보존하는 젊음과 신비를, 많은 옷이

주는 새로움을, 가난한 자들의 거친 생존 투쟁 위에서
안전하고 고고하게, 은빛으로 빛나는 데이지를 너무나도
잘 알게 되었다.

돈이 부여하는 특권을 이렇게까지 이상화하다니, 개츠비는
어리석은 바보인가? 그럴지도 모른다. 하지만 우리 중 누가
돈의 매력, 돈이 발산하는 신비로운 아우라에 초연할 수
있을까? 요즘 SNS에서 뜨는 많은 인플루언서는 오로지 돈이
많다는 이유 하나로 인기를 얻고 사랑받는다. 물론 화장,
성형, '포샵' 등으로 완벽한 아름다움을 자랑하기도 하지만,
아름다운 외모 자체는 그들의 핵심 경쟁력이 아니다. 노래를
잘 부른다거나 연기를 잘한다거나, 별다른 재능을 보여주지
않아도 추앙받는 이유는 '금수저'라는 배경이 뿜어내는
휘황찬란한 후광 덕분이다.
　　한 유튜버는 머리부터 발끝까지 명품을 두른 금수저
콘셉트로 인기를 얻었다가, 그 명품들이 가짜였음이
밝혀지면서 한순간에 수면 아래로 가라앉았다. 그에게
잘나가는 연예인들이 산다는 고급 주상복합 아파트를 월세로
얻어준 소속사의 홍보 전략은 대중이 무엇을 숭배하는지를
정확히 파악하고 있었다. 구질구질하게 땀 흘려 노력하고
애쓰지 않아도, 태어날 때부터 자연스럽게 모든 것을 다 가진
사람들. 아무것도 하지 않아도, 그냥 그 존재 자체로 그들은

데이지 페이 뷰캐넌

특별하다. 아름답고 오만하고 부유한 데이지처럼.

《위대한 개츠비》의 저자 스콧 피츠제럴드는 어떤
면에서는 그 자신이 개츠비였다. 그리고 그의 아내, 평생에
걸친 애증의 대상 젤다는 바로 데이지였다. 피츠제럴드는
소설에 자전적인 요소를 많이 집어넣었다. 미국 경제가 제1차
세계대전 이후 최고의 호황을 누리며 주가가 천장을 뚫을
기세로 치솟아 오르고 다들 흥청망청 파티를 즐기던
1920년대, 가난한 20대 청년 개츠비와 피츠제럴드는
뉴욕으로 가서 한 사람은 암흑가의 거물이 되고, 다른 한
사람은 문단의 스타가 되었다. 그리고 찬란한 젊음의 빛에
눈멀었던 시기를 지나 그들은 한때나마 자신의 것인 줄
알았던 낙원에서 추방당했다. 주식 시장은 붕괴하고,
개츠비는 수영장에서 시신으로 떠올랐으며, 피츠제럴드는
한물간 잊힌 작가가 되어 정신병원에 입원한 아내의
병원비를 내기 위해 할리우드로 가서 영화 각본을 썼다.

재즈 시대, '요동치는 20년대' 등 여러 별칭으로
불리기도 하는 1920년대는 미국 역사에서도 특별한 시기다.
이 시기의 젊은이들을 '잃어버린 세대'라고도 불렀는데,
이들은 제1차 세계대전 이후 기존의 도덕적 가치와 전통이
더는 그들을 지탱해줄 힘을 잃었음을 깨닫고 정신적으로
방황했다. 전쟁 후 많은 젊은이가 답답하고 보수적인 미국
사회에 염증을 느끼고 유럽으로 건너가 예술과 문학에

탐닉했다. 헤밍웨이, 거트루드 스타인, 피츠제럴드 또한
잃어버린 세대의 일원이었다. 영화 《미드나잇 인 파리》에서
주인공 길은 1920년대 파리야말로 가장 완벽하고 멋진
곳이라고 찬양한다. 할리우드를 떠나 진짜 작가가 되고 싶은
그에게, 밤마다 바와 살롱에서 헤밍웨이, 피츠제럴드, 피카소
같은 예술가들이 모여 술잔을 기울이고 토론을 벌이는 그
시절 파리는 천국이나 다름없다.

그러나 끝나지 않는 파티는 없고, 빛이 밝을수록
그림자도 짙어지는 법이다. 급속한 경제 성장으로
물질주의와 소비자본주의가 득세하면서 아메리칸드림의
성취도 단지 물질적 부의 획득이라는 의미로 축소되고
변질되었으며 빈부 격차는 고착하고 불평등이 심화되었다.
《위대한 개츠비》의 세계는 화려한 뷰캐넌 부부의 저택과
마천루가 즐비한 대도시 뉴욕, 술과 음악이 흘러넘치는
개츠비의 파티로만 이루어져 있지 않다. 개츠비, 톰과
데이지가 사는 고급 주택가를 벗어나면 바로 황량하고
그로테스크한 '재의 계곡'이 펼쳐진다. 그곳에선 머틀 부부
같은 자본주의 사회의 낙오자들이 먼지를 뒤집어쓰고 자신이
죽었는지 살았는지도 모르는 마비 상태에서 살아간다.

피츠제럴드는 미국 역사에서도 가장 화려하고
소란스러운 시기인 재즈 시대의 파도를 누구보다 멋지게
타고 가장 높은 곳까지 올라간 인물이다. 피츠제럴드만큼

데이지 페이 뷰캐넌

재즈 시대의 흥분과 열광, 환멸과 허무를 생생하게 포착해낸
작가는 없을 것이다.

그는 돈이 없지만 눈은 높은 상류층 출신 어머니와
사업에 실패한 무기력한 아버지 밑에서 자랐다. 하지만 그의
집안만 빼고 어머니 쪽 친척들은 다 부유하게 살았기 때문에
어머니의 눈높이에 맞추느라 늘 부자 동네에서 월세살이로
떠도는 애매한 어린 시절을 보내야 했다. 피츠제럴드는
이렇게 회상했다. "나는 언제나 부유한 동네의 가난한
소년이었고, 부유한 소년들이 다니는 학교의 가난한
학생이었고, 프린스턴에서 부유한 사람들이 모인 클럽의
가난한 회원이었다. (…) 나는 부자들이 부자라는 사실에
화가 나곤 했다. 그리고 이것이 내 모든 삶과 작품에 영향을
미쳤다."

말하자면 그는 평생 다리가 찢어지는 고통에 시달린
뱁새였다. 그의 성장 환경이 그를 빈부 격차와 계급 차에
아주 민감하게 만들었다. 헤밍웨이가 전한 그와의 일화가
있다. 피츠제럴드가 말했다. "부자란, 자네와 나하고는 다른
사람들이야." 헤밍웨이가 받아쳤다. "아, 그들은 돈이 더
많지."* 부자들 앞에서 비굴한 피츠제럴드와 기죽지 않는
'상남자' 헤밍웨이의 서로 다른 성격을 보여주는 일화

*《그래서 우리는 계속 읽는다》, 모린 코리건 지음, 진영인 옮김,
책세상, 2016.

같지만, 실은 헤밍웨이가 악의적으로 꾸며낸 대화다.
피츠제럴드는 부자라면 덮어놓고 찬양하지 않았다. 그는
개츠비처럼 부가 지닌 마법 같은 힘과 매력에 대해 매우 잘
알았고, 거기에 끌리는 동시에 증오했다.

　개츠비만큼 야심 넘치고 눈 높았던 피츠제럴드는 평생
데이지 같은 여자들에게 매혹되었다. 그의 첫사랑 지네브라
킹은 부유한 금융인의 딸이었다. 킹의 아버지에게 "가난한
집 남자애는 부잣집 딸을 넘보면 안 된다"고 모욕당한 일화는
유명하다. 그러고도 정신을 못 차린 이 가난한 집 남자애는
두 번째 사랑으로 남부 앨라배마주 판사의 딸 젤다 세이어를
택했다. 피츠제럴드가 "미국 최초의 플래퍼"라고 찬양한
젤다는 데이지처럼 인기 있고, 예쁘고, 도도하며 겁 없이
노는 아가씨였다. 이 공주님을 차지하기 위해 피츠제럴드는
밀주업자로, 아니 소설가로 성공해야 했다. 1920년, 재즈
시대의 풍속도를 적나라하게 그린 데뷔작 《낙원의 이편》이
공전의 베스트셀러가 되면서 마침내 피츠제럴드는 젤다와
결혼한다.

　그들의 결혼 생활이 행복했다고 할 수는 없다.
피츠제럴드 연구자인 모린 코리건은 그들이 서로를 어느
정도 창조했으며, 서로를 거의 파괴하다시피 했다고
말한다.* 둘 중 한 명이라도 정신 줄을 잡고 상대를

　* 앞의 책.

데이지 페이 뷰캐넌

진정시켰더라면 좋았겠지만, 이 둘은 함께 있으면 서로 더
부추기는 타입이었다. 재즈 시대의 흥분과 열기 속에서 둘은
파티를 돌아다니며 미친 듯이 술을 퍼마시고 분수에
뛰어들어 춤을 추는 등, 기행으로 남들을 놀래기를 즐겼다.
헤밍웨이는 파리 시절에 관해 쓴 에세이에서 젤다를 남편을
망치려고 작정한 여자로 묘사했다. 피츠제럴드가 마음잡고
글을 좀 써보려고 하면 질투심 때문에 어떻게든 남편에게
술을 먹여 다시 엉망진창으로 만들었다는 것이다. 그러나
헤밍웨이야말로 당시 아직 무명이었던 자신과 달리 이미
잘나가는 인기 작가였던 피츠제럴드를 질투하고 있었기
때문에 그의 악의적인 묘사를 액면 그대로 받아들이기는
힘들다.

　　젤다에 대해서는 남편을 질투한 미친 여자에서
독선적이고 이기적인 남편에게 착취당하고 희생된
순교자까지, 다양한 해석이 존재한다. 젤다에 대한 평가는
1970년에 낸시 밀포드가 출간한 젤다의 전기가 퓰리처상
후보에 오르면서 결정적으로 바뀌게 되었다. 당시
페미니즘의 제2물결과 맞물려 젤다는 페미니즘의
아이콘으로 급부상했다. 그의 유일하게 출간된 소설《왈츠는
나와 함께》도 시기에 따라 다른 대접을 받았다. 1932년에
출간된 이 소설은 별 관심을 끌지 못하고 절판되었다가
1980년대부터 비평가들의 조명을 받았다. 젤다는 남편이

자신의 글에서 많은 내용을 훔쳐다 썼다고 비난했지만, 그의 주장이 어디까지 진실인지는 확실히 알기 어렵다. 젤다의 삶과 문학은 여전히 논쟁거리다. 리키-앤 리글리트너처럼 《왈츠는 나와 함께》를 모더니즘 실험의 일환으로 높이 평가한 비평가가 있는가 하면, 코리건처럼 그다지 높은 수준이라고 볼 수 없다고 깎아 내린 비평가도 있다. 코리건은 젤다가 글을 쓰는 외에도 그림을 그리고 발레를 배우는 등, 자신의 재능을 한군데에 집중하지 못했기 때문에 예술가로서 큰 성취를 이루지 못했다고 비판했다.

젤다는 조현병 환자가 아니라 순응하지 않는 여자였기 때문에 정신병 환자로 진단받고 병원에 갇히는 방식으로 가부장제에 의해 처벌을 받았다는 주장도 있다. 그러나 피츠제럴드 연구자 로렌 모팻은 당시 기록된 젤다의 말과 행동, 그의 집안 대대로 내려온 정신병력을 살펴보면 실제로 정신병을 앓았을 가능성이 높으며 과도한 음주가 상태를 더욱 악화시켰을 것이라고 설명한다. 젤다가 1920년대의 남성중심적 사회에서 헤밍웨이 같은 남성 작가들에게 부당한 평가를 받은 것은 사실이지만, '이기적인 남성 예술가에게 희생당한 무고한 여성 예술가'의 도식화된 틀에 맞추어 해석하는 것도 위험하다. 둘의 관계를 그렇게 일방적인 것으로 보기는 어렵다.

1925년 출간된 《위대한 개츠비》는 작가로서 확고하게

명성을 다지고 싶었던 피츠제럴드의 회심의 역작이었으나
예상 외로 독자들의 반응은 시큰둥했다. 《위대한 개츠비》
초판은 2만 부를 찍었고, 2쇄는 5천 부를 찍었지만 다 나가지
못했다. 출판 시장이 말라 죽어가는 우리 기준으로 본다면
충분히 베스트셀러지만, 데뷔작 《낙원의 이편》을 5만 부나
팔아치운 기세에 비하면 확실히 기대 이하의 초라한
성적이었다. 게다가 그의 작가로서의 입지도 1920년대가
지나면서 점점 추락하기 시작했다. 1930년대에
피츠제럴드가 《위대한 개츠비》를 사러 서점에 가면 그가
이미 죽은 줄 알았던 서점 주인들은 깜짝 놀랐다고 한다.
피츠제럴드는 철저하게 재즈 시대의, 재즈 시대에 의한, 재즈
시대를 위한 작가였다. 전성기 시절에도 무절제하고
사치스러운 생활을 감당하기 위해 적지 않은 돈이 필요했고
이는 그를 내내 괴롭혀왔다. 그는 무려 단편 160편 중
대부분을 1920년대에 썼다. 당시 최고의 고료를 받는
작가였고, 일단 빨리 단편을 써서 돈을 받아야 했다.

　　하지만 1929년에 경제대공황이 덮치면서 실직과 주가
하락으로 먹고살기 힘들어지자 이제 아무도 발랄하고 발칙한
플래퍼들의 이야기를 원하지 않았다. 문학적 관심사는
1920년대를 풍미한 개인의 자아 탐구에서 1930년대를 주름
잡은 스타인벡과 같은 작가들의 사회 비판으로 넘어갔다.
피츠제럴드는 전성기 때와는 비교도 되지 않는 헐값에 단편을

쓰고 할리우드에 가서 각본을 집필하며 고군분투했지만, 그의 삶은 점점 더 깊이 가라앉기만 했다.

1940년, 44세의 나이에 심장마비로 갑자기 숨을 거둔 그의 장례식은 마치 자신의 주인공 개츠비의 장례식처럼 조문객이 거의 없어 썰렁했다. 젤다 또한 1948년 정신병원에 불이 나 사망했다. 한 시대를 화려하게 누볐던 '셀럽' 부부의 이야기는 이렇게 쓸쓸하게 막을 내렸다.

'위대함'을 만들어낸 인생의 마지막 몇 시간

피츠제럴드는 자신과 미국이 일정한 시차를 두고 비슷한 길을 간다고 생각했다. 자기 신세가 파탄 난 것과 나라가 경제대공황으로 파탄 난 것이 다르지 않다고 느꼈다. 피츠제럴드가 미국과 운명을 같이할 팔자였다면, 그의 주인공 개츠비의 이야기 또한 야심 차고 대담하며 무지한 한 남자의 이야기를 넘어 미국이라는 젊고 빠르게 변화하는 나라의 운명에 대한 이야기였다. 작품 속에서는 이렇게 미국과 개츠비의 운명을 연결하는 역할을 내레이터인 닉이 맡는다. 닉은 '위대한' 개츠비 옆의 희미한 그림자처럼 보일지 몰라도, 그의 역할을 무시하면 곤란하다. 사실 닉 없이는 개츠비는 아무것도 아니다. 흔해빠진 마피아, 암흑가의 밀주업자에 불과할 수도 있었던 개츠비는 닉이 있었기에 위대해질 수 있었다. 개츠비가 죽은 후, 닉은 그가 총에 맞기 몇 시간 전 마지막 모습을 상상해본다.

  전화는 오지 않았지만 집사는 졸지 않고 네 시까지 계속
  기다렸다. 온다 해도 받을 사람이 없게 되고 나서 한참
  후까지. 나는 개츠비도 전화가 오리라고 믿지 않았을 거라
  생각한다. 어쩌면 더는 오든 오지 않든 상관없었을지도
  모른다. 정말로 그랬다면, 그는 따듯한 옛 세계를
  잃어버렸으며, 너무 오래 단 하나의 꿈을 품고 살아온 데
  대한 비싼 대가를 치렀음을 깨달았을 것이다. 무시무시한
  잎들 사이로 낯선 하늘을 올려다보고 장미가 얼마나
  그로테스크한 것이며 제대로 돋아나지도 않은 잔디 위로
  떨어지는 햇살이 얼마나 날것인가를 깨닫고 몸서리쳤을
  것이다.

데이지는 이미 개츠비를 버리고 짐을 챙겨 톰과 함께
떠나버렸다. 그런 데이지한테서 영원히 오지 않을 전화를
하염없이 기다리다가 죽었다고 한다면 그의 신세가 얼마나
비참하고 한심해 보일 것인가. 닉은 친구로서 개츠비가 끝내
어리석은 꿈에 속은 바보로 죽도록 놔둘 수 없었을 것이다.
  고대 그리스 비극에서는 주인공이 되려면 두 가지
조건을 충족해야 한다. 그는 반드시 왕이나 영웅 같은 위대한
인물이어야 한다. 위대한 인물이 타고난 성격적 결함(대개는

신을 무서워할 줄 모르는 오만)으로 장엄하게 몰락하는 모습을 볼 때 관객은 등골이 서늘해지는 카타르시스를 느낀다. 또한 주인공은 자신이 왜 몰락했는지, 무엇이 자신의 한계였는지에 대한 비극적 인식에 도달해야 한다. 아버지를 죽이고 어머니를 아내로 삼은 오이디푸스는 진실을 알고 자기 눈을 찌른다. 비극의 원인이 바로 자신이었음을 처절하게 깨달아야 인간은 아무리 위대하다 해도 운명을 이길 수 없는 유한한 존재임을 받아들이게 되는 것이다.

사실 개츠비가 데이지로 상징되는 허상을 자신이 너무 오랫동안 쫓아다녔음을 진실로 깨달았는지, 더는 미망에 속지 않고 날것 그대로의 세상을 직시할 수 있게 되었는지는 알 수 없다. 그러나 닉의 내레이션 덕분에 개츠비는 자신의 한계를 깨닫고 몰락과 실패를 담담하게 받아들이는 '위대한' 인물로 죽음을 맞을 수 있었다.

닉이라는 렌즈를 통과했기 때문에 개츠비가 암흑가의 밀주꾼에서 낭만적인 영웅으로 탈바꿈했듯이, 데이지 또한 닉의 시각을 통해 그려지면서 굴절된 부분들이 있을 것이다. 데이지는 물론이고 조던이나 머틀 등 소설 속 모든 여성은 긍정적으로 묘사되지 않는다. 그 시대 여성으로서는 보기 드물게 직업을 갖고 차를 몰고 다니며 독립적인 삶을 영위하는 조던은 닉에게 매력적이지만 감당하기 어려운 상대였을지도 모른다. 조던은 불리한 위치에 놓인 골프공을

남몰래 살짝 옮겨놓는 구제불능의 거짓말쟁이로 비치고,
머틀은 톰의 멋진 양복과 구두에 홀려 몸을 던졌다가
파멸하는 탐욕스러운 여자로 그려진다. 하지만 자기 주제를
모르고 다른 신분의 상대를 넘보다가 목숨으로 대가를 치른
것은 개츠비도 마찬가지 아니었던가?

　　데이지가 무책임하며 이기적인 여자라는 사실은 어떤
식으로도 옹호하기 힘들다. 하지만 개츠비의 사랑도
데이지라는 한 인간 자체에 대한 온전한 마음이라고 할 수
없다. 그것은 데이지가 상징하는 것조차 넘어서는 그
무언가를 향한 열망, 어딘지 모르지만 물질적 욕망이
약속하는 것 이상의 세계로 가고 싶은 열망이 뒤섞인 복잡한
감정이라고 해야 할 것이다.

　　그 사실을 꿰뚫어본 닉은 5년 만에 개츠비가 데이지와
재회한 감격스러운 순간에도 "데이지가 그의 꿈에 훨씬
미치지 못하는 순간이 틀림없이 있었을 것"이라고 말한다.
하지만 그것이 데이지의 잘못만은 아닐 것이다. 개츠비가
오래도록 품어온, 너무나도 어마어마한 환상은 "그녀를
넘어서고, 모든 것을 넘어섰다."

　　개츠비는 한낱 인간이 감당할 수 있는 것 이상을
데이지에게 부여했다. 데이지는 개츠비가 아무리 간절하게
손을 뻗어도 영원히 닿을 수 없는 녹색 불빛이었다. 그
불빛은 이미 그를 지나쳐버렸으나 그는 그 사실을 몰랐다.

녹색 불빛이 상징하는 아메리칸드림의 이상, 푸르른
신대륙의 꿈은 이미 사라져버렸고, 푸른 신대륙의 녹색
가슴은 이제 재의 계곡으로 변했다. 개츠비가 쫓은 대상이
데이지가 아니라 그 누구였더라도 지나간 시간을 되돌려
그의 꿈을 채워줄 수 없었을 것이다. 그런 점에서 인간
데이지는 개츠비에게 못할 짓을 하긴 했지만, 그의 장엄한
실패에 대해서만큼은 죄가 없다.

아마 TV에서 다시 볼 일은 없겠지만 한때 빅뱅 멤버
승리가 '승츠비'로 주가를 날린 시절이 있었다. 승리는 예능
프로그램에 나와 넓은 홀을 빌리고 댄서들을 불러 성대하게
열었던 생일파티를 자랑하면서 영화 속 디카프리오처럼
샴페인 잔을 드는 제스처를 멋지게 취해 보였다. 함부로
개츠비의 이름을 갖다 쓴 것이 탈이었는지 승리도 암흑
세계와의 추악한 커넥션이 까발려지면서 개츠비와 비슷한
전철을 밟았다. 총은 안 맞았지만. 승츠비라고 떠벌린 승리의
예에서 확인할 수 있듯이 개츠비라는 이름은 화려한 삶의
대명사가 되었다. 그러나《위대한 개츠비》가 단지 재즈
시대의 화려한 파티, 화려한 플래퍼들, 화려한 슈퍼카를 모는
부자들의 이야기일 뿐이었다면 그 시대가 끝나면서 작가
피츠제럴드와 함께 사람들의 기억에서 잊혔을 것이다.
기묘하게도 이 화려한 개츠비의 세계에는 재즈 시대의
신나는 흥취 사이사이로 패배와 몰락, 상실의 분위기가 짙게

배어 있다. 시간은 흐르고 모든 것이 변한다. 꽃도 열정도
시들고, 젊은 날의 높고 푸르던 꿈도 빛을 잃는다. 닉은
겸허하게 한계를 수용하고 안전한 벽 안에 머무는 평범한
인물이지만, 무용한 시도를 끝내 감행하며 자신을 파멸까지
몰아간 개츠비의 '위대함'을 인정한다. 그 시도가 무엇을
위한 것이었건, 그 자체로 인정받을 가치가 있다고 본다.
닉은 개츠비의 죽음을 홀로 쓸쓸히 아파하면서 사라진
초록색 꿈을 함께 애도한다. 지나가버린 모든 것, 돌아올 수
없는 것들은 아름답다. 잃어버린 첫사랑과 지나간 꿈을
애도할 줄 몰랐던 것이 개츠비의 비극이었을지도 모른다.

캐리 마덴다

뉴욕 브로드웨이에서
오늘도 돌을 굴리는 시시포스처럼

시스터 캐리Sister Carrie, 시어도어 드라이저, 1900년

나는 중학교 2학년 때 국어 선생님을 통해서《시스터
캐리》를 처음 만났다. 선생님이라도 유난히 수업하기 싫은
날이 있다. 가르치는 입장이 되고 나서야 알게 된 진실은
휴강하면 학생보다 교수가 더 신난다는 것이다. 요즘 같으면
아마 아이들에게 영화를 보여주겠지만 옛날에는 선생님이
이야기를 들려주셨다. 호랑이 담배 피던 시절 얘기처럼
들리겠지만 교실에 TV도, 컴퓨터도 없던 시절이다.《시스터
캐리》는 지금 생각해보면 중학생들에게 어울리지 않는
어른들의 이야기였는데 왜 그것을 고르셨는지는 모르겠다.
아마 선생님도 나중에 내가 그렇게 되었듯이《시스터
캐리》의 팬이셨나 보다.

사실 선생님의 이야기는 거의 다 잊어버렸다. 미국의
자연주의 작가 시어도어 드라이저가 1900년 발표한《시스터
캐리》는 19세기 말, 무작정 시카고로 상경한 시골 아가씨
캐럴라인 미버가 그곳에서 만난 두 남자, 찰스 드루에와 조지

허스트우드와의 관계를 거쳐 뉴욕에서 대스타 캐리 마덴다로
성공한다는 이야기다. 주말 연속극 줄거리처럼 통속적인
이야기에 왜 그렇게까지 사로잡혔을까? 선생님의 이야기 중
유일하게 기억나는 대목은 대사도 없는 단역에 불과했던
캐리가 운명의 장난으로 하룻밤 새 일약 브로드웨이의
스타가 되는 장면이다. 선생님은 보잘것없는 자신의 역할에
실망해서 무대 위에서 시무룩하게 인상을 쓰고 있는 캐리에
빙의한 듯 실감나게 연기하셨다. 지금 생각해보면 나를
매혹한 것은 가진 것도, '빽'도 없는 초라한 주인공이 정글
같은 뉴욕에서 우연한 기회에 모두의 주목을 받고 최고의
자리에 올라간다는 '언더독의 기적' 같은 성공담이었나 보다.
중소 기획사 출신으로 성공한 BTS의 '중소의 기적'에 괜히 전
세계가 열광한 것이 아니다. 그렇지만 나중에 찾아서 읽은
《시스터 캐리》는 시골 아가씨 캐리의 입지전적 성공담이
아니었다.

젊은 여성의 이야기에는 반전이 있다
어릴 적 유행가 중에 "앵두나무 우물가에 동네 처녀 바람
났네 / 물동이 호미자루 나도 몰라 내던지고 / 말만 들은
서울로 누굴 찾아서 / 이쁜이도 금순이도 단봇짐을
쌌다네"라는 노래가 있었다. 가사가 촌스럽다 비웃을지
몰라도 일단 들어보면 흥겨운 가락이 입에 짝짝 붙는다.

희미한 기억을 더듬어 검색해보니 1956년에 김정애라는
가수가 부른 〈앵두나무 처녀〉다. 대도시는 사람을
빨아들이는 블랙홀 같은 곳이다. 단봇짐을 싸서 겁도 없이
서울로 올라간 것은 이쁜이와 금순이만이 아니라 《시스터
캐리》의 캐럴라인 미버도 그랬다. 교육을 많이 받지 못한
데다 특별한 기술도, 가진 것도 없으면서 캐리는 도시에 가면
다른 삶이 기다리고 있으리라는 막연한 희망에 부푼다. 그는
용감하게 답답하고 지겨운 고향을 박차고 나와 시카고의
언니 집으로 향한다.

    당연한 얘기지만 대도시는 만만한 곳이 아니다.
눈 감으면 코 베어가는 시카고에서 이 딱한 시골 소녀는 가장
임금 박하고 노동 환경 열악한 일터밖에 갈 데가 없고,
그곳에서도 오래 버티지 못하고 밀려난다. 시카고행
기차에서 우연히 만난 적 있는 영업사원 찰스 드루에가
차가운 길바닥을 헤매던 그에게 구원의 손길을 내민다.
드루에는 심각한 일은 딱 질색이고 그저 하루하루 쾌락을
좇으며 즐겁게 꿀꿀대는 행복한 새끼 돼지 같은 남자다.
의도적으로 남에게 해를 입히는 악인이라고 할 수는 없지만,
쾌락은 누리고 싶고 책임은 지기 싫은 전형적인 바람둥이다.
잘나가는 영업사원답게 멋진 정장을 차려입고 능숙하게
친절을 베풀며 자신의 세상 경험을 과시하듯 들려주는
드루에는 어리숙한 캐리의 눈에 시골에는 절대 없을 완벽한

남자로 보일 수밖에 없다. 형편이 빠듯한 언니네 집에서 더는
눈칫밥을 먹으며 신세를 지기도, 갑갑한 고향으로
돌아가기도 싫은 캐리는 결국 유혹을 뿌리치지 못하고 그의
정부가 된다.

그러나 드루에의 정부로 시카고에 터를 잡은 캐리의
모험은 거기에서 끝나지 않고, 운명은 다시 한번 그를 예상치
못한 곳으로 데려간다. 캐리는 드루에의 지인이자 고급 바
'피츠제럴드 앤드 모이스' 지배인인 허스트우드를 만나게
된다. 이미 사십 줄에 들어선 허스트우드는 안정된 가정과
사회적 지위를 가진 성공한 인물로, 캐리의 신선한 젊음과
아름다움을 보자 무슨 수를 써서라도 제 것으로 만들고 싶은
욕망에 사로잡힌다. 캐리 또한 물에 빠지면 입만 동동 뜰 것
같은 한없이 가벼운 드루에보다 성공한 중년의 무르익은
노련미가 넘치는 허스트우드에게 끌린다. 그러나 나에게
열렬히 구애하는 '꽃중년'이 임자 없는 노총각일 거라
믿는다면 아직 대도시의 매운맛을 덜 본 것이다. 한참
알콩달콩 연애질에 빠져 있을 때 허스트우드의 아내와
드루에가 거의 동시에 눈치채면서 예고 없이 파국이
들이닥친다. 결국 궁지에 몰린 허스트우드는 직장에서 돈을
횡령한 뒤 캐리를 꾀어 뉴욕으로 달아난다.

여기까지 보면 캐리는 대도시로 무작정 상경한 소녀가
밟아갈 법한, 어느 정도 예상되는 행로를 따르고 있는 것

같다. 모두가 가진 거라곤 예쁜 얼굴과 젊음뿐인데 원하는
것은 많고 도덕적 지조는 약한 캐리 같은 여자는 이 남자
저 남자의 품을 떠돌면서 노리개로 전락한 끝에 도시
뒷골목에서 비참한 삶을 마감하리라고 예측할 테다.
〈앵두나무 처녀〉에서 단봇짐을 싼 젊은 여성들의 이후
이야기는 이렇게 이어진다. "서울이란 요술쟁이 찾아갈 곳
못 되더라/ 새빨간 그 입술에 웃음 파는 에레나야/ 헛고생을
말고서 고향에 가자/ 달래주던 복돌이에 이쁜이는 울었네."
복돌이가 와줘서 다행이긴 한데, 어쨌든 이쁜이의
일생일대의 모험은 술집 작부행으로 끝났다는 뻔한
이야기다.

    그러나 《시스터 캐리》의 이야기에는 반전이 있다.
작가는 캐리를 무책임한 남자들의 욕망의 대상이 되어
그들의 욕심만 채워주고 버림받는 유행가 속 '에레나'로
그리지 않았다. 드라이저는 이 시골 소녀에게 누구보다
풍부한 감수성을 부여했고, 이 감정의 힘은 생각 외로
강력했다. 캐리는 지성은 부족했지만, 주변을 둘러싼 모든
것에 반응하는 풍부한 감수성과 공감 능력이 있었다. 신기한
세상을 두리번거리며 탐색하는 어린아이 같은 호기심,
자신이 갖지 못한 것에 대한 애타는 갈망, 언젠가 꼭 닿고
싶은 미지의 어딘가에 대한 동경심, 성취하지 못한 꿈에 대한
슬픔과 애수 어린 비애감…. 주변의 감정을 반영하고 느낄 뿐

아니라 이를 증폭해내는 그의 비범한 능력이 빛을 발하는 장면은 시카고에서 아마추어 연극 무대에 올랐을 때이다. 드루에와 허스트우드는 캐리의 미모에 홀렸을 뿐, 그가 가진 진짜 힘은 미처 알지 못한 바보들이었다. 그들은 캐리가 무대 위에서 발휘하는 강렬한 감정의 힘에 무릎을 꿇었지만, 그 힘이 어느 정도인지는 알려고 하지 않은 채 일단 그를 자기 손에 넣은 다음에는 평범한 주부로 집 안에 가두어놓고 과소평가해버렸다.

뉴욕에 정착한 허스트우드와 캐리는 한동안 평온하게 새 삶을 꾸려가는 듯 보이지만, 사실 허스트우드는 가정과 지위를 비롯해 평생 일구어온 기반을 잃고 시카고를 떠난 이후부터 이미 내리막길에 들어서 있었다. 중년의 위기를 잠시의 일탈로 넘겨보려 한 시도는 그의 삶의 방향을 돌이킬 수 없이 바꾸어놓았다. 시카고에서는 모두가 알아주는 명사로 제법 잘나갔어도 훨씬 큰물인 뉴욕에서는 잔챙이에 불과하다. 더 젊었다면 새로운 곳에서의 도전이 의미를 가질 수도 있었겠지만, 이미 전성기를 넘긴 허스트우드에게 재기할 기회는 오지 않는다. 뉴욕에서 지분을 투자해 열었던 바의 운영이 잘되지 않아 정리한 후 그의 추락에는 날개가 없다. 다시 투자할 돈도 없고 일자리를 얻자니 나이만 많은 그를 기다리고 있는 것은 바닥까지의 몰락뿐이다.

허스트우드와 함께 가난의 막다른 골목까지 내몰린

순간, 여전히 화려한 세계를 욕망하는 캐리는 그와 함께
추락하기를 거부한다. 이번에는 남자를 통해서가 아니라
자신의 힘으로 일어서려는 것이다. 캐리는 오래전
시카고에서 거두었던 작은 성공을 떠올리고 브로드웨이의
무대로 향한다. 시카고에서 오들오들 떨며 굳게 닫힌 회사
문들을 두드리고 다녔을 때처럼 두렵고 막막하지만,
성 안으로 들어가 화려한 도시의 일부가 되고 싶다는 강렬한
욕망이 다시 한번 그를 이끈다.

　　이후 캐리와 허스트우드의 행로는 정확히 서로 반대
방향을 향해 나아간다. 밝은 빛을 향해, 더 높은 곳으로,
무수히 많은 실패자들의 한숨과 절망 위로 상승하는 캐리와,
구질구질하고 어지러운 뉴욕 뒷골목 노숙자가 되어 추락을
거듭하는 허스트우드. 결국 캐리가 브로드웨이의 코러스
걸에서 대스타로 신분 상승하고 허스트우드는 뉴욕 빈민가의
누추한 쪽방에서 가스를 틀어놓고 다시는 깨지 못할 잠에 들
때까지 그들의 운명은 겹치지 않는다.

대도시의 삶에는 고통을 감수할 만한 가치가 있다
정착하기 어려우면 고향으로 돌아가면 되지, 라고 쉽게
생각할지도 모르지만 도시의 매력은 마약보다 강렬하다.
일단 한번 그 맛을 보면 떠나기 어렵다.《시스터 캐리》에서
대도시 시카고와 뉴욕은 배경 이상의 역할을 한다. 이 작품은

'도시소설' 장르의 대표작으로 분류될 정도이다. 드라이저의 눈에 비친 대도시는 19세기 산업혁명의 바람을 타고 급격히 이루어진 근대화 속에서 욕망을 좇는 데 충실한 군상들이 몰려든 장이었다.

1889년의 시카고도 사람과 돈을 빨아들이며 무섭게 성장하는 도시였다. 1860년에 인구수 11만 명이었지만 1900년에 167만 명으로 늘어나 미국에서 두 번째로 사람 많은 도시가 되었다. 뉴욕은 1860년에 107만 명이었다가 1900년에는 343만 명으로 늘어나 인구가 최고로 많은 도시였다. 드라이저는 1889년의 시카고가 "이런 무모한 가출 소녀들의 취직에 대한 무모한 꿈을 실현시켜줄 수 있을 정도로 팽창일로에 있는 특이한 사정의 도시"였다고 설명한다.[*] 가진 것은 없어도 물욕과 허영심은 누구 못지않은 캐리에게 시카고의 화려한 백화점과 통유리 벽으로 치장한 최신 건물들은 그가 오매불망 꿈꾸고 바라온 모든 것을 다 갖고 있을 것만 같다. 처음 발을 들인 백화점은 캐리에게 그야말로 별천지다. 생전 듣도 보도 못한 예쁘고 멋진 물건들이 말을 걸어오는 목소리가 들려올 지경이다. 근사한 구두가 "당신의 예쁜 발을 감싸줄게요. 망설이지 말고 나를 데려가요"라고 속삭인다. 당시 막 등장한 새로운

*《드라이저―참된 삶의 추구자》, 곽승엽 지음, 건국대학교출판부, 1995.

도시 공간인 백화점은 단순히 필요한 물건을 사는 장소를
넘어, 욕망하고 구매하게 함으로써 한 개인을 소비 자본주의
사회의 주체로 재형성하는 곳이 되었다.

　캐리가 시카고를 떠나 새롭게 삶을 시작하는 두 번째
도시 뉴욕은 드라마 시리즈 '섹스 앤 더 시티'를 비롯해
무수히 많은 소설과 영화의 배경이 되었던 바로 그 도시다.
19세기 말 뉴욕 브로드웨이 번화가에 시스터 캐리가
있었다면 20세기 뉴욕에는 캐리 브래드쇼가 있다. '섹스 앤
더 시티'의 주인공 이름을 고를 때 백 년 전의 다른 캐리를
떠올리지는 않았을 테지만, 우연의 일치치고는 기막히다.
이 두 캐리는 백 년의 시차에도 불구하고 예쁜 구두, 멋진
드레스, 보석 등 온갖 아름다운 물건에 정신을 못 차리고,
화려한 대도시 뉴욕의 은성한 불빛 속에서 밤마다 바와 고급
레스토랑, 극장을 돌며 인생을 즐기고 싶은 욕망에
불타오른다는 점에서 영혼의 쌍둥이 같다.

　두 캐리는 혈혈단신으로 상경해 대도시의 모험 속에서
스스로를 세련되게 갈고 닦으며 재능을 발휘해 독립적인
삶을 영위한다는 점에서도 비슷하다. 뉴욕은 캐리
브래드쇼가 잡지 칼럼을 써서 번 돈을 다 쏟아부어 다락같이
높은 집세를 감내하고 살 만큼 매혹적인 도시다. 마놀로
블라닉 힐을 신고 당당히 거리를 나서면 섹시한 남자들의
유혹하는 눈길이 쏠리고, 눈 닿는 곳 어디에나 세상에서 가장

화려하고 멋진 바와 레스토랑 들이 있다.《시스터 캐리》속 백 년 전 뉴욕도 다르지 않다. 최신 유행을 따라 잔뜩 힘주어 꾸민 신사 숙녀가 극장 공연 전후로 브로드웨이를 거닐며 부를 과시한다. 그들의 목적은 서로 구경하고 구경거리가 되는 것이다. 그곳은 사치스러운 소비를 통해 자신을 과시하는 무대이자 타인의 욕망을 자극함으로써 욕망을 확대하고 재생산하는 장소이다.

그러나 백화점은 내 주머니에 돈이 있을 때나 천국이다. 가난한 시골 소녀에게는 모든 것이 그림의 떡일 뿐이고, 목마른 사람이 바다를 쳐다보듯 갈증만 더해줄 따름이다. 시카고에는 모두가 갈망하는 것들이 다 있지만 캐리는 그 화려한 도시의 성벽 바깥에서 추위에 떨며 홀로 서 있다. 백화점 명품 매장에 대충 차려입고 갔다가 자기가 명품인 줄 아는 일부 직원의 날카로운 눈초리에 괜히 주눅 들어 돌아서듯, 캐리도 시카고 백화점 한복판에서 초라한 자신의 촌티를 꿰뚫어보는 사람들의 눈길에 한없이 작아진다.

하지만 "제대로 무장하지도 못한 채 도시를 굴복시켜 제 것으로 만들고 자신의 발밑에 공손히 무릎 꿇고 머리를 조아리게 하겠다는, 그런 모호하고 아득한 최고의 권력을 꿈꾸며 이 신비스러운 도시를 정찰하러 나선 애송이 기사"로서, 칼도 한번 뽑아보지 못하고 초라한 실패자로 철수할 수는 없다. 무슨 수를 써서라도 이 화려한 도시의

일부가 되고 말겠다는 캐리의 야무진 결심은 결국 넘지
말아야 할 선까지 넘게 만든다.

　　캐리가 백화점의 화려한 상품들을 가지기 위해 자신이
소유한 것 중에서 유일하게 교환 가치가 있는 몸을
이용하듯이, 대도시에서 살아가는 데에도 대가가 따른다.
우리도 세계에서 손꼽히는 최첨단 대도시가 된 서울에서
발붙이고 살려면 손 떨리는 장바구니 물가, 평생 월급을 다
모아도 내 집 장만하지 못하는 고통, 하루 종일 지속되는
교통 체증, 어지러운 매연과 소음 등 많은 것을 감당해야만
한다. 빛이 강렬할수록 그늘의 어둠은 깊다. 서울의 고층빌딩
뒤로 감추어진 《기생충》의 반지하방처럼, 드라이저가
묘사하는 대도시는 캐리를 홀리는 화려한 모습만 갖추고
있는 게 아니다.

　　대도시는 불나방같이 눈부신 불빛에 이끌려 날아온
무수한 군상 대부분을 무자비하게 짜부라뜨리고
빨아먹으면서 성장한다. 캐리가 시카고에서 처음 취직한
구두 공장은 어두침침하고 불결한 먼지투성이 공간이다.
햇빛을 보지 못해 얼굴이 누렇게 뜬 공원들은 더위에 옷을
벗어부치고 컨베이어 벨트에 매달려 일한다. 실직한
허스트우드가 캐리에게 무시당하고 홧김에 파업 중인 전차
운전사들의 대타로 나서는 대목도 화려한 도시가 힘없는
사람들에게 얼마나 가차 없이 잔인하고 냉혹한 곳인지

보여준다. 전차 회사가 운전사들을 모두 해고하고 운행
횟수에 따라 임금을 지급하겠다고 하자 노동자들이 대규모
파업에 나선다. 우리 식으로 말하자면 정규직을 전원
비정규직화해서 비용을 절감해보겠다는 것이다.
허스트우드는 대충 속성으로 운전 교육을 받고 실전에
투입되지만 회사에 맞선 노동자들의 폭력 투쟁에 휘말려
배신자라는 욕만 먹고 간신히 도망쳐 나온다. 앞이 보이지
않을 만큼 몰아치는 눈보라를 뚫고 브루클린을 걸어
허드슨강 선착장에 간신히 도착했을 때, 혼이 다 빠진 그의
몰골이야 어떻건 하얀 눈보라 속에서 반짝이는 강의
불빛들은 경이롭도록 무심하다. 이 장면은 자연의 힘보다 더
불가항력적으로 무력한 인간을 제압하는 도시의 비정함을
담담하게 보여준다.

　　허스트우드와 캐리는 대도시에서 상승과 하락의
엇갈리는 경로를 따라가지만, 둘 다 끝내 도시의 그 어디에도
진정 소속되지 못한 채 바다를 떠도는 부표처럼 고독과 고립
속을 부유하고 있으며, 이는 그들이 원자화된 개인으로
살아가면서 감내해야 하는 대도시의 비극이다. 허스트우드는
파업하는 전차 운전사들보다 힘든 처지로 전락했어도 결코
자신을 그들 중 한 명으로 여긴 적이 없었다. 누구와도
진정한 유대 관계를 맺지 못한 뿌리 뽑힌 유민流民이었기에
이름도 없는 노숙자로서 으슥한 도시의 그늘 속에서 죽음을

캐리 마덴다　　　　　　　　　　　　　　　　149

맞으며, 그의 죽음은 아무에게도 알려지지 않은 채 묻힌다.

노력보다는 우연이 성공을 좌우한다는 진실

"새빨간 그 입술에 웃음 파는 에레나"는 너그러운 복돌이의 용서를 구하든가, 그러지 못하면 주제를 모르고 바람 들어 대도시로 갔다가 신세 망친 여자로서 다른 모든 철딱서니 없는 여성들에게 교훈을 주어야 한다. 이런 것이 '타락한 젊은 여성'에게 세상이 기대하는 결말이다. 그러나 캐리는 두 남자의 품을 전전하면서도 물질적 욕망 때문에 지조를 버렸다고 괴로워하지 않고(살짝 양심의 가책은 느낀다), 하늘에서 떨어진 벼락을 맞지도 않는다.

이런 결말을 미국 독자들이라고 마음 편히 받아들일 수 없었다. 실은 그 정도가 아니라 거품을 물고 분개했다. 《시스터 캐리》의 원고를 읽어본 편집자이며 《맥티그》를 쓴 미국 자연주의 문학의 대표 작가 프랭크 노리스는 지금껏 읽어본 것 중 최고의 작품이라고 극찬했지만, 출판사 사장 프랭크 더블데이는 이렇게 저속하고 도덕적으로 문란한 책은 팔리지 않을 거라고 판단했다. 그의 아내 도로시 더블데이는 한술 더 떠서 이런 부도덕한 책을 출간하느니 차라리 자기가 청소 일을 해서 생계를 꾸리겠다며 펄펄 뛰었다. 사장이 휴가 간 틈을 타 편집자가 잽싸게 계약하여 내기는 했으나, 초판을 천 부 정도만 찍어놓고 광고도 하지 않고 조용히 책이

사장되기만을 바랐을 정도였다. 이렇게 출판사에서도 버린
책은 갖은 악평과 비난을 받았다. 드라이저는 스트레스로
신경쇠약에 걸려 허스트우드처럼 궁핍과 불면, 환각 증세에
시달리며 자살을 결심하기도 했다. 가까스로 형의 도움으로
회복에 성공해 두 번째 장편 소설《제니 게르하르트》를
출간하기까지 장장 10년의 세월이 흘러야 했다. 그의 삶은
스스로의 표현대로 "바람을 거슬러 떠오른 연"과 같았다.

　　그러나 소설을 읽어보면 왜 그렇게 욕을 먹었는지
의아할 정도로 요즘 기준으로는 '순한 맛'이다. 혹시나
19금을 기대하고 읽었다가 실망할까 봐 미리 말해두는데, 눈
씻고 찾아봐도 그런 대목은 없다. 백 년 전 소설이라는 점을
감안해도 비슷한 시기의 유럽 소설들은 훨씬 더 거침없고
화끈하다. 사실 요즘 등장인물들이 눈만 마주쳐도 침대로
직행하는 미국 드라마들이 하도 널리 퍼져서 미국을
원래부터 개방적인 할리우드의 나라로 여기곤 하는데,
태생을 따져보면 미국은 극장에 가는 것도 죄악이라고 여긴
청교도들이 세운 나라다. 1970년대까지도 미국 드라마나
영화 속 부부 침실에는 흔히 트윈 베드가 놓여 있었다고
한다. 부부가 한 침대를 쓰다니 어떻게 그런 음란한 생각을.
그러니 19세기에는 더 말해 뭐하겠는가. 당시 미국 사회는
청교도주의 전통에 근간을 둔 도덕적 엄숙주의가 지배했고,
문학에서도 극단적인 사회 고발이나 노골적인 성 묘사를

금기시하는 '점잖은 전통genteel tradition'이 강력한 힘을
발휘했다.

하지만 그 당시 미국 사람들이라고 해서 청교도
선조들의 전통을 받들어 절대 한눈팔지 않고 평생 배우자 한
사람만 쳐다보는 바른 생활을 했을 리 없다. 부부 침실에
트윈 베드가 있다고 해서 그 집 아기는 양배추밭에서 왔다고
믿을 사람은 없을 것이다. 결국 아닌 데 그런 척, 하면서 안
하는 척, 속은 시커먼데 마냥 깨끗하고 고고한 척하는 셈이
된다. 차라리 솔직하게 욕망을 인정하는 편이 나을 텐데,
한사코 아닌 척하니 상황은 더 꼬이기만 한다. 당대 미국
사회는 '점잖은 전통'을 고수했지만 실제로도 높은 도덕
기준에 충실했다고 할 수는 없다. 캐리가 배우로 성공한
후에, 허스트우드 부인으로 살던 시절 가깝게 지냈던 이웃
밴스 부인이 찾아온다. 밴스 부인은 번듯한 가정을 가지고
남부럽지 않은 삶을 사는 보수적인 중산층이지만, 스타가 된
캐리와 다시 친해지고 싶어 안달할 뿐 남편은 잘 지내시냐
따위의 눈치 없는 질문은 절대 하지 않는다. 소위 중산층의
엄격한 도덕 기준이란 허구에 불과한 것이다.

캐리는 드라이저가 백 퍼센트 꾸며낸 허구의 인물이
아니라 모델이 있었다. 캐리의 모델은 다름 아닌 드라이저의
누나 엠마였다. 엠마는 처음에는 시카고의 한 건축가와,
나중에는 홉킨스라는 술집 지배인과 동거했고, 1886년에

돈을 횡령한 홉킨스와 함께 뉴욕으로 도망쳤다. 누나
이야기를 고대로 써먹은 것은 아니지만 '시스터 캐리'의
이야기는 진짜 그의 '시스터' 얘기였고, 얼마든지 현실에서
일어날 수 있는 일이었다. 캐리가 가난에 몰려 드루에의
유혹을 받아들였듯이 그의 누나 또한 처지가 크게 다르지
않았을 것이다. 독일 출신 이민자 집안이었던 드라이저가는
끼니를 걱정해야 할 만큼 가난했다. 드라이저는 학창 시절
그의 재능을 알아본 선생님의 도움으로 인디애나 대학에
진학했지만, 대학은 자신에게 어울리지 않는 곳이라는
실망감과 외로움을 못 견뎌 1년 만에 포기한 뒤 기자를
비롯한 여러 직업을 전전했다. 뉴욕, 시카고 같은 대도시의
밑바닥 삶을 경험하고 기자로서 관찰했던 그에게 더러운
현실을 아닌 척 가리도록 강요하는 '점잖은 전통'은 따를
가치가 없는 위선과 허위로 보였을 것이다. 그는 부도덕한
작가라는 오명을 쓰더라도 삶을 있는 그대로 쓰고 싶다는
열망을 실천에 옮겼다. 모난 돌이 정 맞는다는 만고의 진리를
피해갈 수 없었지만.

　　캐리가 사회의 미풍양속을 해치고 다른 순진한
여성들까지 물들일지도 모른다는 우려 섞인 비난은 결혼하지
않고 남자들과 관계를 가진 점, 자기 혼자 살겠다고
허스트우드를 버린 점에서만 비롯되지 않았다. 드라이저가
대중의 괘씸죄를 산 원인은 또 있었다. 드라이저는 미국

문학의 '점잖은 전통'만이 아니라 미국인들이 절대적으로
신봉해온 '자수성가한 인물self-made man'의 신화에도 재를
뿌렸다.

　미국인들에게 자수성가한 인물은 아메리칸드림을
실현한 이상적인 미국인이라는 점에서 중요한 의미를
갖는다. 대표적인 인물이 18세기의 벤저민 프랭클린이다.
그는 가난한 집안에서 태어나 정규 교육을 거의 받지
못했지만 근면 성실함, 노력만으로 이십 대에 인쇄업에서
성공을 거둔 다음, 그 부를 발판 삼아 영향력 있는
정치인이자 외교관이 된 입지전적인 인물이다. 평등과
민주주의의 나라인 미국에서라면 물려받은 지위나 재산 없는
흙수저라도 자신의 재능과 노력만으로 얼마든지 성공할 수
있다는 아메리칸드림은 오랜 세월 미국인과 이민자를
유혹해온 신화였다.

　그런데 캐리가 배우로 성공을 거두게 된 것은 성실함,
노력보다는 우연 덕분이었다. 대사도 없는 단역을 맡게 된
캐리는 자기 역할이 생각보다 보잘것없는 데 크게 실망하여
리허설 내내 저도 모르게 인상을 쓰고 있었다. 이 모습이
극작가와 지배인의 관심을 끌고 무대 위에서는 변덕스러운
대중의 마음까지 사로잡은 것이다. 연극이 진행될수록
관객의 눈길은 무대 한쪽에서 혼자 오만상을 쓰고 있는
캐리에게 쏠리고, 신사들은 사랑스러운 그의 찡그린 얼굴을

키스로 풀어주고 싶다는 상상을 한다. 아무도 예상하지 못했지만 첫 공연의 막이 내렸을 때 연극의 주인공은 주연배우가 아니라 캐리였다.

성공이 근면 성실함과 노력에 대한 보상이 아니라 우연의 산물이었다는 이러한 엉뚱한 전개는 아메리칸드림에 대한 모독으로 비쳤다. 그리고 '자수성가한 사람'은 '셀프 메이드 맨'이지 '우먼'이 아니다. 전형적인 '자수성가한 사람'이라면 허스트우드가 이에 더 가깝다. 적어도 그는 사고를 치기 전까진 오랫동안 성실하게 일해 고용인들의 신임을 얻고 부를 쌓았다. 그랬던 허스트우드는 뉴욕 거리를 헤매는 노숙자로 전락하고, 캐리는 그를 버리고도 운이 좋아 원하는 것을 다 가진다니. 당대 독자들로서는 용서할 수 없다고 분개할 만도 하다. 그렇지만 노력이 늘 정당한 보상을 받지는 못하며, 성공한 사람 모두가 존경받을 자격을 갖추고 있지 않다는 사실은 믿고 싶지 않아도 부인할 수 없는 진실이다. 드라이저의 진짜 죄목은 모두가 알아도 외면해왔던 추한 진실을 덮은 포장을 걷어치워버린 것이었다.

영원히 꿈꾸는 인간

인과응보가 통하지 않은 캐리의 결말이 못마땅했던 사람들도 위안으로 삼을 만한 요소가 없지는 않다. 결말에서 캐리는

캐리 마덴다

화려한 드레스, 두둑한 은행 계좌, 자신을 추앙하는
숭배자들을 비롯해 꿈꿔온 모든 것을 가졌지만 행복해
보이지는 않는다. 막상 원하던 것을 손에 넣고 보니 멀리서
바라보며 애타게 갈망할 때처럼 반짝거리지 않는 것이다.
캐리는 시카고로, 뉴욕으로, 브로드웨이로 끊임없이 자리를
옮겨도 막상 새로운 곳에 다다르면 자신이 꿈꾸던 그곳이
아니라는 사실을 깨닫는다.

　캐리가 흔들의자에 앉아 몸을 앞뒤로 흔들며 몽상에
잠기는 장면이 여러 차례 나오는데, 이는 그의 이동이 결국은
늘 제자리를 맴돌 뿐이라는 사실을 암시한다. 많은 비평은
《시스터 캐리》에서 이런 교훈을 끌어낸다. 물질적인 욕망은
인간을 행복하게 해주지 못한다. 물질적 가치만을 추구해온
캐리는 욕망의 공허함을 깨닫지만, 운명에 이끌려온
수동적이고 나약한 그는 이러한 깨달음을 통해 정신적
성장을 이루지는 못한다. 고로 다 가졌지만 해피엔딩은
아니다. 자, 이제 만족하십니까.

　물질보다 정신적 가치가 우선이라는 교훈은 너무 맞는
말씀이라 맥이 빠진다. 우리가 그런 교훈을 몰라서 명품 백을
사겠다고 새벽부터 백화점 오픈 런을 하고 집값 비싼
서울에서 대출 이자 내면서 아등바등 버티는 게 아니다.
시카고에 살던 시절, 캐리는 지인과 함께 어느 멋진 저택을
보게 된다. 부러워하는 지인에게 캐리는 자신도 믿지 않지만

주입식 교육으로 머리에 박힌 뻔한 교훈을 읊어준다.
"하지만 세상에 완벽하게 행복한 사람은 없다잖아요."
지인이 받아친다. "그래도 다들 저런 저택에서 한번
불행하게 살아보려고 안간힘을 씁디다."

　　누구나 캐리처럼 '더 나은 삶'을 꿈꾼다. 그런데 '더 나은
삶'이란 무엇을 말하는 건지, 어떻게 살아야 더 잘 사는
건지는 애매하다. 소비 자본주의 사회에서 최상의 가치는 더
비싼 물건을 더 많이 소비하는 것이다. 물고기가 물을
의식하지 않듯이, 숨 쉴 때 공기의 존재를 생각하지 않듯이,
우리는 주변 환경 속에 푹 잠겨 자신이 속한 사회의 가치를
의심 없이 받아들인다. 유치원에서부터 친구들과 집의
평수와 차종을 비교하며 자랐는데, 어느 날 갑자기 물질은
덧없다는 번개 같은 깨달음이 찾아와 물욕에서 해탈할
가능성은 매우 희박할 것이다.

　　문학비평가 프레드릭 제임슨은 자본주의의 종말을
상상하기보다 세상의 종말을 상상하는 편이 더 쉽다고
말했다.* 캐리가 예쁜 구두의 속삭임에 홀렸다고 해서
물욕에 눈먼 여자라고 비난한다면, 우리가 타고난 본성뿐
아니라 환경과 교육의 영향으로도 형성되는 사회적 존재라는
사실을 잊은 것이다. 물질적인 것과는 근본적으로 다른

*《포스트모더니즘, 혹은 후기자본주의 문화 논리》, 프레드릭
제임슨 지음, 임경규 옮김, 문학과지성사, 2022.

캐리 마덴다

차원의 가치, 아무리 많이 가져도 채워지지 않는 헛헛함을
채워줄 수 있는 또 다른 무언가의 가능성을 아무도 보여준
적이 없는데 혼자 힘으로 찾아내라는 것은 무리한 요구다.

결말에서 여전히 어디에도 완전히 정착하지 못한 채
충족되지 않을 갈망과 동경을 품고 홀로 흔들의자에 앉아
몽상에 잠긴 캐리의 모습은 그에게 더 높은 정신적 차원의
가치를 제시하는 데 실패한 물질주의적인 소비 자본주의
사회의 한계를 보여준다. 캐리를 보면 또 다른
아메리칸드림의 추종자이자 희생양, 개츠비가 떠오른다.
개츠비 또한 더 나은 삶의 무한한 가능성을 약속한
아메리칸드림을 믿었고 그 꿈에 자신의 모든 것을 바쳤으나
그 꿈이 약속한 것은 오로지 물질적인 부뿐이었다.

그러나 캐리를 단지 자본주의의 욕망에 매여 끌려다니는
노예, 아메리칸드림의 희생양으로 볼 수만은 없다.
캐리에게도 개츠비처럼 위대해지고 싶은 꿈이 있었고,
위대해질 가능성이 있었다. 그런데 드라이저가 인간을
유전과 환경의 영향으로 조립되고 작동하는 태엽인형으로
보는 자연주의 작가라는 점 때문에 캐리를 운명의 실에
조종당하는 수동적인 꼭두각시 같은 존재로 평가하는 경향이
있다.

하지만 자연주의 작가라고 해서 모두가 동일한 작법으로
재료를 혼합해 마치 케이크를 굽듯이 인물을 그렇게

찍어내지 않는다. 캐리가 드루에와 허스트우드에게 끌렸던 것은 그들이 캐리가 갖고 싶어 한 물건들을 사주었기 때문이기도 하지만, 그들을 자신이 동경하는 더 높은 가치의 세계를 대변하는 대사들이라고 믿었기 때문이다. 개츠비는 데이지의 부도덕함과 경박함을 끝까지 깨닫지 못했지만, 캐리는 적어도 두 남자가 상징하는 가치들이 자신이 원했던 것이 아니라는 사실을 알았다. 캐리가 드루에와 허스트우드를 처음 만났을 때 그들은 사회적·경제적으로 훨씬 월등한 위치에 있었지만, 캐리는 그들을 무조건 우러러보거나 복종하지 않았다. 캐리는 자신이 원하는 것을 그들이 줄 수 없다는 사실을 깨달은 순간 더는 그들과의 삶에 만족하지 못하며, 그곳을 벗어나 다른 어딘가를 꿈꾼다. 캐리는 분명 충동과 우연에 휘둘리는 나약한 인간이지만 주체적인 면 또한 갖고 있다.

캐리는 허스트우드에게 기대지 않고 독립하기로 결심한 후로 어떤 남자도 믿지 않겠다고 단단히 마음먹는다. 수많은 남자가 자기 은행 계좌를 까며 사랑을 고백해도, 남자들을 겪을 만큼 겪어본 캐리는 다 부질없다고 생각한다. 믿을 것은 오로지 나 자신뿐이다. 그런 점에서는 독립적인 듯하지만 잘나가는 금융인 미스터 빅의 '어장'을 벗어나지 못하는 캐리 브래드쇼보다 오히려 더 현대적이다. 뜨내기 뉴욕 시민 캐리 브래드쇼가 '차도남' 미스터 빅과 시즌 일곱 개에 걸친

캐리 마덴다   159

기나긴 밀당 끝에 결혼에 골인함으로써 뉴욕에 완벽하게
정착하는 해피엔딩을 맞이한다면, 캐리 마덴다의 엔딩은
홀로 화려한 월도프 호텔 창가의 흔들의자에 앉아 시카고의
누추한 언니 집에서 그랬듯이 몸을 앞뒤로 흔들며 몽상에
잠기는 것이다.

캐리가 끊임없이 더 높은 세계를 갈망하며,
어렴풋이나마 물질보다 우월한 가치가 존재함을 의식하고
있다는 사실은 그의 세 번째 남자, 밥 에임스와의 만남에서
드러난다. 밴스 부인의 사촌동생인 에임스는 전기공학을
전공하고 자기 연구실을 연 엘리트 발명가라는 점에서 앞의
두 남자와 결이 다르다. 또 남자냐고 할지도 모르겠는데,
에임스는 딱 두 번, 잠깐 등장할 뿐이며, 캐리는 그에게 살짝
호감을 갖지만 이성적 관계로 진전되지는 않는다. 에임스는
유일하게 캐리의 진짜 가치를 알아보는 지성을 갖고 있다.
그는 이렇게 말한다.

　"당신 얼굴의 표정은 여러 가지 다른 것들을 담고 있어요.
당신은 구슬픈 노래든 어떤 그림이든, 깊이 감동받은
것에서 똑같은 것을 얻어냅니다. 세상이 보고 싶어 하는
것이 바로 그것입니다. 그것이야말로 갈망의 자연스러운
표현이거든요."

캐리는 그의 말에 깊은 인상을 받고 덧없는 인기만 좇을 것이
아니라 더 수준 높은 정극에 출연해야겠다고 생각하지만,
흔들의자에 앉아 하염없이 몸을 흔드는 엔딩 장면으로 보아
이런 기특한 결심이 곧바로 행동으로 이어질 것 같지는 않다.
설령 에임스의 말대로 한다 하더라도, 드라이저는 "그 길
너머에 또 다른 것들이 잇달아 그녀 앞에 놓일 것"이며,
"멀리 보이는 세상이라는 언덕의 꼭대기를 물들이는 기쁨의
광채를 영원히 좇게 될 것"이라는 말로 그의 여정이 종착지에
이르지는 못하리라는 것을 암시한다. 오늘 오지 않은 고도를
내일도 오늘처럼 기다리고 있을 《고도를 기다리며》의
블라디미르와 에스트라공과 같이, 캐리는 끝나지 않을
영원한 기다림 속에 갇혀 있다. 그런 점에서 《시스터
캐리》는, 배우로서 캐리가 거둔 찬란한 성공에도 불구하고
실패에 관한 소설이다. 소설은 승리감에 취해 빛나기보다는,
홀로 고독하게 알 수 없는 슬픔에 잠긴 주인공의 묘사로
끝난다.

아, 캐리, 캐리여! 아, 맹목적으로 분투하는 인간의
마음이여! 그것은 앞으로, 앞으로 나아가라고 명령한다.
아름다움이 이끄는 대로 따른다. (…) 마음은 그것을
알아보고 응답하며 뒤따른다. 발길은 지치고 희망은
헛되어 보일 때, 바로 그때 가슴이 아파오고 갈망이

캐리 마덴다   161

솟아오른다. 그때에야 비로소 싫증을 내지도, 만족하지도
못함을 알리라. 흔들의자에 앉아, 창가에서 꿈꾸며 홀로
갈망하리라. 창가의 흔들의자에 앉아 결코 느끼지 못할
그런 행복을 꿈꾸리라.

캐리는 영원히 꿈꾸는 자, 채워지지 않는 갈망에 쫓기는 자의
초상이다. 살아 있는 한 꿈과 현실 사이에서 흔들리고,
끝없이 바윗돌을 굴려 올리는 시시포스처럼 자신도 모를
무언가를 좇는 캐리의 모습이야말로 대도시에서 오지 않을
고도를 기다리며 하루를 버티는 우리의 초상일지도 모른다.

엘렌 올렌스카

원 바깥의
어떤 의연한 마음

순수의 시대The Age of Innocence, 이디스 워튼, 1920년

'순수하다'는 말은 칭찬 같지만 듣기에 따라서는 욕이 될 수 있다. 세파에 휩쓸리며 이런저런 일을 겪다 보면 본래의 순수함을 유지하기 어렵다. 경험치가 쌓이고 노련해질수록 때가 타는 것을 피할 수 없다. 그러니 나이를 먹을 만큼 먹었는데 여전히 해맑다면 세상 경험이 부족하고 무지하다는 뜻일 수도 있다. 영어의 'innocence'에는 순수, 순진함 외에도 '무지'라는 의미가 있다. 하지만 지식을 얻는 데에는 나름의 고통스러운 대가가 따른다. 그렇다면 어린아이처럼 해맑게, 언제까지나 행복한 무지 속에서 평온하게 사는 편이 나을까, 고통과 슬픔을 감수하더라도 무지의 어둠을 뚫고 새로운 세계로 나아가는 편이 나을까?

이디스 워튼의 《순수의 시대》는 1870년대 뉴욕 상류 사회를 배경으로, 순수한 남자와 순수한 여자, 그리고 이 사이에 끼어든 순수하지 않은 한 여자의 미묘한 삼각관계를 그린다. 이렇게만 설명하면 안 봤어도 본 듯한 통속 드라마의

뻔한 불륜 공식이 떠오를지도 모르겠다. 그러나 '순수'라는
말이 긍정과 부정의 의미를 모두 담고 있듯이 이들의 관계
또한 그리 단순하지 않다. 소설 제목에서부터 거론되는
'순수'의 의미와 등장인물들을 통해 그려지는 미국 사회는
복잡한 아이러니와 역설로 가득 차 있다. 워튼은 순수함을
최고의 가치로 숭상하는 뉴욕 사회의 순수하지 않은
속사정을 비판하기 위해 이 소설을 썼지만, 1921년에
퓰리처상을 준 심사위원들은 "미국의 삶과 관습과 남성성의
모범을 가장 잘 제시해주었다"라고 번지수가 틀린 찬사를
보내어 작가를 당황하게 만들었다. 이런 심각하게 어긋난
오해를 피하기 위해서는 주의해서 잘 읽을 필요가 있다.

순수할 수 있다는 특권

뉴욕 상류 사회 최고 '엄친아'의 조건을 다 갖춘 남자,
《순수의 시대》의 뉴랜드 아처는 순수하다기보다는
순진하다는 표현이 더 맞을 인물이다. 순진하다는 것은 세상
만사의 겉과 속이 똑같다고 믿는다는 의미이기도 하다. 내
눈에 보이는 것만이 전부이고 진실이며, 그 밑에 전혀 다른
것이 숨어 있을지 모른다는 의심은 해본 적도 없는 사람.
대개 이런 순진함은 나이와 무관하며, 겉과 다른 본모습에
뒤통수를 맞아보기 전까지는 유지된다. 아무리 나이를
먹어도 순진함을 유지할 수 있다는 것은 하나의 특권이다.

세상은 그의 앞에서만큼은 가면을 벗어 추악한 진면모를
드러내지 않고 환상을 유지해준 것이다. 이런 순진한 바보는
매일 아침 갈아야 하는 자기 방의 꽃이 영원히 시들지
않으며, 밝은 미소로 공손히 아침 인사를 건네는 하녀가
진심으로 자기를 사랑하고 존경한다고 믿을 수 있다. 세상은
늘 변함없이 아름답고 사람들은 친절하고 선량하다. 이렇게
멋진 세상에서 나쁜 짓을 하는 사람이 있다니. 모두 사이좋게
잘 지내면 좋지 않나요.

　　아처의 이런 순진함은 그가 인종, 계급, 성, 모든 면에서
특권을 누리는 상류층 백인 남성이기에 가능하다. 그러나
특권을 가진 사람들은 이를 너무나 당연하게 받아들이기
때문에 자신이 특권을 누린다는 사실 자체를 잘 의식하지
못한다. 그래서 아처는 특권을 누리면서도 자신에게 특권을
부여해주는 사회적 관습과 위계질서를 비판하는 진보적이고
개방적인 지식인을 자처할 수 있다. 상류 사회 바깥에 있는
문인이나 예술가 같은 보헤미안적인 인물들과 교류하면서
누구보다 세련된 안목과 높은 교양을 지녔다고 자부하기도
한다. 하지만 친구인 가난한 기자 네드 윈셋이 사는 초라한
동네를 보고 어떻게 이런 곳에서 사람이 살까 놀라워한다.

　　상류층 남성으로서 그의 우월감은 약혼자 메이와의
관계에서도 잘 드러난다. 메이는 완벽한 자신에게 잘
어울리는 완벽한 숙녀이며 그런 여성을 '소유하는 기쁨'을

누리게 되어 행복하고 자랑스럽다. 메이는 그의 기준에
넘치지도 모자라지도 않게 딱 적당하다. 거슬릴 만큼
무식하거나 둔하지 않으며, 남자의 자만심을 건드릴 정도로
영리하거나 주관이 강하지도 않다. 아처는 아버지가 없는
집안에서 어머니와 여동생이 가장으로 떠받들어주는 데
익숙해져 있고, 메이와의 관계에서도 항상 자신이 경험
면에서나 지식 면에서나 더 우월한 위치에서 그를
리드한다고 믿는다.

남자들은 일반적으로 여자들보다 스스로를 후하게
평가하는 경향이 있다. 리베카 솔닛은 여자들을 일단 한 수
아래로 보고 가르치려 드는 남자들의 '근자감'에 대해
'맨스플레인'이라는 신조어를 만들어냈다. 솔닛은 어느
모임에서 그가 쓴 책에 대해 설명해주겠다고 나서는 남성을
만난 일화를 설명한다. 남자는 솔닛의 친구가 "이 사람이
바로 그 책의 저자"라고 몇 번이나 말해주고 나서야
물러섰고, 심지어 그 책에 대한 서평만 읽었을 뿐 책은
읽지도 않았다.* 자신이 이 세상 모든 주제에 대해 아름답고
순진하며 무지한 여성에게 설명해줄 자격이 있다고 굳게
믿는 아처는 '맨스플레인'의 유구한 역사를 보여주는
표본이다.

*《남자들은 자꾸 나를 가르치려 든다》, 리베카 솔닛 지음, 김명남
옮김, 창비, 2015.

엘렌 올렌스카   167

거울에 비친 지적이고 세련된 진보주의자로서의 자기
모습에 취해 있던 아처의 우물 안 세상은, 엘렌 올렌스카라는·
전에 보지 못한 파격적인 인물과의 만남을 통해 흔들린다.
메이의 사촌인 엘렌은 폴란드의 엄청나게 부유한 백작과
결혼해 오랫동안 유럽 귀족 사회에서 화려한 삶을 누렸으나,
불행한 결혼 생활로부터 도망쳐 뉴욕을 찾아 친족들의
신세를 지게 된 참이었다. 판에 박힌 뉴욕의 도덕 관습에
젖은 아처는 이 시끄러운 스캔들의 주인공이 불편하지만
평소 주장한 진보적 신조에 따라 엘렌의 자유로운 선택을
옹호해주어야 하는 난감한 처지에 빠진다. 엘렌의 존재는
그에겐 겪어보지 못한 새로운 시련이다. 남 일일 때는 자유와
평등을 지지하는 미국 진보주의자답게 당당하게 "여성들도
우리처럼 자유로워져야 합니다!"라고 선언할 수 있지만, 내
아내의 사촌 일이라면 얘기가 달라진다. 결국 엘렌이 제기한
이혼 소송은 가문의 명예를 위해 다른 누구도 아닌 아처가
나서서 철회시킨다.

  그러나 한번 흔들린 세상은 다시 원래대로 돌아가지
않는다. 아처가 난생처음 감지한 가면의 균열은 시간이
갈수록 깊어진다. 뉴욕 사회와 스스로에 대해 별다른
의심이나 불만 없이 잘 살아왔지만, 엘렌을 만난 후로는 저도
모르게 국외자인 엘렌의 눈으로 너무나도 익숙했던 자신의
세계를 바라보게 된 것이다. 아처는 뉴욕이 목숨처럼

신봉하는 관습과 예법을 자연스럽게 무너뜨리는 엘렌의
당당한 태도와 독특한 개성으로부터 해방감을 느끼고,
예술적이고 지적인 삶을 향한 억눌렸던 갈망이 가슴속에서
되살아난다. 그리고 다른 뉴욕 주민들과 마찬가지로
소중하게 지켜야 한다고 믿어온 가치들이 속 빈 강정처럼
실체 없는 헛것에 불과할지도 모른다고 생각한다. 오매불망
기다려온 메이와의 결혼도 갑자기 무덤으로 끌려 들어가는
것처럼 느껴진다. 그는 상상력도, 공감 능력도 없는 메이와
함께하는 삶은 정신적으로 빈곤한 가식투성이 삶이 될
것이라는 예감에 몸서리친다.

결국 엘렌을 만나 동굴 밖의 세상에 눈뜬 그는 그런 거짓
삶으로 되돌아갈 수 없다고 생각하고 엘렌에게 함께 멀리
떠나자고 애원하기에 이른다. 더는 '축복 같은 어둠' 속에
안주하기를 거부하고 엘렌과 더불어 자신의 내면의 부름에
충실한 새로운 삶을 꿈꾼 것이다. 그러나 태어나서 처음으로
맛본 진실한 감정을 좇아 모든 것을 버리고 그 세계를
뛰쳐나오기에는 가진 것이 너무 많다. 남성과 여성의
일탈에는 다른 기준이 적용된다. 아처가 결혼 전에 기혼
여성과 저질렀던 '불장난'은 남자라면 으레 한 번은 겪을
통과의례 정도로 너그러이 넘겨졌다. 하지만 엘렌은
남편으로부터 자유를 얻기 위해 엄청난 대가를 치러야만
했다. 아처도 과연 그럴 수 있을까.

엘렌 올렌스카

고르곤이 된 여자

어릴 때 부모를 잃고 뉴욕 사교계에서 괴짜 취급을 받는 고모
미도라 맨슨에게 맡겨진 엘렌은 뉴욕 사회의 규범과는 다른
방식으로 교육을 받으며 자유분방하고 대담한 아이로
자랐다. 엘렌은 부유한 귀족과 결혼해 유럽에 살면서
폐쇄적이고 고루한 뉴욕 사회에서는 경험해볼 수 없는
폭넓고 다양한 예술적 경험을 누리고 자유로운 생활을
만끽했다. 말하자면 엘렌은 큰물에서 놀아본 사람이었고,
뉴욕 사회는 그런 그를 특이하면서 조금은 위험스러운
외국인으로 취급한다. 엘렌은 뉴욕으로 돌아와서도 상류층
사람들이 살지 않는 보헤미안 주거 지역에 작은 집을 구하고
독특한 예술적 취향을 발휘해 개성 있는 공간으로
꾸며놓는다. 뉴욕 사교계의 관습을 무시하고 마음 가는 대로
하는 엘렌의 파격적인 행동 하나하나를 놓고 말들이
무성하지만, 사실 엘렌은 그런 관습들이 쩨쩨하고 우스워서
고의로 무시한 것은 아니었다. 뉴욕에서 나고 자란
토박이들처럼 그것들을 일일이 다 의식하도록 훈련받지
않았고, 사소하고 때로는 우스꽝스럽게까지 보이는 그런
집착적인 행동들에 의미를 부여하지 않을 따름이었다.

　워튼이 1896년에 발표한 우화 〈아이들의 골짜기〉에서는
한 소녀가 자신이 살던 골짜기를 떠나 바깥세상을 경험하고
돌아온다. 그러나 골짜기 아이들은 소녀가 떠나기 전과

조금도 달라지지 않은 상태에 머물러 있고, 넓은 세상을 보고 성숙해져서 돌아왔다는 사실 때문에 소녀를 적대시하고 배척한다. 《순수의 시대》에서는 엘렌 올렌스카가 바로 이 골짜기를 떠났다가 돌아온 소녀인 셈이다. 엘렌은 고르곤의 눈을 보고 진실에 눈뜬 자이다. 그러나 진실에 눈뜬 데에는 대가가 따르는 법이다. 엘렌 또한 고르곤이 되었다.

"흠, 고르곤은 내 눈을 띄워주기도 했어요. 고르곤이
사람들을 눈멀게 한다는 얘기는 틀린 말이에요. 그 반대죠.
사람들의 눈꺼풀을 뜨고 있게 고정시켜서 다시는 축복
같은 어둠 속에 있지 못하게 만들죠. 그런 식의 중국
고문이 있지 않아요?"

엘렌의 통찰대로, 어쩌면 어둠이 축복이고 빛은 저주일지도 모른다. 플라톤의 동굴 우화에서, 동굴 밖으로 나간 사람은 자기들이 지금까지 현실이라고 믿었던 것이 실은 동굴 벽에 비친 그림자에 불과했음을 깨닫게 된다. 한번 눈을 뜬 사람은 다시 동굴 속으로 돌아가 벽의 그림자를 보며 남은 생을 보낼 수 없다. 그것이 저주일지라도 어쩔 수 없다.

이디스 워튼은 명문가에서 태어났지만 엘렌과 비슷한 삶을 살았다. 그의 어머니는 미모와 멋진 패션으로 유명한 사교계의 여왕이었고, 딸이 자기처럼 사교계의 숙녀로

살려고 하지 않는 점에 못마땅해했다. 워튼이 글을 쓰고 책을
내는 것은 '숙녀답지 못한' 행동이었다. 워튼은 1882년에
헨리 스티븐스와 약혼했지만 글을 쓰는 지적인 여성을
마음에 들어하지 않은 남자 쪽 집안의 반대로 결국
파혼했다고 한다. 1885년에 오빠의 친구였던 은행가
에드워드와 혼인했으나 결혼 생활은 불행했다. 1907년에
파리로 이주한 후 다른 남자를 만나기도 하면서 명목상의
결혼 생활을 이어가다가 1913년에 이혼했다. 그 후 몇 차례
사무적인 일로 미국을 잠시 방문했을 때를 제외하고는 평생
프랑스에서 살았다. 여성이 글을 쓰고 발표한다는 것이
숙녀답지 못한 행위로 여겨지던 시절에, 워튼은 사교계의
꽃으로 살기를 거부하고 여성으로서나, 작가로서나 자신만의
길을 갔던 셈이다.

   고르곤이 된 엘렌에게는 '오빠만 믿고 따라와' 식의
맨스플레인이 통하지 않는다. 아처는 엘렌을 사랑하지만,
엘렌과의 몇 차례 짧은 만남은 매번 좋지 않게 끝난다. 엘렌
또한 그를 사랑하면서도 그의 열정에 기대대로 보답해주거나
고분고분 끌려오지 않기 때문에 둘의 만남은 늘 다툼으로
끝나고 아처는 화가 나서 자리를 뜬다. 항상 메이를
리드해왔던 탓에 자기도 미처 몰랐거나 인정하기 싫었던
숨은 속내를 날카롭게 찌르는 엘렌에 당혹을 느끼고,
자존심에 상처를 입기도 했을 것이다. 순진한 골짜기의 소년

아처와 달리 넓은 세상을 떠돌며 산전수전 다 겪어본 엘렌은
그가 뭘 몰라서 더 호기롭게 말한다는 것을 알고 있었다.

엘렌은 뉴욕 기준으로는 숙녀답지 않은 노골적인
질문으로 아내와 애인, 양손에 든 떡을 놓치기 싫어하는
아처의 이기적인 속내를 찌른다. "당신 생각은 내가 당신의
정부가 되어 같이 살아야 한다는 것인가요? 당신의 아내는
될 수 없으니." 엘렌의 말에 당황한 아처는 "그런 구분
자체가 존재하지 않을 세계," "우리가 인간 대 인간으로 있을
수 있는 곳, 그 밖의 어떤 것도 중요치 않을 그런 곳"으로
떠나자는 꿈같은 헛소리를 늘어놓지만, 엘렌은 이런
순진하고 대책 없는 '오빠'를 따라가기에는 세상을 너무 많이
안다.

> "내가 아는 사람들 중에도 그런 곳을 찾으려는 시도를 한
> 사람이 한둘이 아니에요. 내 말을 들어요. 그들은 모두
> 잘못된 역에서 내렸어요. 불로뉴, 피사, 몬테카를로 같은
> 곳 말이죠. 그곳은 그들이 뒤에 두고 떠나온 세계와 전혀
> 다르지 않았어요. 더 작고 음침하고 난잡하다는 것만 빼고
> 말이죠."

엘렌이 단언하듯이 아처는 테두리 밖으로 나간 적이 없다.
그곳이 어떤 모습인지 모른다. 그러나 엘렌은 넘어가봤고,

그곳을 안다.

엘렌에게는 자신의 경험에서 건져 올린 자신만의 도덕이
있으며, 그의 도덕 기준은 뉴욕 사람들의 것과는 다르다.
엘렌은 비록 친족들이 자신을 이해해주지 못하고 국외자로
배척해도 그들에게 상처 주지 않으려고 한다. 남의 불행
위에서 자신의 행복을 찾을 수 없다는 것이 엘렌의 신념이다.
'우리를 위한 계획'을 들먹이는 아처에게 엘렌은 그런
'우리'란 "우리를 신뢰하는 사람들의 등 뒤에서 행복해지려고
애쓰는 엘렌 올렌스카의 사촌의 남편인 뉴랜드 아처와
뉴랜드 아처의 아내의 사촌인 엘렌 올렌스카일 뿐"이라고
대꾸한다. 엘렌은 사회가 요구하는 도덕적 기준에 순종하여
자신의 감정을 희생하는 수동적인 인물이 아니다. 타인에
대한 진심 어린 배려와 존중이 그가 지키고자 하는 도덕이다.
뉴욕 사람들은 자유롭고 퇴폐적인 유럽에서 살았으니
도덕관념도 느슨할 것이라는 편견을 갖고 엘렌을
바라보지만, 엘렌은 타인의 눈을 의식하는 위선이 아니라
누가 뭐라 하든 자신이 옳다고 믿는 것을 따른다. 신흥
졸부들 중 한 명인 줄리어스 보퍼트가 파산하자 온 뉴욕
사교계가 그들 부부에게 등을 돌리지만, 엘렌만은 당당하게
자신의 사촌이자 그의 아내인 레지나를 찾아가 친족으로서의
연대를 과시한다. 오직 사랑을 위해 아내와 가문을 포함한
모든 것을 다 버릴 수 있다고 허세를 부리는 순진한 아처에

비해 자신에게 소중한 것들을 끝까지 지키려 하는
엘렌이야말로 진실로 용감하다.

눈이 퇴화된 물고기

메이 웰랜드는 아처나 엘렌에 비해 생기와 활력이 부족하고
상상력도, 깊이도 없는 관습적인 인물로 보인다. 메이는 뉴욕
상류 사회가 요구하는 완벽한 숙녀의 기준에 부합하는
모범적인 여성이며, 모범생은 재미가 없는 법이다. 엘렌을
알기 전까지 아처는 자기 세계의 규범을 완벽히 따르는 이
아름답고 순결한 여성에게 아무 불만도 없었다. 늘 하얀
은방울꽃을 들고 눈부시게 흰 드레스를 차려 입은 모습처럼,
메이는 세상의 더러움이나 어둠 따위는 전혀 모르도록 온실
속에서 철저한 보호를 받으며 곱게 키워져왔다.

    엘렌과의 만남 이후 아처는 메이의 완벽한 모습을
전통과 훈육으로 꾸며지고 철저히 훈련된 인형의 것이라고
생각하게 된다. 엘렌이 고르곤이라면, 메이는 눈을 사용할
필요가 없어서 아예 눈이 퇴화되어 없어져버린 깊은 바다
동굴 속 물고기다. 성인이지만 자신의 의견 따윈 없이 부모와
웃어른들로부터 들은 말을 앵무새처럼 되풀이할 뿐이다.
예전에 아처는 이 순진한 여성의 눈을 가린 안대를 벗겨
세상을 똑바로 보게 해주는 것이 남편으로서 자신의 임무가
될 것이라고 생각했지만, 이젠 막상 안대를 벗어도 메이가 텅

빈 눈으로 아무것도 볼 수 없는 것은 아닐까 하는 두려움을
느낀다.

그러나 메이는 이 소설의 최대 반전을 품은 인물이다.
눈이 퇴화된 물고기는 실은 메이가 아니라 아처였다. 이미
자신이 모든 것을 다 안다고 믿는 오만한 아처의 눈에는
메이의 다른 면이 보이지 않았을 뿐이다. 아처는 메이가 자기
어머니와 판박이처럼 똑같고, 종이로 오려낸 듯이 다른 뉴욕
사람들과 똑같아서 더 이상 새로울 것도 없고 그에 대해 더
알아야 할 것도 없다고 믿었다. 그러나 이런 믿음이 가장
위험하다. 메이의 순진무구한 겉모습 바로 밑에는 아처가
전혀 몰랐던 모습들이 있었지만, 아처는 메이의 완벽하게
꾸며진 인공적인 외면만을 전부라고 믿고 그 커튼을
들추어볼 생각도 하지 않았다.

엘렌에게 매혹된 아처는 사랑의 도피를 할 꿈에 빠져
메이를 신경 쓰지도 않았지만 메이는 모든 것을 알고 있었다.
아처는 순진한 메이를 늘 뜻대로 할 수 있다고 믿었으나 정작
메이의 손바닥 위를 벗어나지 못했던 것은 그였다.

메이는 항상 다소곳이 있다가 결정적인 순간에 방심한
아처의 뒤통수를 친다. 아처가 1년이나 되는 긴 약혼 기간에
불만을 토로하며 결혼을 앞당기도록 부모님을 설득해 달라고
조르자 메이는 다른 여자에게 매혹되고 있는 스스로에 대한
불안감에서 나온 간청임을 간파한다. 아처가 파혼하기로

마음먹은 바로 그때, 메이는 부모님의 뜻을 거스를 수 없다던 완강한 태도를 바꾸어 그의 뜻대로 결혼을 서두르기로 했음을 알린다. 그렇게 둘이 결혼하고 2년 후, 끝내 미련을 버리지 못한 아처가 엘렌을 따라 떠나기로 결심한 순간 메이는 임신 소식을 알려 다시 한번 그를 좌절시킨다. 이미 메이는 엘렌을 만나 아직 확실하지도 않은 임신 소식을 전한 뒤였다. 남편에게 돌아가지 않고 할머니 곁에 머물기로 했던 엘렌은 메이의 말이 뉴욕을 떠나야 한다는 최후통첩임을 이해한다.

유럽으로 떠나기로 한 엘렌을 위해 메이가 신혼집에 친족들을 불러 성대한 송별 파티를 여는 장면은 이 소설의 클라이맥스다. 메이는 사랑하는 사촌을 위해 실내 장식부터 식기 준비에 이르기까지 온갖 정성을 쏟고, 친족 모두는 이제 영영 다시는 안 보고 살 수 있게 된 이방인에게 영원한 애정을 아낌없이 표현한다.

사정 모르는 이가 본다면 친족 간의 정이 넘쳐흐르는 따뜻하고 흐뭇한 장면이겠지만, 실은 이 자리는 뉴욕 상류 사회의 관례에 따라 가문에서 추방되는 여성을 둘러싸고 모이는 가족 행사이며, 불륜 남녀를 성공적으로 갈라놓는 의식이기도 하다. 여전히 혼자 아무것도 모르고 있던 순진한 아처는 그때야 비로소 상황이 어떻게 돌아가고 있는지 깨닫는다. 그때까지 아처만 쏙 빼놓고 모두가 침묵의

카르텔을 형성하고 상형문자와도 같은 신호로 자기들끼리
정보를 나누고 의견을 모으고 있었던 것이다. 그는 이미
오래전부터 사람들의 눈에 의심의 여지없이 엘렌의 정부로
보였다. 아처는 그 훈훈하고 화기애애한 행사가 "질병보다
추문을 더 두려워하고, 용기보다 체면을 중히 여기는" 올드
뉴욕의 "피를 흘리지 않고 목숨을 빼앗는 방식"임을
깨닫는다.

　키가 크고 늘씬하며 건강한 운동선수 같은 메이는
활쏘기에 능하다. 단 한 번에 정확히 과녁을 꿰뚫듯이,
메이는 매번 효과적으로 타격을 날려 현실에서 빠져나가려는
아처를 주저앉힌다. 메이는 아처의 믿음대로 연약하고
무지하며 수동적인 존재가 아니다. 메이는 사회가 요구하는
순수한 여성의 조건을 두루 꿰뚫고 이에 부합하는 여성상을
연기하도록 철저하게 훈련된 인물이다. 그런 메이가 자신의
감정과 신념에 충실한 엘렌보다 많은 제약과 관습에
순응하는 인습적인 여성인 것은 맞지만, 아처가 생각하듯이
상상력과 이해력이 결핍된 인물도 아니다. 아처는 메이가
폐렴으로 죽고 난 후 메이가 엘렌에 대한 남편의 감정이 어떤
것인지 알고 있었고, 그럼에도 불구하고 가정을 위해 엘렌을
포기했음을 알고 있었다는 이야기를 아들에게서 듣는다.
가슴속 깊이 묻은 아처의 꿈과 욕망을 이해하고 심지어
동정해준 유일한 인물이 아내였던 것이다.

중요한 것은 '순수함'보다
다양한 가치를 수용하는 마음

워튼이 묘사하는 19세기 후반의 뉴욕 상류 사회는 더할 나위 없이 화려하고 호사스럽지만 매우 좁고 답답하며 촌스럽도록 고루한 세계이기도 하다. 《순수의 시대》에서 뉴욕 사교계의 최상층은 소수의 명망 높은 가문만 소속된, 비좁은 피라미드 꼭대기 같은 곳이다. 그들은 매일같이 오페라 공연, 무도회, 오찬, 만찬회 등의 사교 모임에 참석해 서로 얼굴을 접하기 때문에 남의 집 숟가락 개수까지 알 정도이며 아무리 사소한 소문이라도 순식간에 쫙 퍼진다.

그리고 이 작지만 견고한 피라미드 꼭대기에 진입하려고 호시탐탐 기회를 노리는 신흥 부유층이 있다. 남북전쟁 이후 산업주의 발달, 철도 부설 등으로 경제가 발전하면서 상업이나 금융업으로 부를 쌓은 이들로, 재력을 내세운 화려한 파티와 호사스러운 만찬으로 호감을 사고 명문가와의 혼인으로 연을 맺어 올드 뉴욕의 세계에 입성하기를 꿈꾼다. 이런 근본 없는 이방인들에 맞서 뉴욕 상류 사회는 자신들의 '순수'를 지키기 위해 복잡한 사회적 관습과 규범을 만들어내어 이질적인 요소가 유입되는 것을 철저히 차단하고자 했다. 공연을 하기에 음향 상태가 좋지 못한데도 신흥 부자들이 접근하기 힘들다는 이유 하나만으로 오래된 오페라하우스를 고집한 것이 한 예이다.

　그런데 여기까지 읽다 보면 뭔가 이상하다는 생각이 들 것이다. 미국에 귀족 계급이 있었던가? 유럽의 유서 깊은 명문가들처럼 수백 년의 전통 및 왕족과 귀족의 혼맥으로 얽힌 복잡한 가계도를 자랑스럽게 내세우는 집안들이 있었나? 물론 있을 리가 없다. 미국이 세워진 지 2백 년도 안 되었는데 족보를 따져봤자 몇 장 넘어가기 힘들 테고, 백작이니 후작이니 하는 작위도 없었다. 아처 부인의 말처럼 그들의 선조는 한밑천 잡아보겠다고 신대륙으로 건너와 운 좋게 성공을 거둔 상인 등등이었지, 귀족이 아니었다. 뉴욕 사람들이 실제로 가장 중요하게 여기는 건 사업상의 신용이라는 점에서도, 뉴욕 상류 사회의 본질은 귀족 사회가 아니라 상인 사회라는 점이 여실히 드러난다.

　피라미드 꼭대기에서 위세를 떨치는 명문가나, 거기에 어떻게든 끼어보려고 기를 쓰는 신흥 졸부나 실은 다 거기서 거기다. 명문가라는 집안들도 유럽 귀족을 흉내 내는 '짝퉁'에 불과하다. 이런 진실을 모른 척할 뿐 모두가 알고 있기 때문에 짝퉁끼리의 진품 흉내 내기 경쟁은 한층 더 치열해진다. 뉴욕 상류 사회는 귀족의 혈통이나 역사적 전통, 문화적 자산 같은 알맹이가 없으므로 유럽 귀족들보다 더욱 필사적으로 형식과 예법에 집착한다. 귀족이나 신분 제도가 없는 평등한 세상을 꿈꾸며 세워진 나라가 정작 유럽보다 그런 가치에 집착한다는 점이야말로 아이러니하다. 진품은

군이 자신이 진품임을 증명할 필요가 없으니까 오히려 자유롭게 파격과 실험을 행하고 선을 넘나들 수 있지만, 가품은 더 악착같이 진품을 한 땀 한 땀 그대로 베껴야 한다. 그래서 가장 '순수한' 여성인 메이가 실제로는 사회의 정교한 관습과 예법에 따라 철저히 훈련된 인물인 것처럼 뉴욕 사회가 표방하는 순수는 인공적으로 만들어진 것이라는 모순이 생겨난다.

　이는 미국이 집착하는 순수의 딜레마를 드러낸다. 청교도들은 신대륙에 구체계의 타락과 부패로부터 벗어난 새로운 국가를 건설하겠다는 이상을 내세웠다. 그들이 도착한 신대륙은 새로운 역사가 펼쳐질 가나안이었고, 그 땅에서 새롭게 태어난 미국인은 '미국의 아담American Adam'이었다. 그러나 미국인들은 역사와 문화가 부족하다는 점에서 유럽에 대한 열등의식에 시달렸고, 유럽의 도덕적 타락을 비난하는 한편 세련된 문화와 유서 깊은 전통에 이끌리는 양가적인 모습을 보였다. 이러한 미국인의 딜레마는 헨리 제임스의 소설《한 귀부인의 초상》(한국어판 제목은 '여인의 초상')에서 다루어졌고,《순수의 시대》는 아처를 주인공으로 한《한 신사의 초상》이라 불리기도 한다.

　'순수'에 대한 집착은 미국이 청교도 전통 위에 세워진 나라라는 역사적 배경에서 태어난 것이면서, 인종주의적 순수에 대한 집착과 외국인 혐오증과도 연관이 있다. 워튼은

엘렌 올렌스카

한 사회의 성숙도는 원초적인 공포를 대면할 수 있는 능력
수준이라고 보았다. "사물을 있는 그대로 볼 수 있는 지적인
정직성과 용기가 정신적 성숙에 대한 첫 시험이다. 사상의
영역에서 사회가 진실을 두려워하지 않을 때까지는 그
사회는 도덕적·정신적으로 속박 상태에 있다." 워튼은
경험을 통한 성숙을 두려워하고 '불쾌한 것'을 한사코 못 본
척 피하려 하는 도덕적 순수성에 대한 집착이 미국인들을
정신적인 유아 상태에 머물게 만든다고 보았다.*

　　엘렌은 뉴욕 태생이지만 오랫동안 외국에서 살았고
외국인과 결혼했기 때문에 외국인으로 취급된다. 물론
엘렌은 백인이지만, 갈색 머리에 가무잡잡한 피부색을
가졌다고 묘사된 것은 우연이 아니다. "외국인과 결혼했기
때문에" 불행해졌다는 메이의 말은 뉴욕 사람들의 전형적인
편견을 보여준다. 유럽인에 가까운 엘렌에게 뉴욕 사람들이
느끼는 매혹과 선망, 반감과 두려움이 뒤섞인 복잡한 감정은
당대 미국인들이 유럽에 대해 가졌던 감정 상태의 반영이다.
모순투성이에 실체 없는 허구에 불과할지라도 '미국적인
순수'를 자기 정체성의 핵심으로 믿는 뉴욕 사람들은 이
모순과 허구성을 드러내는 엘렌의 존재를 위협으로 느낀다.

　　뒤집어 말하면, 그들의 피라미드는 견고해 보이지만

* 《French Ways and Their Meaning》, Edith Wharton, D.
Appleton and Company, 1919.

실은 이질적인 존재 한 명을 받아들이기 어려울 만큼 허약하고 협소하다. 따라서 그들은 뉴욕 사회의 동질성을 보존하기 위해 '이방인' 엘렌을 추방하는 쪽을 택한다.

《순수의 시대》가 출간된 1920년대에는 이민자들이 대거 유입되면서 앵글로색슨 백인 중심의 미국 사회의 정체성이 흔들린다는 위기감이 치솟고 보수적인 반이민 정서가 팽배했다. 1850년대에 서부의 금광 개척을 위해 중국인 이민자들이 들어오자 1882년에 미국 연방의회가 중국인 이민을 금지하는 법안을 통과시켰고, 1924년에는 아시아계 이민을 배제하는 방향으로 이민법이 개정되었다. '섹스 앤 더 시티'의 캐리 브래드쇼와 친구들이 당당하게 거리를 활보하고 전 세계 인종들이 바글거리는 21세기의 메트로폴리스 뉴욕을 생각하면 단지 150년 전에 일어난 옛날 일에 불과해 보일지도 모른다.

그러나 1998년부터 2004년까지, 여섯 시즌에 걸쳐 방영된 이 긴 시리즈에서 유색인종을 몇 명이나 보았는지 생각해볼 일이다. 캐리와 친구들은 거의 매 에피소드마다 남자를 갈아치우지만 그 긴 목록에 유색인 남성이 오른 경우는 손에 꼽을 정도이며, 한국인은 캐리가 파티용 드레스를 맡긴 세탁소나 클럽에서 놀다가 밤늦게 들른 작은 슈퍼 계산대처럼 화려한 뉴욕의 중심부 바깥에 희미한 배경으로만 존재한다. 이민자들에 맞서 미국 문화와 피의

순수성을 지켜야 한다는 배타적인 외국인 혐오와 인종주의는
지금도 강력한 힘을 발휘하며, '누구의 미국인가'를 둘러싼
미국의 인종적·문화적 정체성 전쟁은 여전히 진행 중이다.
동유럽 이민자 출신의 아내를 둔 트럼프가 반이민 정책을
주장한 것은 아이러니하지만 그런 앞뒤가 안 맞는
아이러니가 먹히는 것이 현실이다. 《순수의 시대》는 20세기
초의 소설이지만 백 년이 지난 아직도 '순수의 시대'에 사는
사람들이 있다.

　　워튼은 위선적이고 허위에 가득 찬 뉴욕 상류 사회를
비판했지만 그렇다고 그 세계에 정을 떼고 등을 돌리지는
않았다. 2백 년도 안 되는 전통과 역사를 자랑하며 원조를
자처하는 올드 뉴욕 사회와, 여기로 어떻게든 뚫고
들어가려는 신흥 부유층 간의 치열한 싸움에서 결국 신흥
세력이 승리한다. 아처의 젊은 시절에서 수십 년이 지난 후의
뉴욕은 예전과 크게 달라진 모습이다. 아처의 아들 댈러스는
사업에 실패해 신용을 잃고 뉴욕 사회에서 추방당했던
줄리어스 보퍼트의 딸과 결혼한다. 새로운 세대는 이전처럼
예법과 도덕에 얽매이지 않고 자유롭게 자기 개성을
추구하는 삶을 산다. 퓰리처상 심사위원들이 찬사를 보낸
이유와는 달리, 워튼이 높이 평가했던 것은 도덕성과 순수에
집착하는 올드 뉴욕의 가치관이 아니라 이처럼 새로운
변화를 받아들이고 다양성에 열린 유연하고 개방적인

자세였을 것이다. 그것이야말로 뉴욕을 뉴욕답게 만드는
요소이다.

난 항상 용감한 여자들을 제일 좋아했어

엘렌의 송별식이라는 대단원 이후로 소설은 수십 년의
세월을 훌쩍 건너뛰어 쉰일곱 살이 된 아처의 노년을
보여준다. 살면서 단 한 번 느껴본 진실한 감정, 유일한 사랑,
그의 "인생의 꽃"을 포기한 이후로 아처의 삶은 불행했을까?
떠나간 사랑을 그리며 죽지 못해 살았을까?

그런 일은 없었다. 그의 완벽한 삶에 생겼던 균열은
봉합되었고, 일상은 아무 일도 없었던 것처럼 평온하게
흘러갔다. 아처는 메이와의 사이에서 자식을 낳고 행복한
가정을 이루었으며, 사회적으로도 인정받는 성공적인 인생을
살았다. 예전부터 막연하게 동경해왔던 예술적이고
자유분방한 삶에 대한 열망은 엘렌의 기억과 함께 마음속
가장 깊은 곳에 마련한 제단에 안치해두었다. 성실한
가장이자 존경받는 시민으로서의 삶은 엘렌으로 상징되는
그의 내밀한 욕망을 희생함으로써 가능했다.

세월이 흐름에 따라 엘렌은 점점 더 삶에서 간절히
원했으나 가질 수 없었던 모든 것, 자신의 현실을 무너뜨리지
않기 위해 버려야 했던 이상, 그의 "인생의 꽃"이 되어간다.
마침내 엘렌은 그의 삶 속으로 들어와 그와 관계 맺을 수

엘렌 올렌스카   185

있는 산 인간이 아니라 추상화된 하나의 개념과 같은 존재가
된다. 작품 결말에서 아처는 수십 년 만에 파리에서 엘렌과
조우할 기회를 얻는다. 이젠 메이도 죽고 없으니 그들의
결합을 막을 장애물은 아무것도 없다. 그러나 아처는 엘렌의
아파트로 올라가지 않고 그 앞에 앉아 시간을 보낸 끝에
'이편이 더 낫다'고 생각하며 발길을 돌린다. 이제 영원히
소유할 수 없고 손 닿지 않는 환상이 된 지 오래인 엘렌이
그의 삶에 들어와 자리 잡을 공간은 없다.

　　그를 틀 안에 남겨두기로 한 메이와 엘렌은 현명했다.
현실과 이상 사이에서 갈등하는 남주인공, 그리고 그의
양옆에서 각각 현실과 이상을 상징하고 때로는 성녀와
창녀로 구분되기도 하는 두 여성의 구도는 식상하다. 이런
구도에서 나올 수 있는 이야기는 대체로 두 가지다. 하나는
남주인공이 세이렌의 유혹적인 목소리에 홀려 먼 길을
떠났다가 결국은 안정된 현실을 상징하는 현모양처이자
조강지처의 곁으로 돌아온다는 도덕적이고 교훈적인
이야기다. 또 하나는 이상을 좇아 답답한 현실을 박차고 나와
모험을 겪고 성숙해진다는 성장담이다.

　　어느 쪽이든 여성은 남주인공을 나쁜 길로 인도하거나
모험을 떠나도록 자극하는 부수적인 역할에 머문다. 워튼은
이런 익숙한 남성중심적 구도를 비튼다. 두 여자의 관계는
한 남자를 두고 대립하는 전형적인 삼각관계의 구도에서

벗어난다. 남편 곁을 떠나 자유로운 삶을 추구하는 엘렌은
남자를 유혹하는 전형적인 팜 파탈이 아니며, 남편을 가정에
붙잡아두는 메이 또한 희생적인 성녀가 아니다. 엘렌은
사랑을 위해 다른 사람들을 저버릴 만큼 의리 없고 이기적인
여자가 아니고, 이 유약하고 순진한 온실 속 화초남이
큰소리만 쳤지 자신을 따라 거친 세상에서 살아남지
못하리라는 점도 잘 알고 있었다. 엘렌은 열정이 넘치고
감성이 풍부한 여자이지만 여자들이 사랑에 목숨을 걸고
감정에 쉽게 흔들린다는 고정관념을 따르지 않는다. 이런
모습을 보여주는 쪽은 오히려 바람 불면 흔들리는 갈대 같은
아처다. 메이 또한 어떤 상황에서든 흔들리지 않고 쉽게
감정을 드러내지 않으며 침착하게 냉정을 유지한다는 점에서
엘렌과 비슷하다.

　　메이가 가정을 지키기 위해 엘렌을 뉴욕에서 추방하기는
하지만, 사실 엘렌에겐 그편이 더 나았을지도 모른다. 따뜻한
환대를 기대하며 고향으로 돌아왔지만 뉴욕은 엘렌에게 너무
지겨운 곳이며, 이미 유럽 문화에 물든 엘렌은 이곳에서
이방인으로 남을 수밖에 없다는 사실을 메이는 잘 알았다.
엘렌을 사랑한다는 아처보다 메이야말로 엘렌을 더 잘
이해하는 것처럼 보이기도 한다. 메이는 임신 소식을 알리기
위해 엘렌과 만났던 이야기를 아처에게 들려주면서 이렇게
말한다.

엘렌 올렌스카 　　　　　　　　　　　187

"엘렌에게 부당하게 대해서 미안하다고 했거든요. 여기
있으면서 친척이지만 낯선 이방인들, 사정도 알지
못하면서 비판할 권리가 있다고 생각하는 사람들 틈에서
홀로 얼마나 힘들었을지 이해해주지 못했어요. (…)
엘렌은 이 말을 하고 싶어 했던 내 심정을 헤아려주더군요.
모든 것을 다 이해했을 거예요."

두 여자는 모든 속이야기를 터놓고 하지는 않았을 테지만,
그럼에도 말 이상의 것으로 아처는 끝내 헤아리지 못했을
서로의 마음을 이해했을 것이다. 어쨌거나 엘렌을 부당하게
대했던 수많은 뉴욕 사람들 중에서 유일하게 그에게 사과한
사람은 메이였다.

  아처는 엘렌을 현실에서 포기함으로써 엘렌을 가졌다.
그것이 그가 엘렌을 가질 수 있는 유일한 방식이었다. 엘렌은
그의 이루지 못한 꿈과 몽상 속에서 현실의 인간이 아닌
하나의 추상으로 박제되었으며, 냉정하게 말하자면 이것이
많은 비겁한 남자들이 그들이 가질 자격이 없는 용감하고
아름답고 독특한 여자들을 자기 식대로 소비하는 방식이다.
그러므로 아처는 현실에서 엘렌을 만날 기회가 왔어도
엘렌이 사는 아파트 위층으로 올라갈 필요가 없다.

  그런 아처에 비해, 뉴욕의 어떤 여성들은 더 많은 구속과
제약 속에서 용기 있고 당당하게 제 길을 갔다. 엘렌의

할머니이자 밍고트가의 가장인 캐서린 밍고트는 19세기 소설에서 찾아보기 힘든 이채로운 인물이다. 오만하고 강인한 이 여성은 "남자들도 엄두를 못 낼 일을 해치우는 여장부"다. 생후 8개월 때 아버지가 돈을 횡령해 다른 여자와 함께 도망가고 28세 때는 남편을 잃은 그는 뉴욕의 최고 가문을 이끄는 카리스마 넘치는 가장이 되었다. 그는 유행을 목숨처럼 중시하는 뉴욕 상류 사회에서 대담하게 관습을 무시하고 외국인이나 가톨릭 신자, 오페라 가수 들과 거리낌 없이 교제하며, 자수나 독서 같은 소위 '여자다운' 취미를 경멸한다. 캐서린 밍고트가 남자들을 압도하는 권위와 카리스마를 갖게 된 것은 "강한 의지력과 냉혹한 마음, 오만한 뻔뻔스러움" 덕이다. 신흥 졸부들이라면 경기하면서 몸서리치는 상류층 사람들과 달리, "우리에게는 새로운 피와 새로운 돈이 필요하다"며 대표적인 신흥 졸부 줄리어스 보퍼트를 사교계에 받아들이고 존중해주는 대범함을 갖고 있다.

아처가 이상을 좇는 동시에 현실에 매인 위선적인 모습을 벗어나지 못한 반면, 캐서린은 현실과 이상 사이에서 갈등하지 않는다. 그는 매우 현실적이고 세속적이며 자신만의 원칙과 신념을 따른다. 캐서린은 처음에는 엘렌의 이혼에 반대하며 남편 곁으로 돌아가야 한다고 주장하지만, 결국 엘렌의 뜻을 이해하고 받아들인다. "요 예쁜 새 같은

것아! 다시 그 새장에 널 가둘 셈이냐? 아서라!" 캐서린은
답답하고 고지식한 밍고트가 사람들과 달리 자신은
사기꾼이었던 아버지 스파이서의 피를 이어받았으며, 후손들
중에서 자기를 닮은 사람은 엘렌뿐이라고 늘 말한다. 엘렌을
곁에 머물게 하려는 노력이 메이를 비롯한 친족들의 뜻에
밀려 실패하자 엘렌이 남편 곁으로 돌아가지 않은 채
유럽에서 독립적인 생활을 꾸려갈 수 있도록 경제적 원조를
제공해준다. 엘렌을 비참한 상황에서 구해준 것은 아처의
사랑이 아니라 그의 독립적인 정신을 이해하고 존중한
할머니의 지원이었고, '못된 여자'로서의 연대였다.
"무엇보다도, 레지나는 용감한 여자고 엘렌도 그렇지.
난 항상 용감한 여자들을 제일 좋아했어."

  《순수의 시대》는 현실과 이상 사이에서 고뇌하는
남주인공 아처의 이야기라기보다는, 용감한 뉴욕 여자들의
이야기다.

블랑쉬 드보아

종이 갓을 씌운
모든 연약함에 대하여

욕망이라는 이름의 전차A Streetcar Named Desire, 테네시 윌리엄스, 1947년

《욕망이라는 이름의 전차》를 생각하면 대학교 3학년 때
기말고사를 앞두고 도서관에서 정신없이 빠져들어 읽었던
기억이 떠오른다. 아무리 재미있는 책이라도 시험이나
숙제를 위해 의무적으로 읽어야 한다면 읽을 맛이 뚝
떨어지는 법이지만, 아주 가끔은 내일 시험조차 까먹게 만들
만큼 사람을 빨아들이는 작품들이 있다. 하얀 나방처럼 흰
드레스를 차려입고 '욕망'이라는 이름의 전차와 '죽음'이라는
이름의 전차를 갈아타며 자신의 지옥이 될 '극락Elysian
Fields'으로 찾아온 우아한 남부 숙녀 블랑쉬 드보아의
이야기가 그랬다. 이 비극적인 남부 숙녀에게 푹 빠진 나는
시험이 끝난 후에도 잊지 못하고 마침 대학로에서 공연
중이던 연극을 보러 갔다. 그러나 무대 위에는 기말고사도
잊게 만들었던 섬세하면서 애처로운 비극의 주인공 대신,
땡전 한 푼 없이 동생에게 기생하는 주제에 왕년의 잘나갔던
시절을 잊지 못해 온갖 잘난 척을 다 하는 재수 없는

신경과민 환자가 있었다. 잔뜩 점잔 빼고 허세를 부리는
블랑쉬의 모습에 객석에서 폭소가 터졌다. 비참하게
몰락하는 결말조차 비장미는 고사하고 자업자득으로 보일
지경이었다.

연극을 보고 난 후 분기탱천해서 사랑하는 나의
블랑쉬를 저렇게 우스꽝스러운 조롱거리로 전락시킨
연출가에게 항의 편지를 써야겠다고 마음먹었지만, 결심한
일 열 개중 다섯 개는 까먹고 네 개는 미루는 평생의
건망증과 게으름 탓에 넘어갔다. 그때로부터 한참 시간이
흘러 《욕망이라는 이름의 전차》를 현대적으로 재해석했다는
우디 앨런 감독의 영화 《블루 재스민》을 보고 과거의 의문이
다시 떠올랐다. 블랑쉬는 과연 비호감일 수밖에 없는
인물일까.

우스꽝스럽고 허세 가득한 비호감 여자들

미국 남부 출신 극작가 테네시 윌리엄스가 1947년에 발표한
희곡 《욕망이라는 이름의 전차》는 퓰리처상과 뉴욕
극비평가상을 수상하고 연극은 8백 회 이상 공연되면서 그를
미국 대표 극작가의 위치에 올려놓았다. 세기의 스타 말론
브랜도와 비비언 리가 출연한 영화로도 유명하다. 블랑쉬가
뉴올리언스에 사는 동생 스텔라를 찾아오면서 이야기가
시작된다. 어딘가 불안해 보이고 예민한 블랑쉬는

고등학교에서 문학을 가르치는 교사로 일했지만, 건강상의
문제로 잠시 동생의 신세를 지려고 한다.

자매는 남부 귀족 집안 출신이지만 전쟁 이후 집안은
파산했고 하얀 기둥이 늘어선 으리으리한 대저택과 대농장은
빚을 갚느라 날아갔다. 빈털터리 신세지만 남부 귀족의
고상한 태도가 뼛속까지 밴 블랑쉬는 일찍 집을 떠나 과거를
잊고 폴란드계 이민자 출신이며 노동자인 스탠리와 결혼해
현실에 안주하며 사는 동생이 못마땅하다.

스탠리는 솟구치는 테스토스테론의 힘을 자랑하며
아내와 친구들 위에 군림하는 수탉 같은 마초다. 아내를
성적으로 만족시켜주지만 수틀리면 두들겨 패기도 한다.
그런 그에게 남부의 세련된 교양으로 무장하고 나타나
사라진 가문의 명예를 들먹이며 아내를 들쑤시는 블랑쉬는
가장인 자신의 왕국을 어지럽히는 분란의 씨앗이자 남성의
권위에 대한 위협이다. 스탠리는 아내에게 자기를 "짐승
같다"고 비난한 블랑쉬를 용서할 수가 없다. 칼을 갈던
스탠리는 이후 블랑쉬의 숨겨진 추악한 과거를 알게 된다.
정숙한 숙녀랍시고 갖은 내숭을 다 떨었던 블랑쉬는 싸구려
호텔에서 여러 남자와 무분별한 관계를 맺었고, 결국
학생까지 건드려 학교에서 쫓겨나 여기로 올 수밖에 없었던
것이다. 스탠리는 블랑쉬에게 호감을 품고 있던 친구
미치에게 이 사실을 폭로해 그와 결혼해 정착하려던

블랑쉬의 마지막 희망을 꺾어버린다. 둘의 대립은 스텔라가
아이를 낳으러 병원에 간 사이 스탠리가 블랑쉬를
강간함으로써 철저한 블랑쉬의 패배로 끝난다. 이후
충격으로 정신 이상이 된 블랑쉬가 병원으로 떠나면서 막이
내린다.

스탠리는 아내를 사랑하고(가끔 때리기는 해도), 아내도
과거 따위는 다 잊고 자신과의 생활에 만족하고 있다.
블랑쉬는 어느 날 갑자기 그의 완벽한 삶에 끼어든
불청객이다. 그러니 자기를 천하고 못 배워먹은 상놈
취급하던 고고한 숙녀의 치명적인 비밀을 알았을 때 얼마나
신이 났을까.

블랑쉬가 오만하고 가식적인 여자라는 사실은 부인할 수
없다. 칵테일파티라도 가는 듯한 차림으로 허름하고 누추한
동생의 집에 나타나 "손님들을 만날 때를 대비해 좋은 옷을
좀 가져왔다"며 짐 속에서 멋진 옷가지와 모피, 액세서리를
꺼내는 이 남부 귀족 아가씨는 일단 주제 파악이 시급해
보인다. 동생과 만나는 첫 장면에서, 동생이 오기 전 이미
찬장을 뒤져 스탠리의 위스키를 발견해 한잔 걸친 이
술주정뱅이가 예민한 신경을 달래야겠다는 핑계로 이제야
찾았다는 듯이 혼신의 연기를 펼치며 다시 위스키를 꺼내는
장면에서는 보는 내가 다 낯이 뜨거워진다(이런 식의
장면들이 꽤 많아서 팬이라도 참고 보려면 약간의 항마력이

필요하다).

　게다가 블랑쉬에게는 비밀이 너무 많다. 그러다 보니 블랑쉬가 비웃음을 사도 마땅한 비호감 캐릭터로 그려지는 것도 무리는 아닐지 모른다. 말론 브랜도가 스탠리 역을 맡아 공연했을 때도 그가 배역을 너무나 매력적이고 섹시한 인물로 연기한 탓에 관객들이 블랑쉬 역의 제시카 탠디에게 반감을 가졌다고 한다.

　영화《블루 재스민》의 주인공 재스민 프렌치 또한 잘난 척, 고상한 척, 있는 척은 혼자 다 하는 재수 없는 블랑쉬의 캐릭터성을 그대로 옮겨온 듯한 인물이다. 배우 케이트 블란쳇은 샤넬 재킷, 루이비통 여행용 트렁크, 에르메스 버킨백 등 명품으로 머리부터 발끝까지 휘감았지만 실상은 쫄딱 망해 동생 집에 얹혀 살게 된 허영덩어리 재스민의 연기로 아카데미 여우주연상을 수상했다. 영화는 뉴욕 최고급 아파트와 별장에서 파티를 열고 명품 쇼핑을 즐기며 상위 1퍼센트 상류층으로 화려하게 살던 재스민이 사기죄로 수감된 남편의 자살 후, 샌프란시스코에서 슈퍼마켓 점원으로 고된 삶을 꾸려가는 동생 진저의 집에 찾아오는 이야기로 시작된다.

　자기 주제를 파악하지 못하기로는 재스민도 블랑쉬 못지않다. 빈털터리 주제에 비행기 일등석 표를 아무렇지 않게 끊고, 병원 접수계 일자리를 권하는 동생에게 내가

어떻게 그런 시시한 일을 하느냐고 짜증을 낸다. 재스민은
동생의 좁고 누추한 집, 동생이 어울리는 하층 계급 남자친구
칠리, 그들의 천박한 생활 방식과 취향, 모든 것이 다 마음에
들지 않는다. 그러나 현실은 동생의 초라한 집 외에는 그
어디에도 의탁할 곳이 없고, 결국은 그곳마저 떠나야 할
신세가 된다. 아무나 붙잡고 상대가 질려 도망갈 때까지
화려한 과거의 일화들을 주절주절 늘어놓다 못해 혼잣말까지
하는 재스민은 여전히 영광스러웠던 과거의 꿈속에 잠겨
있다. 재스민은 아름답고 우아하며 진저의 말대로
고급스러운 취향과 안목을 지녔지만 그에게 공감하거나
동정하기는 어렵다. 가장 밑바닥까지 추락한 마지막
장면에서조차 우리는 그의 불행에 감정 이입하기보다는
거리를 두고 떨어져서 보게 된다. 이것이 《블루 재스민》이
파산과 자살, 배신과 가정 해체, 끝없이 거부당하고 몰락하는
이야기임에도 비극이기보다는 희극이 되는 이유이다. 주제
파악 못 하고 허영에 사로잡혀 꿈속에서 살다가 비참한
신세가 되는 여자들의 이야기는 이미 숱한 희극과
코미디에서 조롱거리가 되어온 유구한 전통이 있다. 과연
분에 넘치는 치장을 하고 독립한 가족에게 얹혀살면서 남자
하나 잘 잡아 팔자 고쳐보려고 하는 블랑쉬와 재스민은
비난받아 마땅한 한심한 여자들인가.

블랑쉬 드보아

잘못된 때에, 잘못된 장소에 도착한 여주인공

블랑쉬와 재스민이 결국 원하는 것을 얻지 못하는 결말은
당연한 인과응보일까. 그들은 과거의 불행을 뒤로하고 새
삶을 꿈꾸며 새로운 곳으로 찾아오지만, 그들이 두고
도망쳐온 과거가 끝내 발목을 잡아 좌절시킨다. 뭇 남자들과
방탕하게 놀아났던 과거의 소문이 블랑쉬를 따라오고,
재스민은 파티에서 만난 멋진 외교관 드와이트를 인생
역전의 기회로 삼아보려 하지만 우연히 길에서 마주친
진저의 전남편 오기가 재스민의 과거를 가차 없이 까발린다.

그런데 블랑쉬의 경우, 그가 짊어진 어두운 과거의 짐은
온전히 개인적인 것만이 아니다. 블랑쉬가 남부 출신이라는
사실은 그의 개인사에 더 넓은 역사적 맥락을 부여한다.
블랑쉬는 잘못된 때에, 잘못된 장소에 도착한 여주인공이다.
남부 대농장 저택에서 자란 온실 속 화초 같은 블랑쉬에게
강렬한 색채와 요란한 재즈 음악이 넘치는 뉴올리언스의
빈민가는 맞지 않는다. 첫 등장 장면부터 그의 모습은 주변
환경과 어울리지 않는다고 묘사된다. "그 섬세한 아름다움은
강렬한 햇빛을 피해야 한다. 그녀의 흰 옷뿐 아니라 불안정한
태도에는 어딘가 나방을 연상시키는 데가 있다." 그러나 이
아름다운 화초를 키워낸 세계, 그의 존재에 의미를
부여해주었던 세계가 이제 더는 현실의 그 어디에도
존재하지 않는다는 데에 비극이 있다.

블랑쉬가 떠나온 세계는 남북전쟁 이전, 화려하고
웅장했던 구남부의 신화적 세계이다. 마거릿 미첼의《바람과
함께 사라지다》가 이 사라진 세계를 그려낸 대표 작품이다.
영화 시작부터 눈길을 사로잡는 웅장하고 호화로운 대저택,
그 저택에서 매일 파티를 벌이는 스칼렛 오하라 같은 미녀들,
드넓게 펼쳐진 풍요로운 농장, 자애로우신 주인님 은덕에
오늘도 걱정 없이 무탈한 하루를 보내는 충직하고 순박한
흑인 노예들, 숙녀를 대하는 기사도적 예법이 몸에 밴 멋진
신사….

　　이런 아름다운 그림이 남부인들이 줄곧 그려온 남북전쟁
이전 남부의 모습이다. 그러나 남북전쟁에서 패한 후
이상적인 남부의 삶은 신기루처럼 영원히 사라졌다. 타라
농장을 잃은 스칼렛 오하라가 식구들을 먹여 살리기 위해
커튼을 뜯어 지은 옷을 입고 레트 버틀러에게 돈을 빌리러
나서듯, 블랑쉬도 남은 가족들 뒤치다꺼리를 하느라
아름다운 대저택 벨 레브를 팔아넘기고 무일푼이 된다.
스탠리는 그가 재산을 빼돌렸을지도 모른다고 의심하며
거칠게 짐을 뒤지지만 발견한 것은 채무 관련 서류
뭉치뿐이다.

　　4년에 걸친 남북전쟁의 총 전사자 수는 62만 명으로
추산된다. 제1차 세계대전 전사자 11만 5천 명, 제2차
세계대전 전사자 31만 8천 명을 훨씬 앞선다. 남북전쟁은

미국 역사상 가장 큰 인명 피해를 남긴 전쟁이었다. 상공업 중심의 북부와 농업 중심의 남부는 전쟁 이전부터 서로 다른 경제 체제와 삶의 방식으로 갈등을 빚었다. 이 갈등이 정점에 이르면서 전쟁의 불꽃이 튀자, 남부인들은 노예 제도 및 대농장에 기반한 삶의 방식과 가치를 수호하기 위해 무기를 들었다. 북부와 남부의 갈등은 역사적으로 더 거슬러 올라가보자면 상공업 중심의 발전 및 도시화를 옹호한 해밀턴주의와 전통적인 농업 국가로서의 미국을 지향한 제퍼슨주의의 피할 수 없는 한판 충돌이기도 했다. 미국이라는 거대한 배는 역사적 분기점인 남북전쟁을 통과하면서 상공업 중심 국가로 완전히 키를 틀었다.

패자는 모든 것을 잃는다. 4년이라는 긴 시간 동안 막대한 전비와 생명을 쏟아부었던 남부는 전쟁 패배의 대가를 비싸게 치렀다. 대농장을 떠받쳤던 노예 제도만이 아니라 이를 고수할 도덕적 명분도 잃었고 경제적으로 몰락의 길을 걸었다. 전쟁 후 남부 종교계에서 종말 예언서인 〈요한계시록〉을 중시하는 분위기가 퍼지게 되었음을 설명하는 역사가 마이클 린드의 말에서 당시 남부의 상황을 엿볼 수 있을 것이다. 그는 남북전쟁이 끝나자 승리한 북부인은 남부의 패배와 노예 제도의 패배를 하나님의 뜻이라고 생각했고, 전쟁에서 패한 남부는 반세기 동안 심한 경멸을 받아왔다고 이야기한다. 수많은 남부 백인들은 매우 종말론적인 인생관을 취했으며, 패배와 실망 탓에 그런 음울한 개신교 원리주의가 잘 먹혀들었다는 것이다.*

　이러한 패배와 쇠락의 음울한 분위기는 남부 문학의 대표 작가인 윌리엄 포크너의 작품에 짙게 배어 있다. 남부를 제외한 미국 문화 전반에는 혹독한 패배나 실패, 세상의 어두운 면을 경험해본 적 없는 어린아이의 낙천성과 순진함이 있다. 본토를 공격당한 경험이 역사를 통틀어 9·11 테러밖에 없다는 초강대국 사람들의 인생관이란 하루가 멀다 하고 외적의 침략을 겪어온 신산한 역사를 가진 한국인으로서는 이해하기 어려울지도 모른다. 그런 점에서는 오히려 남부인들의 정서가 더 친숙하게 느껴지지 않을까. 남부는 미국에서 유일하게 패배의 역사를 경험한 지역이다. 그리고 그들은 노예제라는 선조의 죄과를 알고 있기 때문에, 자신들을 굴복시킨 천박한 '북부 양키'들을 증오하면서도 이 패배에 자신들의 책임도 있다는 죄의식으로부터 자유로울 수 없었다.

　전쟁에서 졌고 모든 것이 끝났다는 절망감, 같은 인간을 노예로 부린 죄로 벌을 받고 있다는 죄의식, 그래도 미워도 내 가족이고 내 고향인데 나는 욕해도 남이 욕하는 꼴은 못 보겠다는 애증, 풍요롭고 아름다웠던 남부 귀족 가문들에

* 〈미 정치에서는 교회의 역할이 중요〉, 마이클 린드, 《이코노미스트》 2003년 10월 인터뷰.

대한 향수, 신남부를 지배하는 북부의 상업적 물질주의에
대한 환멸 등, 전쟁 후 남부인들이 느꼈던 수만 가지
모순되는 감정들이 포크너의 작품 속에서 복잡하게 얽혀
격렬하게 소용돌이친다. 《압살롬, 압살롬!》의 퀜틴은 이런
심리 상태를 이해하려면 "남부인으로 태어나야" 한다고
말한다. 포크너의 인물들 중 상당수가 미치거나 자살하는
것도 무리가 아니다.

　전쟁 이전의 남부는 유럽 귀족 제도를 본뜬 신분제 위에
자신들만의 문화와 전통을 만들어왔다. '서던 벨Southern
Bell'이라고 부르는 귀부인이 이 남부 귀족 문화의 중심에
있다. 흰 드레스 차림의 '남부 숙녀'는 땅에 발을 딛지 않을
것만 같은 순결하고 고귀한 존재이며, 이런 남부 숙녀를
지키는 기사도가 남부 신사의 덕목이다. 남부 숙녀라면
자고로 손에 물 한 방울 묻히는 일 없이 교양과 안목을 갈고
닦아 우아한 자태와 세련된 취향으로 '바깥주인'의 지위를
빛내주고 대저택의 '안주인'으로서 뭇 사람들의 숭배를
받으면 된다.

　그러나 구남부의 체제가 붕괴하면서 우아하고 기품 있는
남부 숙녀의 역할도 쓸모가 없어졌다. 이보다 더 근본적인
문제는 애초에 이런 그림 자체가 비현실적인 허구에
불과했다는 것이다. '행복한 흑인 노예들과 인자한 주인님이
서로를 아껴주며 한 가족처럼 알콩달콩 살아가는 대농장

생활'이라는 것부터가 말이 될 리 없다. 게다가 남부 숙녀는 세속을 초월한 천사에 가까운 존재로 미화되었는데, 피와 살을 가진 인간을 과하게 추켜올리면 어떤 식으로든 탈이 나는 법이다. 남부 숙녀들은 아이에게 젖을 먹이고 키우는 것조차 감당하기 어려울 만큼 연약하고 가냘픈 존재여야 했기 때문에 성욕과 같은 육체적 욕망을 부정당했을 뿐 아니라 부모의 역할조차 빼앗겼다. 연약한 귀부인들이 감당할 수 없는 모유 수유 같은 일도 흑인 유모들에게 넘어갔고, 주인 나리들은 천하고 음탕한 흑인 노예들을 상대로 욕정을 푸는 것이 당연하다고 여겨졌다. 즉 남부 숙녀란 빛 좋은 개살구에 불과했다. 그러나《바람과 함께 사라지다》가 공전의 베스트셀러가 되었듯이, 대중문화와 남부 문학에서 이런 남부의 환상은 끊임없이 재생산되어 전쟁 이후에도 여전히 남부인들의 향수를 자극했다.

과거의 어두운 면을 인정하기란 쉬운 일이 아니다. 역사가 로버트 존스는 남북전쟁 이후 남부 귀족들은 세 방법 중 하나를 선택해야만 했다고 말한다. 전쟁으로 인한 변화를 받아들여서 새로운 사회에 순응하거나 서부로 이주해 다른 삶을 시작하거나, 신남부의 실제적인 생활에서 물러나서 기만적인 가치관의 세계에서 살다가 그를 거절한 사회로부터 점차 소원해지거나. 가장 자존심이 강한, 아마도 가장 나약한 자들은 마지막 길을 택했고, 그것은 확실히 가장 쉬운

블랑쉬 드보아

길이었다고 이야기한다.*

포크너 작품의 많은 인물은 남부의 썩어가는 영광스러운
대저택에서 살아 있는 시체가 되는 쪽을 택한다. 포크너의
단편 〈에밀리에게 장미를〉은 가문을 지나치게 중시했던
오만하고 시대착오적인 아버지 때문에 혼기를 놓치고, 전쟁
이후 빠르게 변화하는 신남부의 현실에 적응하지 못한 채
스스로를 저택에 유폐한 남부 귀족 에밀리에 관한 이야기다.
수십 년간 세상과 완전히 단절하고 살아가던 에밀리가
죽었을 때, 대체 그 집 안은 어떤 모습일지 호기심에 차서
찾아온 마을 사람들은 이층 침실에서 먼지 쌓인 침대에
고요히 누워 있는 미라 같은 시체를 발견한다. 에밀리를
버리고 떠나려다 독살당한 애인 호머였다. 그 시신은
에밀리가 결코 놓을 수 없었던—그리고 그쪽에서도
놓아주지 않았던—남부의 과거 그 자체이다.

**거센 파도가 쓸고 간 해변에 남겨진
조개껍질 같은 인물들**

윌리엄스의 인물들 또한 어디로 가든 과거의 망령들을 끌고
다닌다. 윌리엄스도 늘 자신의 과거로부터 도피했지만 끝내
자유로워질 수 없었던, 실패한 도망자였다. 윌리엄스의
부모님 모두 남부 귀족 가문 출신이었다. 아버지 본가는

*《미국사 산책 3》, 강준만 지음, 인물과사상사, 2010.

할아버지가 정치판에 나서는 바람에 망했지만, 윌리엄스는 어머니의 목가적인 본가에서 흑인 유모의 보살핌을 받으며 평화로운 어린 시절을 보낼 수 있었다.

그러나 아버지를 따라 중서부 도시 세인트루이스로 이사하게 되면서 급격한 환경 변화를 겪었다. 윌리엄스와 누나 로즈는 복잡하고 소란스러운 공업 도시에서 비좁고 누추한 아파트를 전전하는 삶과 거칠고 마초적인 아버지와의 관계에 잘 적응하지 못했다. 윌리엄스는 어릴 때 병을 앓아 한동안 다리를 잘 쓰지 못한 데다 혼자 조용히 책 읽기를 좋아한 탓에 아버지로부터 '계집아이 같다'는 비웃음을 받았다. 그래도 윌리엄스는 글쓰기에서 도피처를 찾았지만, 그보다 더 수줍음 많고 예민했던 로즈는 결국 조현병을 일으켰고, 스물두 살 때 받은 뇌엽 절제술로 인해 영원히 어린아이의 정신 상태에 머물게 되었다. 누나를 구하지 못했다는 죄책감은 평생 윌리엄스를 괴롭혔다. 또 다른 대표작 《유리 동물원》 속 누나 로라의 모델은 로즈다. 한쪽 다리를 저는 로라는 너무 수줍음이 많아 학교도 중도 포기하고 홀로 집에 틀어박혀 유리 동물들을 수집하는 것만을 낙으로 삼는다. 그런 누나를 버리고 작가의 꿈을 찾아 바다로 떠났지만 죄의식에 누나를 잊지 못하는 톰은 윌리엄스의 반영이다.

블랑쉬는 뉴올리언스까지 와서도 방탕한 주색잡기,

블랑쉬 드보아

205

노예제의 죄악으로 얼룩진 추악한 선조의 유령들,
아름다웠던 대저택 벨 레브의 기억을 끌고 다녀야 한다.
블랑쉬에게 찬란했던 남부의 과거는 영광스러운 유산이자
저주스러운 짐이다. 스텔라는 이미 한참 전에 무너져가는
대저택과 죽어가는 친족들을 지켜보아야 하는 책임을
언니에게 떠넘기고 고향을 떠나 새 삶을 찾았지만, 블랑쉬는
너무 늦었다. 거센 파도가 쓸고 간 해변에 남겨진
조개껍질처럼, 어떤 사람들은 세상의 변화가 휩쓸고 지나간
자리에 혼자 덩그러니 남은 자신을 발견한다. 블랑쉬는
러시아 혁명 이후 외국으로 뿔뿔이 망명한 귀족들이나 6·25
전쟁 후 토지를 몰수당하고 월남한 양반들 같은, 몰락한
구체제의 잔여물이다. 부패와 죄악으로 얼룩졌지만 한때
장엄했던 그 체제와 함께 사라지든, 잽싸게 태세 전환에
성공해 새 시대의 흐름을 타든, 둘 중 어느 것도 하지 못한
아웃사이더들은 치욕과 빈곤의 운명을 피할 수 없다. 그런
점에서 스탠리와의 갈등 또한 단순히 서로의 성격 차이를
넘어서, 구남부의 귀족 계급과 신남부의 이민 노동자 계층
간의 사회적 충돌이기도 하다.

   낯선 사람의 친절에 의지할 수밖에 없는,
   연약하고 무용한 나
스탠리처럼 동물적인 욕망을 좇아 움직이는 거칠고 단순한

인물이나, 스텔라처럼 자기가 원래 속해 있던 세계를 미련 없이 떠날 수 있는 사람이라면 세상이 뒤집혀도 어떻게든 살아남을 것이다. 그러나 하얀 나방 같은 블랑쉬나 깨지기 쉬운 유리 동물 같은 로라처럼, 윌리엄스의 이 섬세하고 연약한 인물들은 아름답지만 세상의 파도에 맞설 힘이 없다.

집과 재산, 가족, 신분 등, 자신을 거친 세상으로부터 지켜줄 모든 보호막을 잃은 블랑쉬는 껍질을 잃어버린 달팽이 같은 신세다. 스탠리의 따가운 눈총을 받으면서도 연신 비싼 향수를 뿌려대고 분을 바르며 외모와 귀족적인 매너에 집착하는 행동이 남 보기에는 우스운 허세로 보일지라도, 블랑쉬는 그것 이외에는 자신을 방어할 방법을 알지 못하며, 그것이 그가 가진 유일한 생존 기술이다.

> "사람이 여리면, 여린 사람은 희미하게 반짝이며 빛나야만 해. 나비 날개처럼 부드러운 색을 띠어야 하고, 전등에는 종이 갓을 씌워야 하지. 여린 것으로는 충분치 않아. 여리면서도 매력적이어야만 한단다."

블랑쉬도 자신이 가진 시대에 뒤떨어진 자질들로는 바뀐 세상에서 살아남을 수 없음을 잘 알고 있다. 그런데도 어떻게든 버텨보겠다고 유일한 무기인 세련된 문화 자본을 동원하려 애쓰는 그의 모습을 지켜보다 보면 어느 순간부터

블랑쉬 드보아

더는 비웃을 수 없게 된다. 그것은 살아남겠다는 애처로운
몸부림이고, 부질없기에 더 안타깝다.

그가 미치의 호감을 얻어내기 위해 써먹는 여러 술수 중
핵심이 이 문화적 교양이다. 블랑쉬는 미치와의 데이트 도중
테이블 위에 촛불을 켜놓고 "센 강변의 예술가들의 카페에
앉은 보헤미안이 된 척 해보자"고 제안하며 프랑스어로 말을
건다. 프랑스어를 알 리 없는 공장 노동자 미치는 난생처음
상대해보는 고상한 숙녀 앞에서 기가 팍 죽어 어쩔 줄
모른다. 이렇게 자신을 '별 볼 일 없는 가난하고 나이 든
여성'이 아니라 '존경할 만한 특별한 숙녀'로 포장하는 것이
그가 미치를 유혹하는 전략이다. 문학의 쓸모가 수명을 다한
듯한 '문송'한 세상에서 데이트할 때라도 써먹을 수 있다니
나름 시를 읽고 외국어를 배운 보람이 있다고 해야 할지
모르겠다.

이렇게 오로지 가식 어린 모습으로만 미치를 상대하는
듯 보이던 블랑쉬가 숨겨둔 진심을 토해낼 때, 미치를 원하는
감정이 사랑이 아니라 현실적인 필요에 의한 것이라 해도 그
진심은 어쩐지 듣는 이의 마음을 아리게 한다.

"당신은 누군가가 필요하다고 했지요. 나 역시 그렇고요.
난 당신을 보내주신 신께 감사했어요. 왜냐하면, 당신은
부드러운 사람 같았으니까요…. 이 세상에서 내가 몸을

숨길 수 있는 바위 틈새처럼."

내가 연약하고 무용한 존재인 줄 잘 알지만, 그것이 나다.
나도 이런 나를 어쩔 수 없다. 그러니 부디 당신이라도, 그런
나를 외면하지는 말아주길.

블랑쉬가 고상한 척 거만을 떠는 것도, 정말로 주제
파악을 못 해서 남을 무시하고 잘난 척하는 것이라기보다는
연약하기 때문이다. 정말로 스스로를 여전히 남부 귀족
숙녀로 여겼다면, 온순하고 점잖기는 하지만 공장 노동자에
불과한 미치와 잘 해보려고 애를 쓰는 일은 없었을 것이다.

단지 그에게는 가혹한 현실을 똑바로 직면할 용기가
없다. 그래서 추한 현실을 가리고 꾸며줄 환상과 마법이
필요하다. 그는 전등 빛조차 견디지 못해서 항상 전구에 종이
갓을 씌워놓는다. 스탠리에게 강간당한 뒤에는 현실과의
끈을 완전히 놓아버리고 대학 시절 자신을 좋아했던
백만장자 셰프 헌틀리가 데리러올 거라는 환상 속으로
도피하지만, 미친 와중에도 나약하고 텅 빈 자신에 대한
명징한 자기 인식을 내비치는 순간이 있다.

블랑쉬는 기다리던 셰프 헌틀리 대신 자신을 데려가려고
온 신사처럼 점잖은 의사의 손길에 몸을 맡기고 스탠리의
집을 떠나면서 이렇게 말한다.

블랑쉬 드보아　　　　　　　　　　　　　　　209

"당신이 누구든, 난 언제나 낯선 사람의 친절에
의지해왔어요."

블랑쉬는 자신이 그렇게밖에는 살아갈 수 없도록 키워진
의존적인 존재, 고향을 잃고 영원히 현실 바깥을 부유하는
아웃사이더임을 잘 알고 있다. 비극의 주인공에게 필수적인
조건은 자기 인식이다. 자기가 어떤 존재이며 왜 몰락할
수밖에 없는지 끝까지 깨닫지 못하는 인물의 몰락은 별
의미가 없다. 윌리엄스는 미쳐버린 블랑쉬에게 이러한 자기
인식을 부여하고, 그가 날뛰다가 구속복이 입혀진 채 강제로
끌려나가는 비참한 모습이 아니라 남부 숙녀답게 우아함과
고고함을 잃지 않은 모습으로 의사가 내민 손을 잡고 떠나게
해준다. 그럼으로써 블랑쉬는 가장 밑바닥까지 추락했어도
끝내 스탠리조차 파괴할 수 없었던 비극적 존엄을 보여준다.
　　블랑쉬는 비록 스탠리에게 철저히 짓밟힌 뒤 패배자로
무대를 떠나지만, 그가 지닌 가치들은 그토록 잔인하고 거친
스탠리가 승리를 거두는 세계가 과연 살 만한 세계인지
의문을 남긴다. 블랑쉬의 문화적 교양, 우아한 몸가짐,
세련된 취향과 같은 자질들은 스탠리가 대표하는
물질주의적이고 산업화된 세계에서는 쓸모가 없다. 그러나
블랑쉬의 고상한 취향이 스탠리의 세계에서는 필요하지
않다는 이유로 아무런 가치가 없다고 치부해도 좋을까?

블랑쉬는 의지할 곳 없는 약자이니까 스탠리에게 짓밟혀도 되는 것일까?

미쳐버린 블랑쉬가 병원으로 떠날 때 스텔라는 "언니가 한 말을 믿는다면 더는 스탠리와 함께 살 수 없다"고 하면서도 결국 자신의 삶을 유지하기 위해 언니의 고통에 눈감는 쪽을 택한다. 사실 블랑쉬의 문제들을 다 인정한다 하더라도 스탠리의 잔인한 짓은 결코 정당화될 수 없으며, 다른 때도 아니고 아내가 아이를 낳으러 병원에 갔을 때를 그에게 최후의 일격을 가할 기회로 삼은 스탠리의 잔인성과 비열함은 옹호받기 어렵다.

물론 남부 숙녀들은 역사의 일방적인 희생자들이며 세상이 그들을 버렸을 뿐 그들에게는 아무 죄도 없다는 식으로 그들의 연약함을 옹호하자는 것은 아니다. 앞서 말했듯이, 서던 벨 신화는 노예들의 피와 눈물 위에 세워진 남부 체제의 죄악을 감추기 위한 거짓 환상이었을 뿐이다. 남부 숙녀들은 그 신화에 이용당하는 동시에 신화를 이용했다. 그들은 거짓과 기만으로 얼룩진 남부의 현실을 가리는 흰 목련꽃 장식의 역할을 하면서 특권을 누렸으며, 그들의 순결을 보호한다는 구실로 흑인들은 박해와 탄압을 받았다. 남부의 짐 크로우 법이나 KKK단은 명목상으로는 짐승 같은 흑인 남성들로부터 순결한 백인 여성을 보호해야 한다는 명분을 내세웠다.

블랑쉬 드보아

블랑쉬는 저택을 잃기 전, 군인들이 집 앞으로 찾아와
자기 이름을 부르면 몰래 빠져나가 부름에 응했다고
이야기한다. 그는 저택을 뒤덮은 지긋지긋한 죽음의
그림자에서 도피하기 위해 성적 방종에 빠졌다. 그의 행동은
'목련꽃처럼 순결하고 육체적인 욕망을 전혀 갖지 않는 남부
숙녀'의 신화를 배반한다. 페미니스트 비평가들은 블랑쉬의
'성적 욕망'을 성격적 결함이 아닌 미국 남부의 폭압적이고
폐쇄적인 남성중심주의 가치 체계에 대한 저항의 맥락에서
긍정적으로 해석하기도 한다.

블랑쉬가 일방적인 피해자가 아니라는 사실은 죽은
남편과의 관계에서도 드러난다. 그는 연약함 때문에 남편을
죽음으로 몰아넣는 죄를 지었다. 어린 나이에 결혼한
아름다운 남편이 동성애자라는 사실을 알고 "구역질난다"고
비난해서 자살하게 만든 것이다. 블랑쉬는 모래구덩이에
빠진 남편이 자신에게 간절히 매달렸음을 알았지만 끝내
그를 구해주기를 거부했다. 자신도 몰락한 남부 귀족이자
아웃사이더이면서, 또 다른 아웃사이더였던 남편을
포용해주지 못한 죄의식이 그를 스스로도 제어할 수 없는
타락과 거짓으로 점철된 삶으로 이끌었다.

"난 사실주의는 원치 않아요. 마법을 원해요. 난 진실을
말하지 않아요. 진실이어야 하는 것을 말하죠…. 앨런이

죽은 후 텅 빈 내 가슴을 채워줄 수 있는 건 낯선 사람과의
관계뿐이었어요. 공포, 오직 공포에 이끌려 여기저기에서
보호해줄 것을 찾아 이 사람 저 사람 품을 옮겨다녔어요."

블랑쉬의 진솔한 고백에도 미치가 부정한 여자라고
비난하면서 차갑게 등을 돌렸을 때, 블랑쉬는 남편에게 했던
짓을 그대로 돌려받는 셈이다. 블랑쉬는 일방적인 가해자도,
희생자도 아니다. 그는 자신의 도움을 간절히 원했던
누군가를 상처 입히고, 자신을 구해주기를 간절히 바랐던
누군가로부터 상처 입는다.

연약한 그들을 위해, 그리고 연약한 우리를 위해
블랑쉬는 무조건 미워할 수도, 그렇다고 동정할 수만도 없는
복잡한 인물이다. 윌리엄스는 무대 위에서 이러한 점이 잘
드러나지 않을까 봐 걱정했다. 그는 극이 초연될 때 연출가인
엘리야 카잔에게 이렇게 당부했다. "당신이 명확한 작품
주제에 익숙하다는 걸 알고 있어요. 하지만 이 연극은
이쪽으로든 저쪽으로든 너무 한쪽으로 치우쳐서
연출되어서는 안 돼요. 명확한 주제를 제시한답시고 모든
것을 너무 단순화하지 말아주길 바랍니다."*

*《테네시 윌리엄스》, 로저 박실 지음, 김성균 옮김, 현대미학사,
2006.

그러자 과연 상반되는 평들이 쏟아져 나왔다. 블랑쉬를
"쫓겨난 어떤 낯선 이도 관대하고 다정하게 품어주는
여자"라고 한《데일리 뉴스》의 평처럼 호의적인 것도
있었지만, "여자 색정증 환자이고 이것이 남편의 자살 이후
몰락하는 이유"라거나, 심지어 블랑쉬의 색정증이 스탠리의
강간을 유발했다는 식으로 책임을 전가하는 평까지 나왔다.
그가 스탠리를 모욕하는 한편으로 유혹했으며, 동생이
아이를 낳으러 간 사이 취한 스탠리를 도발하여 결국 일이
벌어졌다는 식이다. 말하자면, 강간의 책임은 상대를 자극한
피해자에게 있다. 1949년 런던 웨스트엔드에서 비비언 리가
공연했을 때《타임즈》에 실린 리뷰는 "이 연극의 목적은 한
창녀의 과거를 현재 시점에서 폭로하는 데 있다"고 밝혔다.
윌리엄스는 "블랑쉬를 파멸로 이끈 근본적인 원인은
특정인의 의도적인 악의보다는 우리의 몰이해"라고 말한 바
있다.* 블랑쉬에 대한 몰이해는 극 안에서 그를 둘러싼
등장인물들의 내면에서 그치지 않고 무대 바깥으로까지
이어진 셈이다.

　　연약함 때문에 죄를 짓는 인물은 블랑쉬만이 아니다.
작품 속 다른 인물들도 어느 정도는 블랑쉬처럼 연약하다.
스텔라는 남편 없이 아이를 데리고 살아갈 자신이 없기
때문에 언니를 배신하며, 미치도 여성의 정숙함에 대한

　　* 앞의 책.

사회적 편견을 극복하고 블랑쉬의 진심을 받아들일 만큼
강한 인간이 못 된다. 블랑쉬의 남편 앨런도 동성애자로서
자신의 존재를 거부당하자 견디지 못하고 자살한다. 가장
강해 보이는 마초 스탠리조차 블랑쉬를 그대로 두면 아내를
잃을지 모른다는 두려움과 자기 방어 때문에 그를 공격한다.
그는 역설적으로 연약하기 때문에 과도하게 폭력에 기댄다.

그러나 블랑쉬를 둘러싼 주변 인물들은 공모하여
블랑쉬를 희생시킴으로써 자기들의 연약함을 감춘다.
윌리엄스는 자주 "블랑쉬는 곧 나다"라고 말했다고 한다.
동성애자였던 그는 평생 여러 남자들과 복잡한 관계를
맺었고, 그중 가장 오래 관계를 지속했으며 충실한 보호자
노릇을 해주었던 찰스 프랭크를 모질게 배신했다. 헤어지고
얼마 되지 않아 프랭크가 암으로 사망하자 윌리엄스는 깊은
죄책감에 시달렸다. 윌리엄스는 성공한 극작가였지만,
동성애자로서 아웃사이더의 위치에 있었기 때문에 어쩌면
여성의 소외된 위치에 더 깊은 공감과 이해를 보여줄 수
있었을지도 모른다.

남부의 역사적 배경을 지닌 블랑쉬와 달리 영화《블루
재스민》의 주인공 재스민의 실패는 그의 결함 탓으로
그려지기 때문에 감독의 여성혐오적 태도가 인물에
반영되었다는 비판들이 있다.《욕망이라는 이름의
전차》에서보다 주변 남성들이 호감형으로 그려지는 것도

한몫한다. 칠리는 재스민에게 무시당하면서도 스탠리처럼
앙심을 품기보다는 너그럽게 그를 이해해준다.

재스민은 대학 시절 부유한 사업가 할을 만난 뒤 곧
학교를 그만두었고, 화려한 상류층 삶에 눈이 멀어 남편의
사기극에 눈감았다. 재스민은 자기 힘으로 서기보다는
남에게 의지하여 원하는 것을 쉽게 얻으려는 의존적인
인물이며, 실제 자신을 직시하기보다는 자기가 되고 싶은
이상적인 자신을 그려놓고 그 그림에 맞추어 거짓말을 하는
허언증 환자이다. 그는 '재닛'이라는 평범한 본명을
'재스민'으로 바꾼 뒤 어머니가 밤에 핀 재스민을 좋아해서
붙인 이름이라는 낭만적인 설명을 덧붙여서 스스로를 특별한
존재로 포장한다. 그러나 애초에 그가 고아였고 입양된
아이라는 사실에서 알 수 있듯이, 그에겐 이름은 물론이고
기원조차 없다. '하얀 숲'을 의미하는 프랑스어 이름 '블랑쉬
드보아'에 내포된 남부의 유산에서 자유로울 수 없는
블랑쉬와 달리, 재스민은 처음부터 스스로 꾸며낸
인물이었고 그의 실패와 좌절 또한 남 탓으로 돌리기 어렵다.

그러나 이러한 블랑쉬와의 차이에도 불구하고, 재스민의
몰락을 어떠한 역사적·사회적 맥락도 없는 어리석은 한
여자의 우스꽝스러운 실패담으로만 볼 수는 없다. 우디
앨런이 한 번도 자기 입으로는 이 작품과《욕망이라는
이름의 전차》간의 연결성을 언급한 적이 없다는 사실을

생각하면, '블랑쉬를 여성혐오적으로 바꾸어놓았다'는
비판이 어쩌면 그로서는 억울할 수도 있겠다.

우디 앨런은 버나드 메이도프의 실화에서 영감을
얻었다고 밝혔다. 나스닥 증권거래소 위원장까지 지냈던
버나드 메이도프는 폰지 사기 수법으로 다단계 금융 사기
범행을 저질렀다가 2008년에 체포되었고, 그의 아내는 사기
행각에 대해 전혀 몰랐다고 잡아뗐다. 메이도프가 설립한
투자증권사는 고객들에게 맡긴 돈의 10퍼센트를 꼬박꼬박
수익으로 돌려주며 잘나가는 듯 보였지만 2008년 금융
위기가 닥치자 그 허상이 드러났다. 총 피해액이 650억
달러에 달했고 많은 투자자가 비관하여 자살했다. 실제로는
아무 사업도 하지 않고 아무 이윤도 창출하지 않으면서 돈이
돈을 버는 폰지 사기 구조는, 실물 경제의 성장 없이 금융
부문만을 발전시키는 식으로 허상 위에 거품을 부풀리다가
결국 터져버린 2008년 금융 위기의 본질을 그대로 닮았다.

재스민은 남편의 사업이 뭔가 대단히 복잡하고
위험하다는 것을 어렴풋이 느끼면서도 한사코 모른 척하며,
일이 터진 후에도 순진한 피해자의 위치를 고수한다. 그러나
할의 몰락을 초래한 직접적 원인이 남편의 불륜을 알고
홧김에 FBI에 걸었던 전화 한 통이었던 데서 드러나듯이,
재스민은 정말로 상황을 전혀 모르지 않았고 일방적인
피해자도 아니었다. 많은 금융 사기 피해자들은 지나치게

높은 수익에 대한 약속이 의심스러운 줄 알면서도 일단
눈앞의 이익을 위해 현실을 외면한다. 여전히 달콤했던
과거의 환상에서 벗어나지 못하는 재스민의 마지막 모습은
어리석고 허영 심한 한 여자의 얼굴만이 아니라, 금융 위기의
파국이 닥치기 직전까지 달콤한 헛꿈에 빠져 미친 거품
만들기에 동참했던 우리 모두의 얼굴이기도 하다.

　　우디 앨런은 재스민을 시종일관 냉소와 유머의 시선으로
바라보기 때문에, 재스민을 보면서 블랑쉬로부터 느꼈던
연민이나 공포, 카타르시스의 감정을 느끼기는 어렵다. 단지
우리 누구나 그들처럼 연약하고, 의도하든 의도치 않았든
연약함 때문에 죄를 지으며, 결국 실패하든 극복하든 실수와
과오로 얼룩진 자신의 과거와 싸워야만 한다는 사실을 새삼
떠올리게 될 따름이다. 정신병원으로 떠남으로써 완전한
파국을 맞는 블랑쉬와 달리, 동생의 집을 뛰쳐나와 화장기
없이 주름진 얼굴을 드러낸 채 길가 벤치에 멍하니 앉아 있는
재스민이 어디로 향할지는 아무도 알 수 없다. 그다지 가망
있어 보이지는 않지만, 재스민에게는 최소한 블랑쉬의
경우보다 미래의 희망이 있기를 바랄 뿐이다.

테레즈 데케루

죄인과 문학소녀의
공통점

테레즈 데케루Thérèse Desqueyroux, 프랑수아 모리아크, 1927년

220

'전혜린'이라는 이름은 한때 소위 '문학소녀'들에게
전설이었지만 지금의 젊은 세대에게는 매우 낯선 이름일
것이다. 나는 전혜린을 통해 프랑수아 모리아크의 《테레즈
데케루》를 만났다. 노벨문학상을 수상했고 프랑스에서는
대문호로 존경받지만 한국에서는 비교적 낯선 작가인
모리아크의 가장 유명한 주인공, 테레즈 데케루를 전혜린은
자신의 분신처럼 사랑했다. 내가 읽은 범우사의 한국어판은
그의 동생인 전채린 교수가 번역한 것이다.

　　"예쁘다고 할 수는 없지만 그녀만의 매력이 있다"는 말을
듣고, 그 지방에서 가장 똑똑하고 지적인 여자로 소문난
테레즈. 손가락이 노랗게 물들 정도로 온종일 줄담배를
피우고, 남편과 남편의 어머니가 들으면 눈살을 찌푸릴
독설을 아무렇지 않게 내뱉는 명석하고 냉정하며 위악적인
여자. 프랑스 농촌 지방의 부유한 부르주아지 가정에서
태어나 자신이 속한 편협하고 범속한 일상의 세계를 견디지

못하고 남편의 약에 독을 타는 테레즈와, 한국전쟁 직후 지독한 가난 속에서 생존만이 지상 과제였던 1950년대에 독일에서 문학을 공부하고 돌아와 1965년 서른둘의 나이로 생을 마감한 전혜린. 전혜린은 《테레즈 데케루》 같은 소설을 쓰고 싶다고 입버릇처럼 말했지만 번역서 몇 권과 수필집 한 권만을 남기고 세상을 떠났다. 전혜린은 죽기 며칠 전 일기장에 정체불명의 연인에게 절박한 메시지를 남겼다. "장 아베제도!(《테레즈 데케루》에 등장하는 인물) 내가 원소로 환원하지 않게 도와줘!" 전혜린은 평생 자신이 속할 곳을 절박하게 찾아 헤맸으나 영원히 길 잃은 상태로 죽을 운명이었던 테레즈에게서 자신의 모습을 보았는지도 모른다.

이제는 내 책꽂이에서도 사라진 지 오래인 그의 책을 아주 오랜만에 도서관에서 다시 찾았지만, 수십 년 묵은 갈색 페이지는 삭아서 제대로 넘기기도 힘들 지경이었다. 십 대 후반과 이십 대 초반까지, 내가 누구이고 어떤 사람이 될지, 어디에서 내가 속할 곳을 찾을 수 있을지 불안하기만 했던 시절에 나를 사로잡았던 그의 불꽃같은 삶에 대한 기억도 세월의 더께에 묻혀 흐릿해졌다. 언제 버렸는지도 모르게 내 책장에서 사라진 전혜린의 책들처럼, 분명 어딘가에 꽂혀 있을 줄 알았던 범우사판 《테레즈 데케루》도 아무리 찾아도 없었다.

나이를 먹으면 꼭 성숙해지고 지혜로워지는 것은

아니다. 먼 길을 가려면 짐을 줄여야만 하듯이, 인생의 한 시기들을 통과하면서 한때는 소중하다고 믿었던 것들을 하나씩 남겨두고 가야 한다. 여기까지 와서는 큰 미련이나 회한 없이 그런 것들이 소중했던 때가 있었구나 하고 무심히 떠올릴 수 있지만, 그렇게 길에 두고 온 것들과 맞바꾼 것에 그만한 가치가 있었느냐고 누가 묻는다면 선뜻 그렇다고 대답은 하지 못하겠다. 단지, 어떤 지점에 이르러서는 더는 그것들을 끌고 갈 수 없었노라고 말할 수 있을 뿐.

이곳이 아닌 다른 어딘가로

많은 소설 속 여주인공들은 자신이 속한 좁은 세계의 경계를 넘어 다른 세상으로 멀리 떠나기를 꿈꾸지만 모두 다 성공하지는 못한다. 제인 오스틴의 주인공들처럼 경계 안의 삶에 만족할 줄 알고 그 안에서 최선의 행복을 찾는 여자들도 있고, 제인 에어처럼 자신이 꿈꾸었던 식으로는 아니지만 어쨌든 떠났다가 돌아와 자신만의 보금자리를 찾아 정착하는 여자들도 있다. 반면 시스터 캐리처럼 떠나보았지만 도착한 그 어디도 꿈꾸던 곳은 아니었음을 뒤늦게 깨닫거나 에마 보바리처럼 끝내 떠나지 못하고 현실의 삶을 망가뜨리고 파멸하기도 한다. 그리고 어떤 여자들은 자신의 의지로 문을 열어 마침내 원하던 세상으로 나서는 결말을 맞이한다. 헨리크 입센의《인형의 집》의 주인공 노라는 때로는 자신을

인형처럼 귀여워하고 때로는 함부로 취급했던 남편에게 더는
누구의 인형도 아닌 한 인간으로 살겠노라 선언하고 자기
발로 '인형의 집'을 떠났다. 마지막 장면이 통쾌한 한편으로
궁금해진다. 그래서, 노라는 남편의 집을 떠난 후 어떻게
되었을까? 원하던 삶을 찾았을까? 결국 행복해졌을까?

테레즈 데케루도 노라처럼 남편과 가족, 고향을 떠나는
여자다. 그러나 정확히 말하자면 제 발로 떠난다기보다는
추방된다. 남편을 독살하려던 시도가 발각되었기 때문이다.
테레즈는 심장이 약한 남편이 매일 복용하는 약에 비소를
조금씩 늘려 섞다가 이를 수상히 여긴 약제사의 신고로 결국
체포된다. 그러나 테레즈와 남편의 본가 모두 지방
유지인데다 테레즈의 아버지는 상원의원 출마를 앞둔
정치인인지라, 법에 의지해 이 '악녀'에게 정의를
구현하기보다는 최대한 조용히 처리하고 넘어가자는 쪽으로
합의가 이루어지고, 테레즈는 '공소 없음'으로 무사히 풀려나
집으로 돌아온다. 점잖은 집안이기에 남들의 이목을 고려해
서류 정리는 하지 않되, 테레즈를 몇 달간 저택에 조용히
두었다가 소문이 어느 정도 잦아들 즈음 파리에 홀로
남겨두고 돌아오기로 한다. 테레즈는 어린 시절 어떤
초상화나 사진에서도 존재를 찾아볼 수 없었던 할머니를
떠올린다. 자신도 가문의 역사에서 그처럼 지워지고 사라질
것이다.

테레즈 데케루

　"더 나아갈 수 없는 곳", "세계의 끝"으로 묘사되는 외진
시골 아르줄루즈에서 자란 테레즈는 집안이 비슷하고
소유지도 맞붙어 있는 데케루가의 아들 베르나르와
결혼하기로 어릴 때부터 당연하다는 듯이 정해져 있었다.
그곳에서는 모든 것이 "이미 길에 난 바큇자국을 그대로
밟아가듯이" 정해진 경로를 따라 이루어진다. 어떻게
생각하고, 하루의 일과를 어떻게 보내고, 누구와 결혼하고,
무슨 일을 하며 살아가게 될지 거의 태어나면서부터 정해져
있다시피 한 조용하고 평온한 고장에서, 테레즈에게는
앞으로의 기나긴 삶이 하나의 순간처럼 명료하고 단순하게
보인다. 남편 베르나르는 파리에서 법학을 공부하고 돌아온
인텔리지만 그렇게 단순명료한 삶에 아무런 불만도, 회의도
없다. 그는 항상 "자기 행동의 이유를 잘 아는" 남자다. 이
자기만족에 취한 남자는 심장이 아주 조금 약할 뿐 아직 젊고
건강한데도 불구하고 오직 자신의 건강만이 인생에서
보살피고 신경 써야 할 유일한 문제이고, 아내의 독살 미수
사건 이후에도 자신을 독살하려 한 아내에게 놀라울 정도로
관심이 없다. 아내는 그저 미치광이일 뿐이고, 추측컨대
유일한 동기는 자신의 재산이었을 것이다(그런데 이건 광대한
소나무숲의 주인인 테레즈가 남편보다 부자라는 점을 생각하면
그다지 설득력이 없다). 죽음의 위기를 넘기고 건강을
되찾았으니 이 미친 여자를 파리에 떼어놓고 오기만 하면

모든 문제는 깨끗이 해결된다. 한동안 같이 살 붙이고
살았어도 끝내 수수께끼 같았던 이 여자가 헝클어놓았던
그의 삶은 다시 본래대로 돌아가 마치 바큇자국이 난 그 길을
그대로 따라갈 것이다.

　테레즈도 남편에게 애정이 없다. 그는 잠에 취해 자신을
덮치려는 남편을 침대 밖으로, 가능하면 어둠 속으로 영영
밀쳐버리고 싶었다. 테레즈의 아버지와 남편 본가 식구들
또한 가문의 체면 외에는 아무것도 중요하지 않은, 고루하고
인습적인 사람들이다. "지루함, 고상한 일이나 훌륭한 의무의
철저한 부재, 시시한 일상 습관 외에는 아무것도 기대할 수
없는 상태, 위안거리 하나 없는 고립." 이것이 테레즈가
생각하는 자신과 주변 사람들의 삶을 채우고 있는 내용이다.
그러니 사소한 건강상의 이상 증후 하나만 나타나도 벌벌
떠는 베르나르가 우스울 뿐이다. 뭐 대단한 인생이라고.
"당신은 나처럼 스스로가 쓸모 없다는 느낌을 깊게 경험해본
적 없나요? 없어요? 우리네 삶이 이미 죽음과 심각하게 닮아
있다고 생각되지 않아요?" 이 하잘것없는 범인들의 삶에
대한 테레즈의 냉소에는 과연 악마적인 데가 있다.

　그러나 테레즈가 남편의 약에 비소를 섞었던 까닭은
결코 그를 죽이고 싶도록 증오해서가 아니다. 말이 잘 안
통한다는 이유로 배우자를 죽일 수 있다면 이 세상에
살아남을 기혼자는 많지 않을 것이다. 테레즈를 가장

테레즈 데케루

괴롭히는 문제는 왜 그런 짓을 했는지 본인도 모른다는 것이다. 소나무숲에 화재가 일어나 소란스러웠던 어느 날 문득 남편의 약에 독을 탈 생각이 떠올랐지만, 살인을 계획한 진정한 동기는 스스로도 찾아낼 수가 없다.

소설 첫 장면에서 법원을 무사히 떠난 테레즈는 집으로 향하는 마차 안에서 베르나르에게 자신이 한 짓에 대해 고해하듯 모든 것을 털어놓겠다고 결심하지만, 무슨 말을 해야 할지 갈피를 잡지 못한다.

그녀는 그에게 뭐라고 말할 것인가? 어떤 고백부터 시작할 것인가? 욕망과 결심, 예측 불가능한 행동이 혼란스럽게 얽혀 있는 모양을 담아내기에 말은 충분할까? (…) '나는 내 범죄를 모른다. 나는 내게 기소된 죄를 원하지 않았다. 내가 무엇을 원했는지 모르겠다. 내 안팎의 이 광란적인 힘이 어디로 향하고 있는지 전혀 알지 못했다. 그것이 가는 길목에서 무엇을 파괴하고 있는지, 나 자신도 겁이 났다….'

'자신이 되는 것'만이 유일한 법인 왕국

장 아베제도와의 짧은 만남이 새장 속에 갇힌 듯한 단조로운 무채색 생활에 파문을 일으키기는 했다. 이 청년은 테레즈의 오랜 친구이자 남편의 동생인 안느가 푹 빠진 비밀 연애 상대다. 테레즈는 자기보다 조용하고 상상력도 부족한 이 평범하고 단순한 소녀가 자신은 경험해본 적 없는 대담한 열정에 빠져들었다는 사실에 놀라는 한편 질투를 느낀다. 테레즈는 둘의 교제를 반대하는 식구들의 뜻을 전하기 위해 아베제도를 만나지만, 그 만남이 일으킨 파문은 끈질기게 퍼져나가 그의 영혼 전체를 뒤흔들었다. 파리에서 왔고, 삶에 대한 호기심과 열정으로 가득하며, 모두가 같은 방식으로 세상을 보는 데 익숙한 이곳 사람들과 달리 자신만의 견해와 신념을 격정적으로 토로하는 낯설고 이상한 청년에게 테레즈는 매혹된다.

그러나 테레즈가 치정 때문에 독살을 시도한 건 아니다. 단지 이 권태로운 젊은 임산부는 파리와 그의 친구들 이야기를 들으며 '자신이 되는 것'만이 유일한 법인 왕국을 상상해보았을 따름이다. 그 상상은 너무나 달콤해서, 고향에서 추방되어 딸 마리를 영원히 보지 못하게 되는 것조차 비극적인 결말로 생각되지 않는다. 테레즈는 개인의 존재를 삼켜버리고 어머니로서, 아내로서만 존재하기를 강요하는 가문과 혈통에 반항심을 느낀다.

'안느는 내가 나 자신으로 가득 차 있고 오직 나만을 신경 쓴다는 것을 이해하지 못할 거야. (…) 가족 내 여성들은 자기 존재를 몽땅 잃어버리기를 갈망한다. 이 인간 종에게

테레즈 데케루   227

전부를 바치는 일은 아름다워. 나도 이 삭제, 소멸의
아름다움을 느끼지… 하지만 나는, 나는….'

테레즈는 재판소에서 돌아온 후 소나무숲으로 둘러싸인
아르줄루즈의 외딴집에서 세상의 소문이 잠잠해지기를
기다리며 파리에서 시작될 새로운 삶을 상상한다. 혼자
생활비를 벌면서 누구에게도 의지하지 않는 여자로 사는 삶.
가족 없이, 가족을 내 마음대로—핏줄이 아닌 정신과 몸에
따라—선택하는 삶. 소설 마지막 장면에서 테레즈는 파리에
홀로 남아 드디어 자유로워진다.

테레즈는 술을 조금 마시고 담배를 잔뜩 피웠다. 축복받은
사람처럼 혼자 웃었다. 그녀는 세심하게 파우더를 새로
바르고 입술 화장을 고쳤다. 그런 다음 거리로 나가 발
가는 대로 걸었다.

에마 보바리가 그토록 꿈꾸었지만 가질 수 없었던
파리에서의 삶의 시작이다.

세상에는 끝내 구원받지 못하는 인간도 있다
《인형의 집》결말은 수많은 격한 논쟁을 불러일으켰다. 감히
한 가정의 어머니이자 아내가 남편과 자식을 버리고

떠난다는 결말을 받아들일 수 없었던 가부장제 옹호자들은 결말을 맘대로 뜯어고쳐 수십 가지 다른 버전으로 써냈고, 인형의 집을 떠난 노라의 후일담 또한 수없이 쏟아져나왔다. 출간 직후인 1880년대, 《인형의 집》은 유럽 전역에서 선풍적인 인기를 끌었지만, 원작대로 무대에 올려진 경우는 오히려 드물었다고 한다.

대부분의 개작된 작품에서 노라는 차마 대문을 박차고 나서지 못하고 남편에게 사과하거나 남편과 화해한 뒤 집에 남았고, 집을 떠난 경우에도 말로는 그리 좋지 못했다. 1890년 월터 베전트의 《인형의 집 — 그 이후》에서 노라는 집을 떠나 작가가 되었지만, 남은 가족들은 모두 알코올 중독자가 되거나 자살로 생을 마감하는 식으로 끝나 이 무책임하고 이기적인 여자 하나 때문에 신세를 망친 것으로 그려졌다. 다른 버전들에서는 비참하게 생활고에 시달리며 세상의 쓴맛을 실컷 본 노라가 결국 다시 집으로 돌아가게 해 달라고 남편에게 비굴하게 애원하기까지 한다. 이는 여성의 경제적 자립이 지극히 어려웠던 당대 현실의 반영이면서, 가부장제에 반기를 든 여성을 절대로 용서할 수 없다는 일종의 '백래시'였다.

테레즈의 이야기가 앞서 인용한 대로, 《인형의 집》처럼 집을 떠나는 열린 결말로 끝났다면 그의 이후 삶에 대해 여러 상상을 펼칠 수 있었을지도 모른다. 모리아크는 《테레즈

데케루》서문에 이렇게 썼다. "적어도, 내가 너를 떠나보내는
이 보도 위에서 네가 혼자가 아니길 바란다, 테레즈." 그러나
모리아크는 파리에 홀로 남은 주인공이 마치 안데르센 동화
속 분홍 신을 신은 소녀처럼 '발 가는 대로' 어디까지든
걸어가게 내버려둘 수 없었던 모양이다. 단편 〈의사를
방문한 테레즈〉, 〈호텔에서의 테레즈〉를 거쳐 죽음을 눈앞에
둔 테레즈가 나오는《밤의 종말》까지, 테레즈는 오랫동안
자신의 창조자를 놓아주지 않았다. 그러나 이 세 작품 내내
테레즈는 불행하다.

    그는 법의 처벌을 피했지만 자신이 지은 죄로부터
자유롭지 못하다. 남편의 약에 독을 타도록 자신을
몰아붙였던 내면의 어둠, 스스로도 정체를 알 수 없는 악이
여전히 그의 뒤를 쫓으며 평안을 찾지 못하도록 괴롭힌다.
테레즈는 가정에 종속된 존재로 살기를 거부하고 자유롭고
독립적인 한 개인으로서의 삶을 찾아 떠난다는 점에서는
노라와 비슷하고, 잠재울 수 없는 가슴속 불같은 욕망에
시달린다는 점에서는 에마의 후예 같다. 테레즈도 에마처럼
파리에서의 자유롭고 화려한 삶, 감정을 나누고 소통할 수
있는 이들과의 새로운 만남을 꿈꾸지만, 그가 느끼는
결핍감과 불만족은 에마처럼 애인을 만들거나 물건을 사는
구체적인 행위로 달랠 수 있는 성질의 것은 아니다.

    모리아크는 남편 곁을 떠난 테레즈가 여전히 영혼의

어둠 속에서 방황하는 모습을 그렸지만, 노라의 이야기를 멋대로 고쳐 썼던 많은 작가처럼 이 반항적이고 오만하며 냉소적인 여주인공을 벌주어 인과응보의 교훈을 보여주려고 한 게 아니었다. 테레즈가 행복해질 수 없는 이유는 가정을 버렸기 때문이 아니라 그의 세계에 그를 구원해줄 신이 존재하지 않기 때문이다.

모리아크는 평생 대단히 독실한 가톨릭 신자로 살았다. 기독교적 세계관에서는 원죄로 얼룩진 불완전하고 결핍된 존재인 개인은 신의 은총 없이는 결코 고독과 방황으로부터 구원받을 수 없다. 테레즈의 불행은 '신 없는 인간의 비참'이다. 전기 작가 장 라쿠튀르는 이렇게 썼다. "테레즈를 비롯한 모리아크의 인물들, 특히 신 없는 존재의 비참함을 인식하고 있는 인물들은 채워지지 않는 욕망 앞에서 끊임없이 좌절한다. 모리아크의 인물들이 겪는 고통은 결핍의 깊이와 그것을 채울 수 없는 무능력에서 기인한다."* 그러므로 테레즈가 신의 은총을 발견하지 못하는 한, 파리 아닌 그 어디로 떠나더라도 원했던 자유와 만족을 얻을 수 없을 것이며 "샘물가에서 갈증으로 죽을 것이다."

현실과 기적 사이의 거리

그렇다면 답은 이미 나와 있으니 해결법도 간단하지 않을까?

*《모리악》, 장 라쿠튀르 지음, 최병곤 옮김, 책세상, 2002.

그러나 모리아크는 이 명백하고 확실한 답을 향해 자신의
주인공을 데려가는 데 끝내 실패했다. 독실한 신자로서,
소설가로서, 모리아크는 할 수 있는 데까지 노력했다.
《테레즈 데케루》에서 남편에게 죄의 동기를 고백하는 데
실패한 테레즈는 그 뒤에 쓰인 연작들 속에서 끊임없이
자신의 고백을 들어줄 상대를 찾아다닌다.

　〈의사를 방문한 테레즈〉에서 테레즈는 사랑하는 남자가
그의 과거를 알고 자신을 위해 다시 한번 범죄를 저질러
달라고 애원하는 것을 뿌리치지 못한 채 괴로워한다. 그는
유명한 정신과 의사를 찾아가 자신을 괴롭히는 악의 유혹과
죄의식에 대해 털어놓지만, 위선적인 속물에 불과한 의사는
그의 곤경을 이해할 수도, 도와줄 수도 없다.

　〈호텔에서의 테레즈〉에서 테레즈는 호텔에서 젊은
신학생을 만나 대화를 나눈다. 그러나 그를 길 잃은 어린양
취급하며 대뜸 설익은 설교를 늘어놓는 이 얼치기 신학생도
그의 고해를 들어줄 자격이 없다. 테레즈는
아르줄루즈에서처럼 여전히 고립된 채 길을 잃고 방황한다.

　《밤의 종말》에서 테레즈는 늙고 병들어 "생의 종말"을
기다리면서도 여전히 자기 안의 악과 가망 없는 싸움을 하고
있다. 파리의 작은 아파트에서 하녀 한 명을 데리고 홀로
사는 테레즈는 밤마다 애인을 만나러 외출하고 싶어 몸이 단
하녀에게 조금만 더 함께 있어 달라고 애원할 만큼 외롭고

비참하다. 동시에 딸 마리가 집안에서 반대하는 결혼을 하겠다고 십여 년 만에 어머니를 찾아왔을 때 딸의 사랑이 이루어지도록 도와주려고 하면서도 딸의 애인이 자신에게 매혹되자 은밀한 기쁨을 느끼는 사악함도 여전하다.

황당하게 들리겠지만, 작가가 독실한 신자인데 종교는 주인공의 삶의 그 어느 순간에도 위안이 되어주지 못한다. 《테레즈 데케루》에서 아르줄루즈의 신부는 테레즈보다 더 심한 고독과 고립에 처해 있는 것 같다. 〈호텔에서의 테레즈〉에 나오는 젊은 신학생은 선심 쓰듯 하나님의 큰 사랑과 이해에 대해 설교하지만 오히려 테레즈를 더 큰 절망 속으로 몰아넣는다. 모리아크는 《밤의 종말》의 결말에 대해, 테레즈가 용서를 받고 하나님의 평화를 만나는 장면을 쓰고 싶었지만 그의 고백을 들어줄 신부를 떠올릴 수가 없었다고 밝혔다. '신의 은총과 구원'이야말로 인간의 실존적 불안에 대한 유일한 답이라고 믿으면서도 이를 정작 자신의 주인공에게 주지 못하는 작가도 괴롭다. 모리아크는 편지에서 "너무 어두운 작품들을 썼다는 이유로 많은 사람으로부터 비난을 받아왔다"고 괴로운 심정을 토로했다.*
그는 《테레즈 데케루》 서문에서 회한에 찬 어조로 이야기한다. "테레즈, 네가 고통을 통해 하나님 품으로 인도되도록 바라야 했나 보다." 모리아크는 신자로서는

* 앞의 책.

무엇이 당위인지 알고 있었지만, 현실에서 그러한 당위가
그대로 실현되는 것이야말로 물이 포도주로 바뀌는
기적이다. 현실과 기적 사이의 그 깊고도 먼 간극 속에
테레즈의 이야기가 있다.

문학소녀들을 위한 변호

나는 전혜린을 통해 테레즈를 알게 되었다고 했다. 그는
《테레즈 데케루》를 자신의 일기 곳곳에 인용했고, 소설을
쓴다면 꼭 《테레즈 데케루》 같은 작품을 쓰고 싶다고 밝혔다.
테레즈처럼 전혜린도 그 시대 여성의 한계선을 넘어가고
싶어 안달했다. 삶이 허락한 것보다 더 많은 것을 갈망했다.
그는 1934년에 유복한 집안에서 태어나 어릴 때부터 천재
소리를 들으며 서울대 법대에 입학했다. 그러나 법학이
적성에 맞지 않는다는 것을 깨닫고 독일로 떠나 뮌헨
대학에서 독문학을 공부했다. 1934년생이라는 출생연도를
다시 확인하게 될 정도로 그 시대 여성으로서는 예외적인
삶이다. 이 특별한 전기는 1965년 서른두 살 나이의 이른
죽음으로 화룡점정을 찍는다. 수면제 과다복용이라는 사인은
스스로 생을 마감했을 거라는 추측을 불러오면서 '천재
여성작가'의 삶에 신화의 베일을 덧씌웠다.
　전혜린이 짧은 삶에서 남긴 것은 루이제 린저의 《생의
한가운데》와 헤르만 헤세의 《데미안》 등을 한국어로 옮긴

번역서 몇 권과 수필집《그리고 아무 말도 하지 않았다》,
생전에 쓴 일기를 모은 유고집《이 모든 괴로움을 또 다시》
정도이지만, 이것이 당대의 문학소녀들에게 남긴 인상은
강렬했다. "절대로 평범해져서는 안 된다"는 전혜린의
다짐은, 모난 부분을 깎고 또 깎아서 현모양처의 틀에 맞추어
가정 안에 안착해야 한다는 사회의 요구가 당연시되던
시대에 여자가 이를 거스르고 '비범한 개인'을 꿈꿀 수
있다는 의지를 불어넣어주었다(요즘 세대에게는
'현모양처'라는 고리타분한 단어가 낯설겠지만, 내 어린 시절은
매년 공중파 방송에서 생중계해주는 미스코리아 선발 대회에 딱
붙는 수영복만 입은 여성들이 나와 장래희망은 '현모양처'라고
앞다투어 말하던 이상한 시대였다).

   나도 십대 시절 전혜린에게 열광했던 문학소녀 중
하나다. "건강한 육체와 비대한 육체를 같이 생각"하고,
"그런 육체와 우둔한 정신을 동일어로 보고 경멸"하면서
소식과 불면을 지켜왔다는 그의 말에 따라 아이돌 몸매를
꿈꾸는 요즘 아이들과는 좀 다른 이유로 다이어트 의지를
불태웠고, "밤을 새우고 공부하고 난 다음 날 새벽에 닭이
일제히 울 때 느꼈던 생생한 환희와 야생적인 즐거움"을
경험해보고 싶어서 동네에 닭은 없지만 새벽까지 허벅지를
꼬집으며 자지 않고 버텼다. 나도 "너무나 광경이
아름다워"서 "놀이 새빨갛게 타는 내 방의 유리창에 얼굴을

대고 울었을 때"처럼 강렬하게 응축된 순간을 느껴보고
싶었고, 밤을 새워 공부한 다음 날 새벽의 "머리가 증발하는,
그리고 혀에 이끼가 돋아나고 손이 얼음같이 되는, 그리고
눈이 빛나는 환희의 순간"과 같은 "완벽하게 인식에 바쳐진
순간"을 갖고 싶었다. 삶이 제공할 수 있는 것이라면
무엇이든, 아니 그 이상까지도 남김없이 맛보고 싶었다.

　　전혜린의 글이 문학소녀들을 매혹했던 또 하나의
요소는, 뮌헨 유학 시절 글 속의 낭만적이고 이국적인 유럽
묘사였다. 해외에 '놀러 나간다'는 팔자 좋은 이유로는 절대
국가가 출국을 허가해주지 않았던 군부 독재 시절, 전혜린이
묘사한 유럽의 낯선 도시는 소녀들에게 다른 행성만큼이나
신비롭게 느껴졌을 것이다.

　　전혜린은 출국을 앞두고 "지평선이 무한대로 넓어지는
느낌"이라는 말로 낯선 세계로 떠나는 벅찬 감상을
표현했다. 아무도 나를 알지 못하는 어딘가 다른 곳에 가서
다른 내가 된다는 것은 오랫동안 꿈 많은 소녀들을 자극해온,
금단의 과일처럼 유혹적이지만 매우 위험한 꿈이었다.
더군다나 남자 형제들을 위해 상급 학교 진학을 포기하고
공장에 취업해 돈을 버는 것이 딸의 지극히 당연한 의무로
여겨졌던 그 시대 여성들에게는 말해 무엇하겠는가.

　　1970년대 박정희 대통령 시절, 독일과의 인력 수출
계약을 통해 많은 광부와 간호사가 독일로 건너갔을 때,

간호사들 중에는 전혜린의 책을 읽고 독일 취업을
결심했다는 이들이 적지 않았다고 한다. 그들을 기다린 것은
전혜린처럼 밤새 책을 읽고 카페에서 문학과 예술을 논하는
"인식에 바쳐진 삶"이 아니라 부유한 선진국 시민들이
기피하는 더럽고 힘든 노동으로 모은 돈을 고국의 가족에게
부쳐야 하는 고된 생활이었지만, 그들은 그렇게 해서라도
고향 땅에서는 꿈꾸는 것조차 허락되지 않았던 다른 삶의
가능성을 찾고 싶었을 것이다.

이렇게 한때는 이 땅의 수많은 문학소녀를 매혹하고
《데미안》을 청소년 필독 고전의 반열에 올렸던 전혜린의
이름이 이제 와서 거의 잊힌 것은 그가 소설 한 권도 남기지
못했던 탓이 크겠지만, 과연 그뿐일까? 《미스테리아》 편집장
김용언은 《문학소녀》에서 전혜린이 어느 때부터인가 "책
읽는 여자의 흑역사"의 대명사가 되었고, 전혜린에 대한
열광은 비웃음과 비난으로 바뀌었다고 말한다. 전혜린은
'부잣집 철부지 문학소녀'의 전형이 되었고, 지적 허영과
유치한 소녀적 감성을 대표하는 인물이 되었다는 것이다.*

문학평론가 고종석은 전혜린의 수필들은 비범함을
열망했던 평범한 여성의 평범한 마음의 풍경을 보여준다고
깎아내렸다.** "죽어도 평범해져서는 안 된다"고 맹세했던

*《문학소녀》, 김용언 지음, 반비, 2017.
**《말들의 풍경》, 고종석 지음, 개마고원, 2007.

전혜린이 살아서 들었다면 가장 고통스러웠을 혹평이다.
전혜린을 좋아한다거나 그처럼 살고 싶다고 말하는 것은
손발이 오그라들도록 남부끄러운 일이 되었다. 그 말은
아직도 '미성숙하고 감상적인 소녀 상태'에 머물러 있다고
인정하는 셈이 된다. 말하자면 전혜린은 '여성적인
감수성'에서 벗어나 성숙하기 위해 밟고 넘어서야 하는
하나의 초급 단계가 되었다가, 이제는 아예 존재조차
잊혀버렸다.

   김용언은 전혜린에 대한 이 같은 평가가 과연 정당한지
질문한다. 뮌헨 슈바빙의 안개 낀 가스등 불빛을 그리워하는
낭만적인 감성이 감상에 빠진 얼치기 문학소녀답다고 욕을
먹는 근거가 되었지만, 이런 취향은 전혜린 같은
'여류작가'들만의 것이 아니었다. 교과서에도 실렸을 만큼
유명한 이효석의 수필 〈낙엽을 태우면서〉의 끝부분에서
저자는 다가올 겨울을 맞이할 기대에 부풀어 백화점에 들러
커피를 갈아온다. 그러고 나서 크리스마스트리를 꾸미고
스키를 타볼까 궁리한다. 그런가 보다 하고 읽다가 이 글이
발표된 연도를 확인해보았더니 1938년이다. 커피 원두는
고사하고 쌀값 대기도 버거웠던 시대에 트리를 어디서 살
것이며 스키장이 있기는 했으려나. 전혜린은 직접
경험이라도 했지, 20세기 전반의 지식인 중 상당수가
책에서만 읽었을 뿐인 구라파의 생활을 동경하며 흉내 내는

허세를 기본으로 장착하고 있었다. 하지만 그들의 이런 서구 취향은 '이국적이고 낭만적이다', 혹은 '세련되고 현대적이다'라는 호평을 들었다.

이처럼 '문학소녀'와 '문학소년'에는 엄격하게 다른 기준이 적용되었다. 20세기 전반 여성 독자들에게 요구되었던 교양은 전문 지식인이 아니라 어디까지나 현모양처로서 요구된 조건이었다. '문학소녀'라는 표현 자체가 문학을 하는 여성을 진지하게 받아들인다기보다는 미숙한 감성과 모자란 지성으로 어설프게 흉내나 내보는 존재로 얕보는 시선을 담고 있다. 남성 위주의 배타적인 문단에서 이 문학소녀들은 곁자리라도 하나 얻기 위해 '여류작가'에 대한 사회의 기대에 굴복하든가 아니면 경멸과 무시, 때로는 가혹한 인신공격과 중상에 맞서 치열하게 싸워야 했다. 5개 국어를 구사하고 한국 여성 최초로 시집을 낸 시인, 소설가, 번역가였지만 김동인을 비롯한 남성 문인들의 잔인한 공격과 조롱 탓에 조국을 떠난 뒤 정신병원에서 삶을 마감한 김명순, 한국 최초의 여성 서양화가였지만 불륜을 저지른 죄로 자식들을 빼앗기고 쫓겨나 행려병자로 숨진 나혜석, 신여성의 대표 격이었으나 스스로 머리를 깎고 중이 된 김일엽…. 문학사에서 존재 자체가 삭제된 여성 작가들이 한둘이 아니다.

물론 전혜린이 잊힌 까닭을 전적으로 이런 여성 작가에

대한 집단적인 폄하와 무시 탓이었다고 말하려는 것은
아니다. 전혜린의 문학적 업적은 제대로 평가받기에는 남긴
것이 거의 없고, 친일파 인명사전에 버젓이 등재될 정도로
대놓고 친일파였던 아버지에 대한 숭배와 찬양을 비롯하여,
식민지 시절과 한국전쟁의 비극적 현실의 그림자는 하나도
보이지 않는 현실 인식은 심각한 문제로 비판받아 마땅하다.

　　그러나 전혜린의 그 밖의 문제들이 과연 여성의
한계이며 여성의 본질적 문제라고 할 수 있는가는 다른
얘기다. 글 쓰고 책 읽는 여자가 비난과 멸시, 혹은 경계와
훈계의 대상이 되었던 전통은 동서고금을 막론하고
유구하다. 여자들은 이성적인 판단 능력이나 합리적으로
사고하는 능력이 부족하기 때문에 감정에 휩쓸리기 쉽다,
그래서 여자들이 소설에 '과몰입'하면 현실과 환상을
분간하지 못하게 될 위험이 있으므로 남성의 적절한 지도와
계몽이 필요하다는 주장이 오랫동안 설득력 있게
받아들여졌다. 에마의 남편의 어머니는 며느리가 허무맹랑한
소설 읽기에 빠져 주부로서의 의무를 게을리한다고
잔소리하면서 에마의 우울증에 대한 처방으로 소설 구독을
끊어버린다. 여자들이 쓴 소설 또한 감상적이고 유치해서
읽을 가치가 없다고 여겨졌다. 샬럿 브론테는 여성 작가라는
테두리에 갇힐 것을 우려해 '커러 벨'이라는 남성 필명으로
《제인 에어》를 발표했다. 과연 이 얼굴 없는 베스트셀러

작가의 남성적인 필력에 찬사가 쏟아졌지만, 실은 작가가
여성이었다고 밝혀지자 이번에는 여성 작가 특유의 감상적인
필치라며 비난이 쏟아졌다. 입술에 침도 안 바르고 한 입으로
두 말이라니.

전혜린의 글에 홀렸던 기억을 흑역사로 돌리고 묻어버린
것은 여성 작가를 무시하고 폄훼하는 남성중심적 잣대를
내면화한 나 자신의 자발적인 노력 탓도 없지 않을 것이다.
여성들에게 씌워지는 부정적인 속성들을 '일부' 여성들의
것으로 떠넘김으로써, 나는 여성 전반에 대한 비난과
경멸로부터 자유로워질 수 있다고 믿었다. 전혜린을 내가
아직 뭘 몰랐던 문학소녀 시절의 흑역사로 돌려야만 나는 그
유치하고 미성숙하며 감상적인 문학소녀 집단에서 탈출할 수
있었다.

하지만 그 경멸받고 비난받는 무리에서 빠져나왔다는
믿음은 큰 착각이었다. 탈출해서 옮겨왔다고 믿었던 곳도
알고 보니 그 전에 있던 곳과 한동네일 뿐이었다. 여성에게
붙는 부정적인 꼬리표들 자체가 사라지지 않는 한, 나는
언제까지나 온전한 나 자신으로 성장하지 못하고 늘
남자들의 세계를 넘보며 흉내 내고 재주넘는 귀엽거나
징그러운 문학소녀일 뿐이다. 그래서 나는, 이제는
서점에서도 쉽게 저서를 구하기 힘들게 된 전혜린에 한때
열광한 적이 없다는 척 시치미를 떼지 않기로 했다. 나를

테레즈 데케루

매혹했던 인식 욕구, 지적 허영, 낯선 서구 문화에 대한
낭만적 동경, 소위 손발이 오그라드는 감상주의…. 그런
것들이 한때의 나였고, 지금의 나를 만들었다. 나로 하여금
책을 읽고 글을 쓰고 여행을 떠나게 했다.

나와 다른 너를 바라보기

윌리엄스는 "블랑쉬는 곧 나다"라고 말했고, 플로베르도
"내가 보바리 부인이다"라고 말했다. 작가로서는 성공했어도
성소수자로서 이른바 '정상적' 사회의 경계 밖으로 내쳐진
존재라고 느꼈던 윌리엄스에게 세상 어디에서도 속할 곳을
찾지 못해 헤매는 블랑쉬는 성별을 넘어 또 다른 자신처럼
느껴졌을 것이다. 플로베르가 그렇게 말했을 때는 자기 안에
있는, 그렇게 구박해도 여전히 죽지 않은, 결국 그것도
나라고 인정할 수밖에 없는 구제불능의 낭만주의자에 대한
얘기였을 것이다.

　　모리아크는 '테레즈가 바로 나'라고 말하지 않았다.
오히려 반대로, 테레즈를 "여러 면에서 나와 정반대의 인물,
그러나 내 속에서 극복해야 할, 회피해야 할, 혹은 잊어야 할
그 모든 것으로 이루어진 인물"이라고 말했다. 극복하려고
애썼으나 끝내 떨쳐낼 수 없었다는 점에서 모리아크의
테레즈는 플로베르의 에마와 비슷한 존재일지도 모르겠다.
그렇게 독실한 가톨릭 신자의 내면에는 남편을 독살하려 한

악녀, 끝내 자신의 죄를 회개하고 겸허하게 신의 발밑에 엎드리지 않은 불신자가 있었다. 물론 그렇다고 해서 모리아크가 손톱만큼이라도 신과 종교에 대해 회의하거나 불신하지는 않았을 것이다. 하지만 그렇게 의심 없이, 온 마음으로 신을 믿기 위해서는 내면의 테레즈와 싸워야 했을 것이다. 세상에는 악이 존재하기 때문에 선이 있으며, 구원은 그토록 얻기 어려운 것이기 때문에 구할 가치가 있다. 테레즈의 말처럼, 하나의 테레즈가 존재하기 위해 다른 테레즈가 죽어야 할 필요는 없다.

어떤 소설가들은 머릿속에서 인물이 어느 정도 구체성을 띠고 형상화가 되면 그때부터는 그 인물이 제 마음대로 움직인다고 말한다. 타인은 심지어 내 머릿속에 있어도 내 뜻대로 되지 않고 내 마음 같지도 않다. 그 사실을 인정하지 않으면 소설이란 아무리 많은 인물이 나온들 혼자만의 독백 대잔치로 끝날 것이고, 그런 이야기에는 아무도 공감하거나 설득당하지 않을 것이다. 자신은 신에게 깊이 귀의했지만 절망 속에서도 끝내 신에게 고해할 말이 없는 인간이 있을 수 있다는 것, 신의 존재로 해소되지 않는 인간 삶의 근원적인 부조리함이 있다는 것을 이해했기 때문에 이 독실한 신자의 내면에서 테레즈 데케루가 탄생했다.

문학은 타인의 경험에 나를 대입하여 자아의 한계를 넓히는 작업이다. 카프카는 "책은 우리 내면의 얼어붙은

바다를 깨는 도끼여야 한다"고 말했다. 문학은 얼어붙은
바다를 깨고 고립된 섬 같은 타인과 나의 세계 사이에 다리를
놓는다. 남성 작가는 가족들로 북적이는 집에서 고독과
결핍감에 시달리는 부르주아 여성의 심리를 죽어도 알 수
없을까? 독실한 신자는 신이 없는 세계에서 사는 죄인들의
삶을 상상조차 할 수 없을까? 그러나 때로는 같은 처지의
사람들끼리 서로에게 더 가혹한 잣대를 들이대고 몰이해의
벽을 쳐서 자신과 구분 짓기도 하듯이, 같은 성, 같은
계급이라고 해서 다 같은 경험을 하고 동일한 세계에 사는
것은 아니다. 드라이저는 시스터 캐리를 타락한 여자라고
단죄하지 않았다. 플로베르는 자유로운 삶을 꿈꾸었던
에마가 자신이 낳은 아이가 딸이라는 사실을 알았을 때
절망했으리라는 것을 안다. 이디스 워튼의 양순하고
다소곳한 메이 웰랜드는 아마도 워튼의 어머니가 딸에게
바랐겠지만 그는 될 수 없었던 인물일 것이다. 우리는 때때로
예기치 않았던 순간에, 아무 관심도 없었던 타인에게서 나의
숨겨진 얼굴을 언뜻 본다. 우리는 전혀 예상치 못한 곳에서
서로 만나고, 스쳐 지나가고, 얽힌다. 그 뜻밖의 사건을
가능케 하는 것이 문학이다.

여주인공 큐레이션

여러분을 기다리는 매혹적인 여주인공들이 많이 남아 있다.
여덟 명으로는 아쉽다고 느낄 독자들을 위한 리스트.

작품명	작가	등장인물	발표연도
안티고네	소포클레스	안티고네	기원전 441?
엘렉트라	소포클레스	엘렉트라	기원전 410s?
메데이아	에우리피데스	메데이아	기원전 431
아라비안 나이트	미상	세헤라자데	6세기?
삼국지연의	나관중	초선	14세기?
햄릿	셰익스피어	오필리아	1599~1601?
리어왕	셰익스피어	코딜리아	1606?
파멜라	새뮤얼 리처드슨	파멜라	1740
젊은 베르테르의 슬픔	요한 볼프강 폰 괴테	로테	1774

설명	매우 사사로운 감상
반란을 일으킨 오빠의 시신을 치우지 말라는 왕의 명령에 기어코 반항한 간 큰 공주.	국가의 명령이냐 개인의 양심이냐에 관한 풀리지 않는 난제를 2천 년 전에 던져준 문제적 주인공.
아버지를 배신한 어머니와 그 어머니의 정부를 응징하는 딸.	프로이트의 '엘렉트라 콤플렉스'의 그 엘렉트라.
남편의 배신을 자식의 살해로 갚는 무서운 여자.	이아손이 애초에 좀 잘했더라면.
매일 밤 새로운 이야기로 얻은 하루치의 목숨.	이야기하면 세헤라자데.
남자 영웅들의 이야기 속에서 홀로 빛나는 기개 있는 여성 영웅.	남자들만 의리에 죽고 사는 거 아니다.
왕자님의 연인이었다가 한순간에 그의 손에 아버지를 잃은 비극의 여성으로.	끝까지 아무것도 모른 채 죽는다는 게 가장 큰 비극.
리어왕의 고독한 마이웨이 막내딸.	현대에서 적당한 아부는 사회 생활의 윤활유이지만⋯.
최초의 영국 소설(이라고 한때 통하던)의 최초의 여주인공. 하녀에서 마님으로 신분 상승하는 신데렐라.	신데렐라 스토리는 동서고금을 통틀어 수요 만발.
베르테르의 이룰 수 없는 짝사랑의 대상.	'롯데'의 바로 그 로테.

오만과 편견	제인 오스틴	엘리자베스	1813
노생거 사원	제인 오스틴	캐서린	1817
설득	제인 오스틴	앤	1817
적과 흑	스탕달	마틸드	1830
폭풍의 언덕	에밀리 브론테	캐서린	1847
주홍글씨	너새니얼 호손	헤스터	1850
톰 아저씨의 오두막	해리엇 비처 스토우	에바	1852
첫사랑	이반 투르게네프	지나이다	1860
플로스 강의 물방앗간	조지 엘리엇	매기	1860
위대한 유산	찰스 디킨스	에스텔라	1861

영문학사상 가장 활기 넘치고 톡톡 튀는 매력을 자랑하는 소녀.	"나를 이렇게 함부로 대한 건 네가 처음이야"로 시작되는 로맨스물 주인공의 원조 격.
순진한 장르소설 덕후의 좌충우돌 성장기.	소설 속 주인공 놀이가 얼마나 재밌게요.
스물일곱 살 여성, 이제 끝났다고 생각했을 때 다시 시작되는 러브스토리.	솔직히 제인 오스틴 여주인공들 중에서는 제일 재미없….
신분 상승의 야심에 부푼 청년 줄리앙과의 사랑에 전부를 거는 귀족 여성.	사랑은 놓쳤지만 꿈꾸던 비극의 여주인공은 해냈다.
사랑에 전부를 걸었지만 결정적 순간엔 발을 뺀 양갓집 소녀.	남 생각 안 하기로는 히스클리프와 찰떡궁합.
17세기 미국 청교도 사회에서 간통죄로 손가락질 받으면서도 사생아 펄을 키우며 꿋꿋하게 자기 길을 가는 용감한 여자.	견디고 살아남는 자가 위너.
톰 아저씨의 고달픈 노예 생활에 한 줄기 빛이 되어준 소녀.	천사는 땅에 오래 발붙일 수 없는 듯….
진부하지만 가장 오래 빛나는 첫사랑의 원형. 나를 매혹하고 미치게 만들고 거부하고 영원히 떠나버린 여자.	남자들을 줄 세워놓고 쥐락펴락 갖고 노는 그. 한번만 이렇게 살아봤으면…!
영리하고 활달하지만 결국 사회의 압력에 꺾이는….	양심 따위 눈 한번 꾹 감았으면 잘 먹고 잘 살았을지도ㅠ.ㅠ
복수의 도구로 키워진 아름다운 소녀.	알고 보면 그렇게 나쁜 여자 아니에요.

이상한 나라의 앨리스	루이스 캐럴	앨리스	1865
죄와 벌	표도르 도스토옙스키	소냐	1866
안나 카레니나	레프 톨스토이	안나	1878
인형의 집	헨리크 입센	노라	1879
나나	에밀 졸라	나나	1880
여인의 초상	헨리 제임스	이사벨	1881
여자의 일생	기 드 모파상	잔	1883
더버빌 가의 테스	토머스 하디	테스	1891
각성	케이트 쇼팽	에드나	1899
부활	레프 톨스토이	카츄샤	1899

책 읽는 언니 곁에서 깜박 잠들었다가 모험의 세계로.	양손에 마법의 버섯을 들고 발길 닿는 대로.
살인자 라스콜니코프를 교화하는 매춘부.	타락했지만 순결한.
불륜 끝에 달려오는 기차 앞으로 뛰어드는 불행한 귀부인.	누가 그에게 돌을 던질까.
순진하고 양순하지만 결정적인 순간에 집을 박차고 뛰쳐나오는 주부.	집 나간 결말 이후가 더 궁금하다.
아무 생각 없이 해맑게 사는 방탕한 배우. 하지만 결코 거부할 수 없는 매력으로 숱한 남자들의 삶을 파탄 낸다.	막사는 여자인 줄 아는데 보고 있으면 왠지 통쾌하다.
영민함이 덫이 된 여자. 그러나 고통과 슬픔을 뚫고 눈뜬다.	읽는 사람 속 터지게 하는 애매한 결말. 고구마는 싫어요, 제발ㅠ.ㅠ
남편과 아들에게 잇따라 뒤통수를 맞고서도 손주를 안고 다시 희망을 품는 여인.	'남편 복 없는 여자 자식 복도 없다'는 속담이 프랑스에도 있었던가.
이기적인 두 남자 때문에 인생이 꼬인 순박한 농촌 여성.	바람둥이나 순진남이나 그놈이 그놈.
여성이 아닌 한 인간으로서의 자아에 눈뜨면서 가정을 버리고 인습에 저항하는 미국 버전 에마 보바리.	씁쓸하지만 작가가 왜 매장당했는지는 알 것 같은….
주인집 도련님에게 버림받고 매춘부가 되는 통속극 여주인공 같지만 반전이 있다.	나를 바꾸어 남을 바꾸기. 그 어려운 걸 해낸다.

여주인공 큐레이션

환락의 집	이디스 워튼	릴리	1905
좁은 문	앙드레 지드	알리사	1909
인간의 굴레	서머싯 몸	패니	1915
등대로	버지니아 울프	램지 부인	1927
소리와 분노	윌리엄 포크너	캐디	1929
바람과 함께 사라지다	마거릿 미첼	스칼렛	1936
분노의 포도	존 스타인벡	로저샨	1939
1984	조지 오웰	줄리아	1949
롤리타	블라디미르 나보코프	돌로레스	1955
빌러비드	토니 모리슨	세서	1987
운명의 딸	이사벨 아옌데	엘리사	1998

절세 미모를 갖춘 사교계의 여왕. 그러나 나락으로 떨어지는 비극.	'지팔지꼰'의 대표 격. 안타까우면서도 이해할 수밖에 없다.
사촌 제롬의 절절한 사랑을 거부하고 끝내 하나님과 하나가 되기를 원한 소녀.	왜 꼭 굳이 그 좁은 문으로….
처절하게 실패했으나 누구보다 진지하게 예술가의 길을 추구했던 화가 지망생.	재능 없이 열정과 노력뿐인 최악의 사례. 감정 이입하면 안 되는데….
대학교수 남편과 자식들을 보듬고 이끄는 주부.	주부의 역할은 예술가의 성취에 이를 수 있다.
몰락한 남부 귀족 가문의 운명이 버거웠던 소녀.	작가님, 캐디한테 꼭 그렇게까지 하셨어야 했나요….
남북전쟁의 상흔 속에서도 타라의 대저택을 복구하는 강인한 생명력의 소유자.	비비언 리가 살린 주인공.
철없고 물정 모르던 막내였지만 집안의 경제적 몰락과 이주라는 고통과 역경을 거쳐 성숙해진다.	시궁창 결말의 유일한 희망.
불륜으로 체제에 반항하는 겁 없는 여자.	반항의 대가를 너무 세게 치렀다.
험버트를 영원히 채워지지 않는 욕망으로 미치게 만든 그.	변태라고 욕하기 전에 일단 한번 보고.
노예 제도하에서 치유될 수 없는 상처를 안고 생존하는 강인한 여성.	'모성'은 축복이자 위험.
연인을 찾아 캘리포니아로 떠난 소녀가 뜻하지 않은 곳에서 자유와 해방을 찾기까지의 여정.	거침없이 대륙을 가로지르는 수백 년 전의 호쾌함에 빠져든다.

여주인공 큐레이션

The Age of Innocence

EDITH WHARTON

FRANÇOIS MAURIAC
THÉRÈSE
DESQUEYROUX

Le Livre de Poche

Tennessee Williams
A Streetcar
Named Desire

GUSTAVE FLAUBERT

MADAME BOVARY

드레스는 유니버스

초판 1쇄   2023년 10월 25일 발행

지은이   송은주

기획편집   유온누리
디자인   조주희
마케팅   최재희, 신재철, 김예리
인쇄   예인미술

펴낸이   김현종
펴낸곳   메디치미디어
경영지원   이도형, 이민주, 김도원
등록일   2008년 8월 20일 제300-2008-76호
주소   서울시 중구 중림로7길 4, 3층
전화 / 팩스 02-735-3308 / 02-735-3309
이메일   meeum@medicimedia.co.kr
인스타그램 @__meeum
블로그   blog.naver.com/meeum__

ISBN 979-11-5706-307-9 (03800)

QR코드를 스캔하면 《드레스는 유니버스》와
고전에 관한 재미있는 이야깃거리가 담긴 웹페이지를
보실 수 있습니다.